Klaus Wanninger
Schwaben-Donnerwetter

W0408972

Vom Autor bisher bei KBV erschienen:

Schwaben-Rache
Schwaben-Messe
Schwaben-Wut
Schwaben-Hass
Schwaben-Angst
Schwaben-Zorn
Schwaben-Wahn
Schwaben-Gier
Schwaben-Sumpf
Schwaben-Herbst
Schwaben-Engel
Schwaben-Ehre
Schwaben-Sommer
Schwaben-Filz
Schwaben-Liebe
Schwaben-Freunde
Schwaben-Finsternis
Schwaben-Träume
Schwaben-Fest
Schwaben-Teufel

Klaus Wanninger, Jahrgang 1953, lebt in der Nähe von Stuttgart. Er veröffentlichte bisher 38 Bücher. Seine überaus erfolgreiche Schwaben-Krimi-Reihe mit den Kommissaren Steffen Braig, Katrin Neundorf und Harald Loose umfasst nun 21 Romane in einer Gesamtauflage von über 650.000 Exemplaren.

Klaus Wanninger

Schwaben-Donnerwetter

Mit original schwäbischem Schimpfwörterlexikon!

KBV

FSC
www.fsc.org
MIX
Papier aus verantwortungsvollen Quellen
FSC® C083411

Originalausgabe
© 2020 KBV Verlags- und Mediengesellschaft mbH, Hillesheim
www.kbv-verlag.de
E-Mail: info@kbv-verlag.de
Telefon: 0 65 93 - 998 96-0
Fax: 0 65 93 - 998 96-20
Umschlaggestaltung: Ralf Kramp
Lektorat: Volker Maria Neumann, Köln
Druck: CPI books, Ebner & Spiegel GmbH, Ulm
Printed in Germany
ISBN 978-3-95441-523-6

Die Personen, Namen und Handlungen dieses Romans sind frei erfunden. Jede Ähnlichkeit mit lebenden Personen oder tatsächlichen Ereignissen wäre rein zufällig.

Die im Buch benutzten schwäbischen Dialektausdrücke werden sowohl bezüglich ihrer Schreibweise als auch ihrer Deutung nicht nur Zustimmung, sondern auch Kritik hervorrufen. Es gibt aber kein überall gleichermaßen gesprochenes Einheitsschwäbisch, sondern unzählige Sprachnuancen. Im Norden Württembergs dominiert der fränkische Einfluss, im Süden die alemannische Sprachmelodie.

Selbst innerhalb Stuttgarts gibt es von Vorort zu Vorort teilweise verschiedene Ausspracheformen.

S geit halt Sottiche ond Sottiche!

Vielleicht ist mir tatsächlich der ein oder andere Fehler unterlaufen. *Irre isch menschlich, hot dr Gockel gsait ond isch von dr Ent gstiege.*

Hinzu kommt die Schwierigkeit, die richtigen Buchstaben für die schriftliche Fixierung zu verwenden.

Geits alloi en dr Bollidig schbinnede Hondsgribbl ond greizliadriche Seggl? Oder gibds spinnede Hundskrippel und kreuzliadrige Seckel et au under uns?

Wie i s au mach, oiner hot emmr was zu bruddle. Ond i ben immer dr Arsch!

1. Kapitel

Herrschaftsdonderwedder abr au!«, schimpfte der Ministerpräsident. Er fuhr sich durch seine grauen, bürstenförmig in die Höhe stehenden Haare, ließ den Blick über die Schlagzeilen auf seinem Monitor schweifen.

Unter normalen Umständen war er ein ausgeglichener, friedfertiger Mensch, der weder zu Gemütsausbrüchen noch zu launisch bedingten Exzessen neigte. Deshalb erlaubte er sich auch nur in seltenen Notfällen ein laut geäußertes Schimpfen oder gar Fluchen. Jetzt aber war der Moment erreicht, in dem auch seine Contenance auf eine harte Probe gestellt wurde.

Was an diesem Tag in vielen Medien wieder an Hohn und Spott über sein geliebtes Bundesland und dessen Bewohner abgeladen wurde, sprengte alle Grenzen. Es schien, als hätte die halbe Nation nichts Besseres zu tun, als kübelweise Jauche über eine ihrer blühendsten Regionen auszuschütten – mit einer Häme, die kaum mehr zu ertragen war. Sich in diesem Augenblick zu einem kräftigen Fluch hinreißen zu lassen, half zwar in der Sache, um die es hier ging, nicht einen einzigen Schritt weiter, vermochte jedoch wenigstens, ihn von einem kleinen Teil seiner Verstimmung zu befreien.

Zum Glück pflegte der Ministerpräsident eine in starkem Maß vom schwäbischen Idiom geprägte Sprache, sodass er sich im Moment höchster Erregung eines Ausdrucks aus dem überaus reichhaltigen Schimpfvokabular dieser Mundart bedienen konnte. Mochten viele einer geschliffenen, hochdeutschen Aussprache mächtige Mitbürger auch etwas mitleidig auf die intellektuell scheinbar minderbemittelten Provinzler mit ihrer dialektgeprägten Modulation herabschauen – genau in solchen affektbeladenen Situationen erwies sich der regionale Slang als der Hochsprache weit überlegen: Zum einen verfügte gerade das Schwäbische über ein fast unerschöpfliches Reservoir an Schimpfworten, zum anderen klangen derartige Äußerungen im Dialekt weit harmloser und weniger ätzend. Daher störte es seine hemdsärmelige Koalitions- und Gesprächspartnerin auch nicht, dass sich der Ministerpräsident infolge seiner hochgradigen Erregung zu einer weiteren, nicht für die Öffentlichkeit bestimmten Bemerkung hinreißen ließ.

»Sottiche Allmachtsdackel! Was hent die nur älle gege ons?«

»I woiß au net«, brummte die kräftige Person. »Aber ma könnt grad moine, mir Schwobe wäret die Deppe der Nation.«

»Oin Dag schimpfet se wege onserer Kehrwoch, am Nächste hoißts, mir hättet nur Schaffe ond Geldverdiene im Kopf, und jetzt behauptet se, mir könntet net richtig feiere. Dabei war des doch so a scheenes, rauschendes Feschd! Hano ja, dass der Dackel in dem Klohäusle eigsperrt gwä ischd … des war doch bestimmt a Versehe. Ond die Musik war trotzdem gut, richdig fetzig. Des Esse wunderbar, die Getränke beschdens ond viele interessante Gespräche mit lauter nette Leut.« Die Stimme des Ministerpräsidenten drohte zu versagen. »Des hent mir wieder richdig schee na brocht, han i denkt. Ond no kommet die mit ihrem Lättagschwätz!«

Die fetten Lettern der Schlagzeilen stachen ihm physische Schmerzen bereitend ins Auge.

Schwaben können alles – nur nicht Party
Heimattage Schwaben: Musiker vor Auftritt in mobiles Klo gesperrt und abtransportiert

Der von unzähligen Fernsehauftritten bekannte Volksmusikstar Heinzi wurde am Sonntag kurz vor seinem Auftritt anlässlich der Heimattage Schwaben in Schlüpfingen in einem mobilen Toilettenhäuschen eingeschlossen und mitsamt diesem abtransportiert. Er konnte erst am späten Abend in einem abgelegenen Waldstück wieder befreit werden. Der ausgekühlte Mann wurde zur Beobachtung ins Stuttgarter Katharinenhospital eingeliefert. Der als Hauptevent des vom Land Baden-Württemberg gesponserten Festes angekündigte Auftritt des Musikers musste ausfallen.
Ob es sich um ein unglückliches Versehen oder einen geplanten Akt gegen den bekannten Musiker handelt, ist nicht bekannt. Der bei dem Fest anwesende Ministerpräsident bedauerte den Vorfall

und sprach dem Künstler seine Genesungswünsche aus. Die ebenfalls teilnehmende Koalitionspartnerin verlangte den vollen Einsatz der Polizei, um das Geschehen aufzuklären. In Baden-Württemberg herrschten im Gegensatz zu anderen Regionen Recht und Ordnung, so die Ministerin, sollte es sich bei dem Verschwinden des beliebten Volksmusikers um ein Verbrechen handeln, würde dies umgehend aufgeklärt und streng geahndet.

»Die send doch bloß neidisch, weil die in ihrem versiffte Berlin so a scheenes Fescht gar net nakrieget«, versuchte die Frau den Ministerpräsidenten aufzumuntern.

»Moinsch wirklich?«

»Ha, nadierlich. Als ob die sich wirklich Gedanke um den Sänger mache dätet! Volksmusik interessiert die doch gar net. Die höret doch bloß so a neumodisches Zeug wie Hop-Hip oder Raebb oder wie die dieses Krakeele schimpfet. Amerikanisches Gangstergejodel!«

»Du glaubsch …«

»Berlin! Wenn i des scho hör!«, polterte die kräftige Frau. »Bei dene funktioniert doch überhaupt nix! I sag nur Flughafe! Und dann dieses Kreuzberg und Neukölln! Mir laufts scho kalt de Rücke nunter, wenn oiner bloß die Name erwähnt.«

»Hano ja, also do wollt i wirklich net lebe müsse«, bekannte der Ministerpräsident. »Do isch mir a bissle zu viel Betrieb!«

»A bissle? Des isch doch oi oinziges Chaos! Lauter Drogedealer ond faule Säck, die de ganze Dag rumlungeret ond nix schaffet! Die lebet doch bloß uf unsere

Koschte! Wenn mir in Bade-Württeberg net so fleißig schaffe dätet – no hättet die doch nix zom Fresse! Unsere Steuere fließet doch zum größte Teil do na, um dene ihr Lotterlebe zu finanziere. Ohne uns wäret die doch voll am Arsch!«

»Hano, jetzt wirsch aber a bissle grob!«, versuchte der Ministerpräsident seine Gesprächspartnerin zu besänftigen.

»I bin net grob, i bin nur deutlich! Ausgerechnet gege uns reißet die ihre Gosche uf! Dabei verganget die vor Neid und Eifersucht, wenn die bloß unseren Name höret: Bade-Württeberg. Des klingt für so oin Berliner doch wie's Paradies uf Erde!«

»Moinsch wirklich?«

»Hano, und ob! Ond damit des so bleibt, muss die Sache mit dem Musiker do gründlich ufklärt werde. Mir müsset dene zeige, dass bei ons Recht ond Ordnung herrschet! Im Gegensatz zu dene ihrem Saustall. Oser Bollizei räumt unter dene Verbrecher uff, bei ons gibt's koi Kreuzberg oder Neukölln!«

2. Kapitel

Das neue Jahr hatte für Harald Loose nicht mit der Verwirklichung all jener Glücksverheißungen begonnen, die man nahestehenden Menschen in der Silvesternacht wünscht. Ganz im Gegenteil. Gleich in der ersten Woche im Januar hatte er seine Freundin in flagranti mit seinem besten Freund erwischt.

Nun waren Erlebnisse dieser Art beileibe keine allzu seltenen Ereignisse – man hörte sie schließlich immer wieder aus den verschiedensten Gesellschaftskreisen. Doch war es ein himmelweiter Unterschied, ob sich das völlig überraschte Opfer in einer ohnehin schon brüchigen Beziehung oder mitten in einer vermeintlich intakten und in jeder Hinsicht harmonischen Partnerschaft wähnte. Und genau diese weite Bereiche ihres gemeinsamen Lebens umfassende Harmonie glaubte Harald Loose in den vergangenen Monaten empfunden zu haben – nicht nur bei sich, sondern auch bei seiner Lebensgefährtin. Kein Wunder also, dass ihn dieses Erlebnis bis ins Mark erschütterte.

Drastisch verstärkt wurde der Schock durch seine biografisch bedingte Bindungsangst, die ihn von Grund auf prägte. Nach dem überraschenden Unfalltod seiner Eltern hatte er einen großen Teil seiner Kinder- und Jugendjahre in verschiedenen Erziehungsheimen verbracht. Die mangelnde persönliche Zuwendung wie die in dieser Zeit erlittenen Schikanen und Demütigungen durch andere Heimbewohner hatten Harald Loose zu einer kontaktscheuen Person werden lassen, die zwischenmenschlichen Beziehungen jeder Art äußerst skeptisch gegenüberstand. Einem anderen zu vertrauen, sich ihm emotional so weit zu öffnen, dass sich eine Freundschaft entwickeln konnte, dazu war er nur schwer fähig. Auch nach inzwischen acht Jahren weitgehend selbstständigen Lebens und seiner fast ebenso langen Tätigkeit im Polizeidienst Berlins hatte Loose deshalb neben seiner Freundin gerade mal eine Handvoll Leute so nahe an sich herangelassen, dass man von einer engeren Beziehung sprechen konnte.

Und zwei davon hatten ihm jetzt derart übel mitgespielt, wie es schlimmer wohl kaum möglich war. Seine Freundin mit seinem besten Freund! Fast als hätten sie ihm den persönlichen Beweis dafür liefern wollen, dass sein grundsätzliches Misstrauen anderen Menschen gegenüber die einzige Möglichkeit darstellte, der Realität dieser Welt korrekt zu begegnen.

Harald Loose war am Boden zerstört. Hätte man sich in den Tagen danach nach seinem Befinden erkundigt, er hätte geschworen, dass es nicht schlimmer kommen könne. Er vergrub sich in seiner Arbeit als Kriminalkommissar, schob Überstunde um Überstunde. Wem immer er begegnete, behandelte er mit größtem Misstrauen, als handelte es sich um einen Verdächtigen in einer aktuellen Mordermittlung. Das Bollwerk aus Ablehnung und

Unnahbarkeit, hinter dem er sich verschanzte, wurde allein von seinem Onkel und dessen Partnerin durchbrochen. Ihren unermüdlichen Bemühungen war es zu verdanken, dass der junge Mann nach und nach wieder aus seiner selbstgewählten Isolation auftauchte.

Arnulf Giese und Marietta Kemke lebten mitten in Potsdam, in einem der schmucken Giebelhäuser der prächtigen Straßenzüge des Holländischen Viertels. Nach dem frühen Tod von Harald Looses Eltern waren die beiden seine einzigen Verwandten. Arnulf Giese war als Eisenbahningenieur in der halben Welt unterwegs gewesen, mehrere Jahre in Indien, eine Zeitlang in Chile, später in Indonesien. Im schon etwas fortgeschrittenen Alter von fünfzig Jahren war er nach Deutschland zurückgekehrt, hatte noch einige Zeit im Süden der Republik in seinem Beruf gearbeitet, war dann aber völlig unverhofft von einem Tag auf den anderen ausgestiegen und ins Dasein des Privatiers gewechselt. Finanziell stand er sich nicht schlecht, er hatte zeitlebens sehr gut verdient und sich gemeinsam mit seiner Partnerin eine großzügig geschnittene Wohnung zugelegt.

Marietta Kemke arbeitete als Wissenschaftlerin in einem Forschungsinstitut, in dessen Auftrag sie seit Jahren fremde Länder bereiste. Obwohl schon lange liiert, hatten sie nie geheiratet. Bürgerliche Verhaltenskodizes seien ihnen fremd, hatten beide stets wie aus einem Munde erklärt, wenn die Sprache darauf gekommen war. Umso erstaunlicher hatte Harald Loose es schon immer empfunden, dass sowohl Arnulf als auch Marietta ausdrücklich wünschten, dass er sie mit »Onkel« und »Tante« anredete.

Wenn es einen Sachverhalt gab, der beiden ein schlechtes Gewissen verursachte, dann der langjährige Heimaufenthalt des jungen Neffen. Am anderen Ende der Welt vom unverhofften Tod der Eltern Harald Looses überrascht, waren beide beruflich zu engagiert, um sich um das Schicksal des verwaisten Jungen zu kümmern. Jetzt aber, anlässlich des neuen Schicksalsschlags, mühten sie sich, dieses Versäumnis zu korrigieren.

Hamburg lag nicht weit von Berlin entfernt, so ließen sie es sich nicht nehmen, Arnulfs Neffen zu einem gemeinsamen Kurzurlaub in die nordische Metropole zu überreden. Was immer es war, der Tapetenwechsel an sich oder die faszinierende Atmosphäre der Hansestadt, Harald Loose blühte neu auf. Fünf abwechslungsreiche Tage in pulsierenden Stadtvierteln wie Ottensen, St. Pauli, Eppendorf und Blankenese mit ihrem bunten Gemisch junger Leute, unzähligen Kneipen, Lokalen, Museen und Shoppingtreffs, Schiffstouren auf Alster und Elbe – das Flair der Hansestadt blieb nicht ohne Wirkung. Hamburg, das bedeutete Wasser, Baden, Schiffe, Segeln, Flanieren, Shoppen. Nordsee und Ostsee lagen vor der Haustür – das Leben von seiner schönsten Seite.

Wenige Wochen später ein neuer Trip. Düsseldorf. Die breite, allein Fußgängern vorbehaltene Pracht-Promenade direkt am Rhein, der irre Medienhafen mit seinen skurrilen windschiefen Gebäuden, das in einen einzigen riesigen Biergarten verwandelte Straßengewirr der Altstadt, der Prachtboulevard der Kö … Harald Looses Weg zurück ins Leben nahm endgültig feste Strukturen an.

Das nächste Ziel hatte er selbst vorgeschlagen. Lübeck. Die begeisterten Schilderungen seiner Kollegen wurden von der Realität weit überholt. Schon bei den ersten Schritten in Lübecks komplett unter Denkmalschutz stehender Altstadt fühlte er sich in eine längst vergangene Zeit versetzt. Ein unübersehbares Gewirr uriger Pflastersteingassen mit einer unverfälschten, mittelalterlichen Szenerie, wie er es in dieser Größe noch nirgends erlebt hatte. Prächtige Hausfassaden, lauschige Plätze voller Kneipen und Lokale, ein Geflecht grüner, ellenlanger Hinterhöfe, ringsum von Wasser umgeben. Die gesamte Stadt ein einziges Freilichtmuseum voll pulsierenden Lebens. Harald Loose glaubte zu träumen.

Genau in dieser Situation fiel ihm die Stellentauschofferte der Polizeibehörde in die Hände. *Drei Jahre Arbeit in anderen Bundesländern – Abwechslung, neue Impulse, Learning by doing.*

Voller Interesse überflog er die Broschüre.

Er war jung, gerade mal dreißig Lenze, seit wenigen Monaten völlig ungebunden. Die Welt stand ihm offen. Nichts sprach dagegen, sich geografisch – zumindest eine Zeitlang – zu verändern, auch wenn es ihm bisher in Berlin gut gefallen hatte. Im Gegenteil. Seiner beruflichen Karriere als Kriminalbeamter kam es nur zugute, auch in anderen Gefilden Erfahrung zu sammeln.

Wo das stattfinden sollte, bedurfte keiner Überlegung. Hamburg, Düsseldorf, Lübeck. Eine Stadt faszinierender als die andere. Harald Loose zögerte nicht lange, reichte seine Bewerbung ein.

Hamburg, Düsseldorf, Lübeck? Sie würden ihn besuchen. Alle paar Wochen. Marietta Kemke und Arnulf Giese waren sich einig. Vorher aber wollten sie feiern. Mit Sekt und Sahnetorte. Sobald er Bescheid bekam.

* * *

Drei Wochen später war es so weit.

»Wo dürfen wir dich besuchen?«, erkundigte sich Marietta Kemke, den Blick erwartungsvoll über den Tisch hinweg auf ihren Besucher gerichtet. Kleine Wölkchen erhoben sich aus den mit frischem Kaffee gefüllten Tassen, ergänzten den wunderbaren Duft der Sahnetorte um eine weitere wohlriechende Note. Arnulf Giese hatte das mit feinen Mandelsplittern gekrönte Wunderwerk am Morgen selbst gebacken. Dass seine Partnerin auf ihre geliebten Glimmstängel verzichtete, hatte wohl damit zu tun, dass sie das appetitanregende Aroma nicht beeinträchtigen wollte.

»Ich werde versetzt«, antwortete Harald Loose wahrheitsgemäß.

Sein Onkel musterte ihn erwartungsvoll. »Hamburg?«, fragte er.

Der junge Mann holte tief Luft.

»Düsseldorf?«

Harald Loose schüttelte den Kopf.

»Lübeck«, unternahm Giese einen weiteren Versuch.

Das Seufzen seines Gesprächspartners kam aus tiefer Seele. »Stuttgart«, hauchte er.

Arnulf Gieses Miene veränderte sich schlagartig. Seine Gesichtsfarbe wechselte zu einem ungesunden, dunklen, Bluthochdruck und drohenden Schlaganfall signalisierenden Rot, seine Stirn überzog sich mit unzähligen Falten. »Nein«, stieß er mühsam hervor.

»Doch.«

Der urplötzlich von einem katastrophalen Gesundheitszustand gezeichnete Mann erhob sich unter Aufbietung aller Kräfte aus seinem Stuhl, wankte schwerfällig zu dem Schrank auf der anderen Seite des Raumes, kehrte dann mit einer vollen Flasche Nordhäuser Doppelkorn und einem großen Glas zurück. Seine Hände zitterten, als er unter großen Mühen den Verschluss öffnete. Es dauerte eine Weile, bis er das Glas zu einem guten Drittel gefüllt hatte. Ein Teil der hochprozentigen Flüssigkeit landete auf dem Tisch. Er nahm es auf, setzte es an den Mund.

»Seit wann trinkst du?«, fragte Loose. Er wusste, dass sein Onkel nie trank. Arnulf Giese verabscheute Alkohol, seit er ihn kannte.

»Ich trinke nicht!«, erklärte der Ältere in barschem Ton und kippte das Glas in einem Zug. Heftiges Husten war die Folge. Giese stützte sich an der Tischkante ab, kämpfte um Luft. Als seine Atmung wieder einigermaßen funktionierte, verschloss er die Flasche und verstaute sie in dem großen Schrank. »Was hast du verbrochen?«, krächzte er dann.

Loose hob nichtsahnend die Hände, wich der dunkelblauen Rauchwolke aus, die seiner Tante entströmte. Urplötzlich hatte sie sich doch eine Zigarette angesteckt.

Arnulf Giese ließ sich wieder auf seinem Stuhl nieder, starrte ihn mit großen Augen an. »Acht Jahre Mumbai, sechs Jahre Santiago, vier Jahre Jakarta. Du kennst mein Leben.« Langsam schien er wieder zu sich selbst zu finden. »Jedes Mal eine andere Kultur. Völlig neue Lebensweisen. Ungewohnte Bräuche, Religionen und Kulturen. Andere Formen des Umgangs von Frau und Mann. Verschiedene Arten, sich zu ernähren.« Er legte eine Pause ein, musterte seinen Neffen. »Alles kein Problem. Man gewöhnt sich daran, passt sich an oder auch nicht, nimmt Rücksicht auf das Verhalten der Mehrheit. Am schwierigsten sind noch das Essen und Trinken. Die einen schätzen, was die anderen verabscheuen. Aber auch das lässt sich mit der Zeit bewältigen. Anstrengende Kollegen, hinterhältige, verschlagene Geschäftspartner, unfähige und intrigante Vorgesetzte gibt es überall. Die Welt ist voller Idioten und Arschlöcher, du kannst dich aufhalten, wo du willst, sie begegnen dir auf Schritt und Tritt. Aber es gibt auch die anderen, die Freundlichen. In jedem Land und in oft nicht geringer Zahl. Die helfen dir weiter, wenn es mal gerade hakt. Aushalten kannst du es deswegen überall.« Er schwieg einen Moment, fügte dann zwei Worte mit besonderer Betonung hinzu. »Fast überall.«

Harald Loose wartete schweigend auf eine Erklärung.

»Nur nicht bei den Schwaben.«

* * *

»Warum? Was war so schlimm?«, hatte Loose gefragt.

Arnulf Giese hatte sich ein Stück Sahnetorte in den Mund geschoben und bedächtig gekaut. »Alles«, hatte er geantwortet.

»Alles?«

»Die verstehen nicht zu leben. Schaffen, immer nur schaffen. Wer nicht mitmacht, bleibt außen vor. Die sind nicht fähig, das Leben zu genießen. Das geht an ihnen vorbei. Du merkst es an dem Fraß, den sie sich antun. In Schweinemagen verpackte, saure Eingeweide. Salatblätter triefend vor Essig. Klebriges Labbergeschmiere, das sie als Wein bezeichnen. Du merkst es, wie sie wohnen. Ihr Stuttgart erstickt in einer Lawine von Blech und Gestank, aber anstatt die Dreckskarren aus der Stadt zu verbannen, schreien die danach, auch noch die allergiftigsten Stinker auf die Leute loszulassen. Du merkst es, weil eine arrogante Clique das ganze Land verarscht: Die graben in ihren von unzähligen Wasserläufen durchzogenen Untergrund kilometerlange Tunnel, ruinieren den gesamten Bahnverkehr mit einem viel zu kleinen, total schiefen, niemals funktionsfähigen, erbärmlichen Dorfbahnhof und veruntreuen dafür auch noch viele Milliarden Steuergelder. Schwaben, das ist kein Leben, nur Vegetieren. Hundserbärmliches Vegetieren.«

»Wie lange warst du dort?«, hatte Loose gefragt. »Drei Jahre, oder?«

Arnulf Giese hatte seinen Neffen mit starrem Blick gemustert, war dann in heftiges Kopfschütteln verfallen. »Nein, nicht drei Jahre«, hatte er ihn korrigiert. »Dreieinhalb! Weißt du, was das bedeutet?«

Sein Gegenüber hatte geschwiegen.

»Eintausendzweihundertsiebenundsiebzig Tage und Nächte«, hatte Arnulf Giese erklärt, »Verstehst du?«

Keine Reaktion.

»Eintausendzweihundertsiebenundsiebzig Tage und Nächte Schwaben«, hatte Giese wiederholt. »Das bedeutet Erdbeben, Vulkanausbruch, Feuersbrunst, Asteroideneinschlag und Überschwemmung in einem. Ein einziger, nicht enden wollender Alptraum.«

* * *

Zwei Wochen später feierte Harald Loose das Abschiedsfest mit seinen Freunden. Er hatte zwar nur wenige, und seit der Trennung von Carina war auch davon noch die Hälfte abgetaucht, ganz ohne formellen Termin wollte er sich aber doch nicht davonmachen. Die paar, die bei ihm vorbeischauten, hatten überraschend viel zu erzählen. Tom und Kevin, beide Polizeikollegen; Luis und Bianca, die er aus einer Schlägerei gerettet hatte; Moritz, der auf seinem Stockwerk wohnte.

Allen gemeinsam war nur ein Thema. »Schwaben? Das willst du dir wirklich antun?«

Er zuckte nur mit der Schulter.

»Meine Wohnung wurde vor drei Jahren an einen Schwaben verkauft«, berichtete Tom vom Prenzlauer Berg. »Seither hat der Kerl die Miete drei Mal erhöht. Jedes Mal zwischen neun und vierzehn Prozent. Ich kann sie nicht mehr zahlen. Nächsten Monat muss ich raus, keine Ahnung, wohin. Ein fetter, alter Sack. Der kann den Hals nicht vollkriegen. Hoffentlich erstickt er bald an seiner Gier.«

»Dann müssen aber viele ersticken. Die Gier sitzt denen doch im Blut«, meinte Moritz. Er arbeitete als freier Journalist, besuchte sämtliche Regionen Mitteleuropas. »Vor Kurzem war ich rund um Stuttgart auf Recherche. Wohin du kommst, alles voll protziger Blechkisten. Die überschwemmen die halbe Welt mit ihren spritfressenden Karossen. Dabei wissen sie so gut wie wir, dass es mit diesen überdimensionierten Dinosauriern ein Ende haben muss, wenn wir nicht wollen, dass unsere Erde in einem unkontrollierbaren Höllenfeuer verbrennt. Das interessiert bei denen kein Schwein. Solange mit dem Zeug Profite zu erzielen sind, hat das absoluten Vorrang. Die sind skrupellos. Hauptsache Profit.«

»Das kannst du laut sagen«, erklärte Bianca. Sie wohnte in Zehlendorf und war im ganzen Land als Wirtschaftsprüferin unterwegs. »Letzten Winter hatte ich für eine Woche in einer kleinen Firma im Umland ihrer Landeshauptstadt zu tun. Am letzten Abend war ich bei der Familie des Unternehmers eingeladen. Das Haus und die Einrichtung kündeten unübersehbar vom Wohlstand der Besitzer. Wir saßen auf dem Designer-Sofa, als ich in einer Vitrine mitten im Wohnzimmer verschiedene Holzfiguren entdeckte. Kleine, recht plump ausgefallene Nachbildungen von Katzen, Hunden und Pferden ohne jeden Charme. An jeder Figur haftete ein kleines Schild mit Zahlen zwischen 59 und 99. Ich sah die Augen des Unternehmers erwartungsvoll auf mich gerichtet und erkundigte mich nach der Bedeutung der Zahlen. Schnitzen sei sein Hobby, erklärte mir der Mann mit stolz geschwellter Brust, und falls ich eine oder mehrere Figuren erwerben wolle, könne ich die jeweiligen Kosten in Euro auf dem beigefügten Preisschild erkennen.«

»Der wollte dir allen Ernstes das Zeug nicht schenken, sondern verkaufen?«, erkundigte sich Tom. »Und dazu stellte er es samt Preisschildern in einer Vitrine in seiner Wohnung aus?« Er verstummte, starrte sprachlos zu der jungen Frau.

»Mitten im Wohnzimmer, ja«, bestätigte sie.

Plötzlich war es absolut still geworden. So still, dass man trotz aller Anwesenden eine Stecknadel hätte fallen hören können.

Es dauerte mehrere Sekunden, bis Toms voller Anteilnahme geäußerte Bemerkung das Schweigen durchbrach. »Oh Gott, du Armer«, stöhnte er. »Willst du es dir nicht noch mal überlegen?«

Kevins Reaktion fiel etwas pragmatischer aus. »Was machen die nur mit dem ganzen Zaster?«, fragte er.

»Was die damit machen, kann ich dir nicht sagen«, gab Luis zur Antwort. Er betrieb gemeinsam mit zwei Freunden ein angesagtes Lokal am Wannsee. »Ich weiß nur, was die nicht damit machen.« Er wartete mit seiner Erklärung, sah sich wissbegierigen Blicken ausgesetzt. »Die können einsacken, so viel sie wollen, beim Ausgeben unterliegen sie einer totalen Blockade. Wenn um Mitternacht Ebbe in den Beuteln unserer Kellner herrscht, wissen wir, dass der Parkplatz den ganzen Tag mit dicken Karossen mit Kennzeichen wie *S, ES, LB* und *BÖ* vollgestellt war. Trinkgeld? Die lernen schon in ihrem schwäbischen Mutterleib, die Arschbacken zusammenzukneifen, wenn es ums Austeilen geht.«

»Das predigen die Pfaffen bei denen von den Kanzeln«, steuerte Kevin seine Erfahrungen bei. »Meine Schwester studierte zwei Semester in Tübingen und wohnte zur Untermiete in einem Nachbardorf. Länger hielt sie es dort nicht aus. Ihre Vermieter rannten alle paar Tage in die Kirche. Bibelstunde, Heilige Messe oder wie die das nannten. Mit sauertöpfischen Mienen hin, mit noch sauertöpfischeren Gesichtern wieder zurück. Und dazu die grauenvolle Sprache! Ich war nur ein einziges Mal bei ihr, verstand immer nur Studentle, Faulenzerle, Demonstrantle, Taugenichtserle. Und dann stellte sie mir noch ihre Mitbewohnerin vor. Die Nadine Schleimle aus Beeblinge. Du solltest dir wirklich überlegen, ob du dir das antun willst.«

»Drei Jahre bei denen, das hältst du niemals durch«, warf Luis ein. »Zwei, drei Monate sind schon zu viel. Drei Jahre Schwaben sind schlimmer als zwei Ewigkeiten in der Hölle!«

Der Abend endete mit unzähligen Beileidsbekundungen und dem Versprechen, jederzeit ein leeres Bett vorzufinden, sollte Harald Loose Hals über Kopf wieder in die Zivilisation zurückkehren wollen.

3. Kapitel

Zwanzig Minuten vor sieben Uhr am Montagmorgen heulte Harald Looses Handy laut auf. Mit schwerem Kopf tauchte er aus dem Schlaf. Fast das gesamte Wochenende hindurch war er unterwegs gewesen, zu Fuß, per Bahn, mit seinem Wagen. In Stuttgart, dem Zentrum und fast allen Vororten, in den Städten der Umgebung von Bietigheim über Ludwigsburg, Waiblingen, Leonberg und Böblingen bis nach Herrenberg, Esslingen, Schorndorf und Göppingen. Er hatte sich die Stadterkundungs-Apps der jeweiligen Gemeinde aufs Handy geladen, war durch die Straßen und über die Plätze gestreift, hatte versucht, in einer Art Crashkurs die angeblich bedeutendsten Partien der Region kennenzulernen. Arnulf Giese hatte ihm dazu geraten. Wenn er sich den Wechsel wirklich antun wolle, solle er die Gegend mindestens eine Woche lang gründlich erkunden, um sich auf den seltsamen Lebensrhythmus dort wenigstens in Ansätzen einzustimmen.

Aus der Woche waren nach Looses Antrittsbesuch im Landeskriminalamt in Bad Cannstatt am Freitag zwei Tage geworden; diese aber von der ersten bis zur letzten Minute mit unermüdlichen Ortserkundigungstouren angefüllt. Er hatte den auf den Apps dargebotenen Informationen folgend eine Menge wichtiger Orientierungspunkte in seinen Gehirnwindungen gespeichert, indem er vor dem jeweiligen Gebäude oder in der betreffenden Straße Aufstellung genommen und die in der App dargebotenen Erklärungen nachgesprochen hatte – seine seit Jahren bewährte Methode, schwer verständliche Angelegenheiten nicht einfach zur Kenntnis zu nehmen, sondern sie in seinem Gedächtnis zu speichern wie ein Computer die Daten auf der Festplatte. Topografische Sachverhalte zu verinnerlichen war schon immer eine seiner Stärken. Hatte er einen Ort auch nur ein einziges Mal zu Gesicht bekommen, fand er sich dort ohne jedes Problem zurecht. Auf diese Fähigkeit hatte er sich seit jeher blind verlassen können. Die Hoffnung, bei der Arbeit von der neugewonnenen Ortskenntnis zu profitieren, hatte ihn zu diesem Engagement veranlasst. Dass er in den beiden auf den Samstag und den Sonntag folgenden Nächten deshalb nur wenig Zeit für einen erholsamen Schlaf gefunden hatte, schien ihm die Sache wert. Hauptsache, er erwies sich nicht als vollkommen ortsunkundig, wenn er seine Arbeit aufnahm.

Loose warf einen Blick auf die Uhr, hielt das Handy ans Ohr. »Sechs-einundvierzig, Loose«, meldete er sich.

Die Person am anderen Ende zögerte. »Sechs-einundvierzig?« Sie schien zu überlegen. »Mhm, Sie sprechen von der Uhrzeit, ja. Das ist korrekt. Stöhr hier. Es geht um eine Entführung.«

Er blieb ruhig, wartete auf weitere Erklärungen.

»Mhm, sind Sie noch da?«

»Wo sonst?«

»Mhm, ja. Sie müssen sich sofort um die Angelegenheit kümmern. Unsere Kommissare sind leider verhindert. Frau Neundorf ist diese Woche wieder als Dozentin an der Polizeihochschule in Villingen-Schwenningen tätig, Herr Braig wurde am Samstagabend bei einem Einsatz verletzt. Er befindet sich noch in ärztlicher Behandlung.«

»Entführung«, sagte Loose.

»Mhm, ja. Normalerweise läuft es so: Ich maile den ermittelnden Kommissaren alle Informationen, die uns zur Verfügung stehen. Dann können sie sich selbst ein Bild machen.«

»Ich warte.« Loose beendete das Gespräch, hörte kurz darauf den Signalton der Mail. Er holte sich den Text aufs Display.

Der Auftritt des Volksmusikinterpreten Götz Miller (Künstlername: Heinzi) auf den Schwäbischen Heimattagen in Schlüpfingen am Sonntag, den 02.08. von 18 Uhr bis 19.30 Uhr konnte nicht stattfinden. Das Fest steht in der Trägerschaft der Landesregierung. Heinzi gilt als einer der landesweit bekannten Stars der Volksmusikszene. Sein Auftritt wurde von Hunderten von Fans als Hauptattraktion des Festes erwartet.

Miller war von etwa 17.30 Uhr an nicht mehr aufzufinden. Mehrere Umfragen und Aufrufe hatten keinen Erfolg. Die daraufhin eingetretene Zwangspause des Unterhaltungsprogramms wurde durch noch anwesende Musiker, die bereits zuvor aufgetreten waren, überbrückt. Miller wurde erst gegen 23 Uhr von Christoph Hayer, einem Spaziergänger, der seinen Hund ausführte, am Rand eines Waldes wenige Kilometer von Schlüpfingen entfernt, aus einer mobilen Toilette, die dort abgestellt war, befreit. Der Hund hatte angeschlagen und den Mann zu dem Häuschen geführt. Miller, der sich daraufhin mit Klopfen und Schreien bemerkbar machte, stand unter Schock. Er war stark unterkühlt und wurde nach ärztlicher Untersuchung ins Stuttgarter Katharinenhospital überführt. Miller konnte seines Zustandes wegen bisher noch nicht befragt werden. Bei der mobilen Toilette handelt es sich um eines von insgesamt 12 Häuschen, die am Rand des Festgeländes für die Besucher aufgestellt waren. Es gibt bisher keinerlei Hinweise darauf, weshalb die Toilette während der Anwesenheit des Musikers abtransportiert und in dem unwegsamen Gelände abgestellt wurde.

Die Waiblinger Dienststelle wurde gegen 18.40 Uhr vom zuständigen Kreistagsabgeordneten Maximilian Mackel über das Verschwinden Millers verständigt. POM Feuster und POMin Singer trafen gegen 18.55 Uhr auf dem Festgelände ein. Sie nahmen Hinweise der Festbesucher entgegen, die sich aber allesamt als nicht zielführend erwiesen. Die Befragung Mackels, der sich persönlich um Miller gekümmert hatte, brachte keine neuen Erkenntnisse. Miller, so Mackels Aussage, sei gegen 15 Uhr in Schlüpfingen eingetroffen. Gegen 16.45 Uhr etwa habe sich der Musiker in das Vorbereitungszelt zurückgezogen, um dort seine Musikinstrumente zu überprüfen. Gegen 17.30 Uhr sei Mackel am Eingang des Zeltes ein letztes Mal auf

Miller getroffen. Der Musiker habe ihm erklärt, vor dem Auftritt noch ein paar Minuten allein übers Festgelände bummeln zu wollen, um sich mental auf den Auftritt vorzubereiten. Was Miller daraufhin unternahm, sei ihm nicht bekannt. Die Instrumente des Musikers wie auch sein Handy lagen unversehrt im Vorbereitungszelt.

Was die Verfassung Millers betrifft, zeigte er nach Aussage Mackels normales Verhalten. Den Worten Mike Scheiders, Millers Manager zufolge, habe es keine aktuellen Drohungen gegen den Künstler gegeben. Heinzi sei allerdings seit Jahren Schmähungen und Verunglimpfungen besonders in den sozialen Medien ausgesetzt. Mehrere dieser Schmähungen sind in den sozialen Plattformen verifizierbar.

Protokoll: POM Bernd Feuster POMin Kerstin Singer.

Loose hielt kurz inne, überlegte, was zu tun sei. Er musste den Tatort besichtigen, danach mit dem Opfer, dem Toilettenaufsteller sowie dem Mann, der den Musiker spätabends entdeckt hatte, sprechen. Der Rest würde sich aus seinen bis zu diesem Zeitpunkt erlangten Erkenntnissen ergeben.

Loose richtete sich in aller Eile her, aß eines der belegten Brote, das er sich am Vorabend gekauft hatte, trank Wasser dazu.

Als er in den Hausflur trat, wunderte er sich wieder über den sauberen, geradezu aseptischen Zustand, in dem der sich befand. Keinerlei Abfall, keine Zigarettenkippe, keine Hundekacke auf dem Boden, nicht eine

Schmiererei an einer der Wände, wie er das sonst von sehr vielen Gebäuden her gewohnt war. Dafür lag jetzt schon wieder, wie am vergangenen Donnerstag und Freitag, als er das Haus zum ersten Mal betreten hatte, ein feiner Zitrusduft in der Luft. Er hielt für einen Moment inne, schnupperte, hatte das Aroma tatsächlich wieder erspürt.

Die Wohnung, zwei Zimmer, Küche, Toilette, Bad, ein schmaler Balkon im zweiten Obergeschoss des aus fünf Stockwerken bestehenden, langgezogenen Gebäudes war ihm von seinem neuen Arbeitgeber im Rahmen des Austauschprogramms besorgt worden. Das Haus lag am Rand Waiblingens, keine acht Kilometer vom Landeskriminalamt entfernt, und war mit häufig verkehrenden S- und Regionalbahnen und einer vierspurigen Straße mit seinem Arbeitsplatz verbunden. Den Lärm der nahen Trasse war er von seiner bisherigen Wohnung gewohnt, genauso den Anblick des unweit entfernten, recht tristen Gewerbegebiets, in dem sich die allseits bekannten Zweckbauten eines Postverteilzentrums und verschiedener Firmen befanden.

Loose bog ins Treppenhaus ab, hatte den intensiven Geruch eines scharfen Reinigungsmittels in der Nase. Er folgte den Stufen nach unten, sah einen mit einem blauen Arbeitskittel bekleideten Mann auf dem Boden knien und diesen mit einem feuchten Tuch bearbeiten. Die etwas klobig wirkende Gestalt schimpfte leise vor sich hin, wischte und rubbelte in einem fort. Loose zog sein Handy hervor, warf einen Blick aufs Display. »Sieben-sieben«, stellte er verwundert fest. Um diese frühe Zeit war der Typ damit beschäftigt, die Treppe zu säubern. Die waren wirklich verrückt, die Schwaben.

Der Reinlichkeitsfanatiker vor ihm legte eine kurze Pause ein, sah zu ihm auf. Er brabbelte irgendetwas vor sich hin, ließ ihn passieren.

* * *

Loose war gerade in seinem Büro eingetroffen, als Kriminalobermeister Stöhr auf ihn zutrat. Er hatte den großen, auffallend dünnen Mann bereits am Freitag bei seiner offiziellen Einführung ins Amt kennengelernt, nahm das Blatt entgegen, das er ihm reichte. »Sieben-sechsundzwanzig«, stellte er mit einem Blick auf den gerade eingeschalteten Computer fest.

Stöhr schaute verwundert auf, überprüfte die Aussage dann auf seinem Handy. »Mhm, Sie haben es wieder mit der Uhrzeit, ja. Hier, eine Mail des Managers von diesem Heinzi. Er ist auf dem Weg von München zu uns und möchte schnellstmöglich den ermittelnden Kommissar sprechen. In dem Fall sind das Sie.«

Loose las den Text unter Stöhrs verwirrt wirkendem Blick leise vor sich hin.

CS Clinton and Scheider Music and Entertainment
New York Rio de Janeiro Munic

An das Landeskriminalamt Baden-Württemberg

Sehr geehrte Damen und Herren,
bin auf dem Weg zu Ihnen. Laut fernmündlicher Auskunft der betreuenden Ärzte ist mein Mandant noch nicht fähig, sich zum Tathergang zu äußern.

Ich verlange volles Engagement zur Ergreifung der Täter. Bei meinem Mandanten handelt es sich um einen der bekanntesten und verdienstvollsten Musiker unseres Landes. Wenn wir es zulassen, dass sogar schon berühmte Musik-Interpreten Terroristen zum Opfer fallen, muss die höchste Alarmstufe ausgerufen werden. Ich erwarte Ihre Bereitschaft zu einem persönlichen Gespräch mit den leitenden Ermittlern Ihres Hauses und die Besichtigung des Tatortes.

Hochachtungsvoll Mike Scheider

Bin gegen neun Uhr im Raum Stuttgart zu sprechen. Teile meine genaue Ankunftszeit mit.

»Mhm«, meinte Stöhr. »Das ist wohl doch etwas übertrieben, oder? Noch wissen wir nicht, ob es sich wirklich um ein Attentat auf diesen Miller handelt. Genauso gut können wir es mit einem Dumme-Jungen-Streich zu tun haben.«

Loose musterte ihn mit einem fragenden Blick.

»Aber, was diesen Miller betrifft: Er ist tatsächlich noch nicht zu sprechen. Ich habe mich im Krankenhaus erkundigt«, erklärte Stöhr. »Damit müssen wir also noch etwas warten. Die Spurensicherer sind aber bereits verständigt, die Toilette und den Fundort zu untersuchen. Und ich habe den Kollegen erreicht, der gestern Abend vor Ort war. Auf dem Festgelände. Ich nehme an, Sie wollen sich den Tatort anschauen?«

Loose nickte.

»Jetzt gleich? Dann gebe ich Feuster, dem Kollegen, Bescheid. Er wird Ihnen alles zeigen.« Stöhr wollte sich gerade davonmachen, als ihm noch etwas einfiel. »Die Musik, mhm. Heinzi. Haben Sie die schon gehört?«

Sein Gesprächspartner schüttelte den Kopf.

»Sollten Sie aber tun. Bevor Sie gehen.« Der Kriminalobermeister machte sich an seinem Handy zu schaffen, hielt es vor sich hin. »Eine Kostprobe sozusagen«, brabbelte er.

Im gleichen Moment heulte das Gerät los. Derart abseits aller gewohnten Harmonien, dass Loose erschrocken zusammenzuckte und seine Hände über die Ohren presste. Das weinerliche Gequake einer dünnen Fistelstimme war dennoch ebenso wenig zu überhören wie das ständig an- und abschwellende Quietschen und Scheppern unzähliger anderer auf die Absonderung unzumutbaren Lärms ausgerichteter Apparaturen. Der Sänger jodelte einen seltsamen Text wie *Mein Herz schlägt ganz heftig bum bum bum. Du bist jetzt bei mir bum bum bum. Ich bin nicht mehr einsam bum bum bum.*

Entgeistert starrte Loose auf das Smartphone des Kollegen. Das grauenvolle Gedudel bereitete ihm physische Schmerzen. Übelkeit stieg in ihm auf, wie damals, als er sich kurz vor Helgoland auf offener See hatte übergeben müssen. Es dauerte viel zu lange, bis Stöhr endlich reagierte und dem Lärm ein Ende bereitete.

Loose musterte den Kriminalobermeister mit weit aufgerissenen Augen. »Ihr Handy. Es muss defekt sein«, erklärte er.

Stöhr wehrte die Vermutung mit vehementen Handbewegungen ab. »Im Gegenteil. Es ist nagelneu. Letzte Woche gekauft.«

* * *

Harald Loose kam sich vor wie in einer anderen Welt. Eine Bilderbuchszenerie, wie er sie bisher nur auf alten Fotos oder Gemälden gesehen hatte. Ein kleines, vielleicht fünfzig Häuser zählendes Dorf mit roten Ziegeldächern und sauber herausgeputzten Fassaden. Eingebettet in eine auf drei Seiten von Bergen umrahmte Landschaft schmiegte sich der kleine Ort an einen sanft ansteigenden Hügel. Rings um die Gebäude erstreckten sich üppig grüne Gärten und Felder, Weinreben an den Hängen. Oben auf den Anhöhen Wald. Zwischen den Häusern lauschige, von Blumenbeeten gesäumte, kleine Plätze und Parks, auf den Wiesen am Hang Kühe, Pferde, Enten und Hühner.

Loose stand am Rand einer weitläufigen Wiese, die sich unmittelbar vor den ersten Häusern am Fuß des Hügels erstreckte. Vor ihm, am Rand der Straße, eine große Willkommenstafel. *Herzlich willkommen im Musik-Dorf Schlüpfingen. Wir freuen uns über Ihren Besuch!* In fetten Lettern und mit bunten Bildern üppiger Trauben, goldgelber Käsescheiben, mit von Schaumkronen bedeckten, gefüllten Biergläsern sowie Nudeln in allen Variationen wurden die Besucher begrüßt.

Er lauschte den Ausführungen des Waiblinger Kollegen, der am Vorabend die Vermisstenmeldung des Volksmusikers aufgenommen hatte, verfolgte die Tätigkeit mehrerer Arbeiter, die damit beschäftigt waren, die Reste verschiedener Kirmesbuden, Karussells und Verkaufsstände abzubauen. Die Wiese wirkte auf weiten Strecken stark mitgenommen, das Gras niedergetrampelt. Die Abdrücke der Buden und Vergnügungsstätten waren nicht zu übersehen. Besonders heftig hatte es den Randbereich zur Straße hin getroffen. Der gesamte Boden, etwa zwei Fußballfelder groß, war aufgewühlt und von einem Heer unübersehbarer Reifenspuren zerpflügt.

»Hier parkten die Autos«, erklärte der uniformierte Kollege. Er hatte sich Loose als Polizeiobermeister Feuster vorgestellt, führte ihn quer über das Gelände. »Die waren fleißig heute Nacht. Deswegen ist schon fast alles abgebaut.« Er zeigte auf ein Areal im Zentrum der Wiese. »Hier befanden sich die Bühne und das Zelt für die Künstler.« Feuster bemerkte die fragende Miene des Kommissars, setzte zur Erklärung seiner Worte an. »Für die Musiker und Schauspieler, damit die sich …« Ein dumpfer Schlag, gefolgt von einem lauten Schrei ließ ihn verstummen.

Sie wandten sich zur Seite, sahen einen der Arbeiter schimpfend und fluchend auf dem Boden knien und auf ein Brett starren, das ihm anscheinend aus den Händen gerutscht war. Ein Kollege eilte herbei und half dem Mann wieder auf.

»Also für die Musiker und Schauspieler«, fuhr Feuster fort, »damit die sich für ihren Auftritt herrichten konnten. Hier, sehen Sie.« Er zog sein Handy aus der Tasche, machte sich kurz daran zu schaffen, hielt es Loose hin. »So sah das aus.«

Der Kommissar betrachtete das Bild: ein etwa zehn auf zwanzig Meter großes, straff gespanntes Zelt aus weißen Planen, dahinter eine ähnlich breite, etwa zwei Meter hohe, stabile Bühne. Quer über das Zelt hinweg hing eine breite Banderole mit der Aufschrift: *Schwäbische Heimattage.* Alles wirkte äußerst professionell.

Feuster wischte über das Display, zeigte eine Abfolge von Bildern mit dem Zelt und der Bühne im Mittelpunkt, von einer gewaltigen Menschenmenge umringt. Ein Teil der Leute saß auf Bierbänken, Stühlen oder Tischen, andere standen im weiten Kreis drum herum. »Da war ganz schön was los, gestern!« Die Begeisterung des Beamten war nicht zu überhören. »Die Bilder stammen von meiner Cousine. Die war den ganzen Mittag anwesend und kaum zu trösten, als Heinzis Auftritt ausfiel.« Er musterte die Miene Looses, konnte keine Reaktion erkennen.

»Was soll das?«, kam es stattdessen kurz und knapp über dessen Lippen. Seine ausgestreckte Hand wies auf zwei große Plakatwände am Rand des Geländes, die riesige Bilder wunderschöner Gebäude und anmutiger Parkanlagen voll modisch gekleideter, freundlich lächelnder Menschen präsentierten. *Das neue Schlüpfingen,* waren sie überschrieben. Was nicht so recht passte, waren die dunklen Flecken, die die beiden Wände in auffallend großer Anzahl verunstalteten.

»Ein neuer Ortsteil«, erklärte Feuster. »Soll hier gebaut werden.« Er zeigte in die Umgebung.

Loose wandte sich von den Plakatwänden ab. »Die Toiletten«, sagte er.

Feuster wunderte sich über das emotionslose Verhalten des Kollegen, wies zur Seite auf das kleine Waldstück, das sich am Rand der Wiese erstreckte. Der Mann vermied jeden Blickkontakt, richtete seine Augen überall hin, nur nicht ins Gesicht seines Gesprächspartners.

Sie querten das Gelände, liefen auf die Lichtung zu. Es handelte sich um eine Ansammlung junger Laubbäume, die von dichtem Buschwerk gesäumt wurden.

Feuster wies auf die freien Flächen zwischen den Stämmen. »Hier waren sie aufgebaut.«

Loose warf einen Blick auf den Boden, hatte keine Schwierigkeiten, die Abdrücke der Toiletten zu erkennen. Man hatte sie in lockerem Abstand voneinander postiert gehabt, parallel, in mehreren Reihen.

»Die Toilette, in der Miller …?«

»Dort unten, am Rand«, erklärte Feuster. Er stapfte an mehreren Reihen der jungen Bäume entlang, umrundete einen weit aufragenden Riegel dornigen Gestrüpps, wies auf die Einmündung eines Waldwegs. »Hier war der Anhänger geparkt.« Er zeigte auf den Boden, wo die Einkerbungen breiter Autoreifen deutlich zu sehen waren.

Loose beugte sich nieder, musterte die Umgebung mit in Falten gelegter Stirn.

»Die Toilette stand auf einem Anhänger, nicht auf dem Boden.«

Loose überlegte, ob er das korrekt verstanden hatte, richtete sich wieder auf. »Auf einem Anhänger?«

»Ich habe mich zuerst auch gewundert«, gab Feuster zu. Er wies in die Richtung, aus der sie gekommen waren. »Aber dann habe ich mir die Sache erklären lassen. Die hatten ursprünglich nur zehn Häuschen bestellt. Als später aber der Wetterbericht fürs ganze Wochenende Sonne und Wärme versprach, orderten die Veranstalter sicherheitshalber zwei weitere Toiletten. Auf

Rädern, um die Aufstellung flexibel zu handhaben. So konnte oben der Abstand zwischen den einzelnen Häuschen gewahrt bleiben.« Er wischte wieder übers Display seines Smartphones, hielt es seinem Begleiter hin. »Die Website der Firma, die die Dinger verleiht. So sieht das aus.«

Loose betrachtete die Darstellung. Ein kleiner, tief liegender Fahrzeuganhänger, auf dem eine schmale, olivgrüne Toilettenbox verankert war. Der Zugang erfolgte über einen breiten Metallsteg. Er wischte zum nächsten Foto. Der Anhänger war jetzt an einen älteren Golf gekuppelt, der Metallsteg hochgeklappt. So konnte jedes Fahrzeug, das mit einer Anhängerkupplung ausgestattet war, den Karren wegschaffen, dachte Loose, es sei denn … »Der Anhänger war nicht gegen Diebstahl gesichert?«

»Keine Ahnung.« Feuster nahm sein Handy wieder an sich. »Da müssen Sie bei dem Verleiher nachfragen. Sie haben die Daten der Firma?«

Er notierte sich Anschrift und Telefonnummer, erkundigte sich danach, wann die Toiletten zurückgebracht worden seien.

»Das muss heute Morgen gewesen sein«, meinte Feuster. Er bemerkte den auf den Boden gerichteten Blick des Kollegen, begriff, worauf der anspielte. »Ach so, wegen der Reifenabdrücke. Ja, da ist wohl nichts mehr zu machen. Da hätte man vorher schauen sollen.« Er fuhr sich durch die Haare, zog die Nase hoch. »Das haben wir versiebt.«

Loose richtete sich auf, musterte die Umgebung. »Wohin führt der?«, fragte er, auf den Waldweg weisend.

»Zur Straße«, erklärte Feuster. »Ungefähr dreihundert Meter. Für Autos gesperrt. Aber die Schranke am Eingang lässt sich leicht umfahren.«

»Mit Anhänger?«

Der Beamte nickte. »Da bleiben nur Idioten hängen.«

»War er gestern freigegeben?«

»Nein. So stabil ist der nicht.«

Loose überlegte. »Dann müssen wir ihn untersuchen. Vor allem den Bereich um die Schranke.«

»Natürlich, ja«, stimmte Feuster zu. »Es sei denn ...« Er hielt inne, bemerkte die fragende Miene seines Begleiters. »Es gibt eine Abzweigung. Keine hundert Meter von hier. Die ist aber sehr schmal und auch nur den Leuten aus der direkten Umgebung bekannt.«

»Mit Anhänger zu bewältigen?«

»Wenn Sie sich nicht allzu dämlich anstellen ... Ich denke schon.«

»In die Richtung ...«

»Dorthin, wo Millers Toilette entdeckt wurde, ja. Ein Weg, den nur Waldarbeiter oder Wanderer nutzen. Er führt direkt zum Fundort, steil den Hügel hoch, immer durch den Wald.«

Loose zeigte in die Richtung des Weges.

»Sie wollen es sich ansehen?« Feuster sah das zustimmende Nicken des Kollegen, lief ihm voraus.

Sie benötigten keine zwei Minuten, bis sie die erwähnte Abzweigung erreicht hatten. Sie führte fast genau im rechten Winkel weiter. Schmal, für einen PKW und einen Anhänger aber gerade ausreichend.

Loose konzentrierte sich auf den lehmigen, teilweise mit Gras und Kräutern bewachsenen Boden. Die Reifenspuren waren nicht zu übersehen. Auch das zerzauste, an mehreren Stellen niedergedrückte Buschwerk beidseits des Weges zeugte davon, dass hier vor nicht allzu langer Zeit ein Fahrzeug unterwegs gewesen sein musste. Er nahm sein Handy her, fotografierte die Narben, die der unbekannte Wagen hier geschlagen hatte. »Millers Toilette. Wie weit?«, wandte er sich an seinen Begleiter.

»Hier entlang zu Fuß?«

Er nickte.

»Höchstens ein Kilometer.«

Loose stapfte augenblicklich los. Er hielt sich genau in der Mitte des Wegs, signalisierte dem Kollegen, auf Reifenprofile zu achten. Fast die gesamte Strecke war von den Folgen eines erst vor kurzer Zeit hier entlanggekommenen Fahrzeugs gezeichnet: alle paar Meter niedergedrückte, ausgerissene oder vollkommen platt gewalzte Pflanzen an den Seiten, dazu immer wieder die Abdrücke mehrerer Reifen. Sie kamen nur langsam vorwärts, weil Loose die markantesten Spuren mit seinem Handy dokumentierte, erreichten nach einer scharfen Rechtskurve die Ausläufer eines von dichtem Wald bewachsenen Hügels. Ein schmaler Weg, ähnlich dem, dem sie bisher gefolgt waren, führte sanft bergan. Auch er gerade breit genug, ein Auto passieren zu lassen.

Feuster wies auf die Reifenabdrücke, deren Fortsetzung auf der anderen Seite deutlich zu erkennen war. »Da gibt es wohl keine Frage«, meinte er.

Sie folgten dem Weg in die Höhe, erreichten die Kante eines Steinbruchs, die unmittelbar links, keinen halben Meter von der Fahrspur entfernt, fast senkrecht in die

Tiefe abfiel. Ein etwa ein Meter hoher Maschendrahtzaun diente als Schutz.

Loose blieb stehen, sah den gähnenden Abgrund eine Handbreit neben sich. »Das mit Anhänger. Riskant.« Der Musiker konnte froh sein, in seinem blickdichten Käfig nicht miterlebt zu haben, auf welch abenteuerlichem Pfad er entführt worden war.

»Ja, schnelles Tempo ist hier nicht zu empfehlen«, bestätigte sein Begleiter. »Aber in die entgegengesetzte Richtung zu fahren, ist noch viel gefährlicher. Sie werden gleich merken, wieso.«

Sie liefen an der Abbruchkante entlang, umrundeten den halben Steinbruch, bis der Weg im rechten Winkel steil aufwärts in den Wald abbog.

Feuster hielt nach wenigen Schritten inne, warf einen Blick zurück. »Verstehen Sie, was ich meine?«

Loose benötigte keine Sekunde, um zu begreifen. Den Weg in der Gegenrichtung zu benutzen, war in der Tat ein lebensgefährliches Unterfangen. Er führte durch den Wald steil abwärts direkt auf den Steinbruch zu, bog dann unmittelbar vor dem Abgrund scharf nach links, um der Steilkante zu folgen. Der Zaun war unmöglich stabil genug, ein strauchelndes Fahrzeug vor dem Sturz in die Tiefe zu bewahren.

Loose war froh, die Passage bewältigt zu haben, folgte den Reifenspuren. Fünf Minuten später stießen sie auf einen holprigen Pfad, an dem ein Polizeifahrzeug parkte.

»Hier entlang kam der Mann mit seinem Hund«, erklärte Feuster. »Und dort, hinter dem Dickicht entdeckte er, oder besser gesagt sein Hund, die Toilette.«

Die Reifenspuren führten direkt ins Unterholz. Büsche und Sträucher beidseits des schmalen Wegs waren niedergerissen oder mit brachialer Gewalt zur Seite gedrückt worden. Den Anhänger samt Toilette bemerkten sie erst, als sie wenige Meter vor ihm angelangt waren. Ein etwas übergewichtiger, uniformierter Beamter stand mitten im Weg, musterte sie mit müdem Blick.

»Mein Kollege. POM Urbach«, stellte Feuster die beiden Männer einander vor. »KK Loose vom LKA.«

Der Kommissar schenkte dem Beamten keine Beachtung, hatte nur die schmale, olivgrüne Box im Blick. Sie schien in der Luft zu schweben, war das dunkle Gestell des Anhängers in der graubraunen Umgebung des Waldbodens doch kaum auszumachen. Die Szenerie wirkte unwirklich, zudem verwirrend: Toilettenboxen dieser Art hatte Loose bisher schon auf Baustellen oder am Rand von Festplätzen gesehen, nie jedoch mitten im Dickicht eines Waldes. Dass der Spaziergänger sie hier entdeckt hatte, noch dazu nach Einbruch der Dämmerung, war ein Wunder. Er musste ihn unbedingt sprechen. »Der Mann, der Miller fand …«, setzte er an.

»Ein Herr Hayer«, antwortete Urbach. »Er war am späten Abend mit seinem Hund hier draußen unterwegs. Wenn Sie sich mit ihm unterhalten wollen … Er ist heute Morgen zu Hause.«

Loose nickte, notierte sich die Adresse des Mannes. »Die Spurensicherer?«, fragte er dann. »Sie waren schon hier?«

Urbach schüttelte den Kopf. »Ich warte schon die ganze Zeit. Sie seien unterwegs, hat man mir erklärt.«

»Dann halte ich Abstand«, erklärte Loose, auf die Toilette weisend. »Der Weg. Sie sollen sich die gesamte Strecke bis zum Festplatz vornehmen. Reifenabdrücke und so.« Er blieb einen Moment stehen, ließ die Eindrücke der letzten Stunde noch einmal auf sich wirken. Eines war klar: Wer immer hinter der Entführung steckte, verfügte über eine ausgezeichnete Ortskenntnis. Er oder sie stammten mit hoher Wahrscheinlichkeit aus dem Dorf oder der Umgebung. Fremde kamen dafür kaum infrage.

4. Kapitel

Christoph Hayer wohnte am Ortsrand von Pfuhlbach, keinen Kilometer vom Fundort der Toilette entfernt. Eine stark befahrene, vierspurige Straße führte an seinem Haus vorbei mitten in den Ort. Der kleine, wohlbeleibte Mittvierziger arbeitete als selbstständiger Software-Entwickler meistens von zu Hause aus, wie er Loose erklärte, nachdem er ihn in sein Büro im Anbau seines Einfamilienhauses geführt hatte. Gemeinsam mit einem schlanken, heftig mit seinem Schwanz wedelnden Golden Retriever hatte er ihn an der Tür empfangen und ins Haus gebeten.

»Tommy ist immer dabei. Keine Angst, er bellt nur bei besonderem Anlass. Und Beißen kennt er erst gar nicht. Dazu ist er viel zu sanft.« Looses skeptischen Blick im Visier hatte der Mann den Hund zärtlich gekrault, war dann, gefolgt von dem Vierbeiner, vor dem Kommissar her in sein Büro marschiert.

»Ich bin mitten in einer Videokonferenz«, erklärte Hayer, auf die Gesichter zweier Frauen und eines Mannes deutend, die fast lebensgroß auf einem Riesenbildschirm zu sehen waren, »aber für eine kurze Unterhaltung kann ich mich ausklinken.« Er gab seinen

Gesprächspartnern Bescheid, bat Loose, auf einem der Stühle Platz zu nehmen.

Der Kommissar kam seiner Aufforderung nach. »Die Toilette gestern Abend«, fragte er, »wieso waren Sie dort?«

Hayer ließ sich auf seinen Schreibtischstuhl fallen, fuhr dem Hund, der erwartungsvoll zu ihm aufsah, sanft über den Rücken. »Tommy zuliebe«, erklärte er. »Morgens und abends tigern wir gemeinsam durch die Pampa.«

Das Tier hatte offensichtlich bemerkt, dass von ihm die Rede war, sprang kurz in die Höhe, um seinem Herrchen mit der Zunge übers Gesicht zu wischen.

»Ist gut, Tommy, ist gut!« Hayer beugte sich nach vorne, kraulte den Hund mit beiden Händen. »Ich saß fast den ganzen Tag hier am Computer«, fuhr er dann fort. »Sonntag hin oder her. Das kommt in meinem Job nun mal vor. Das Netzwerk eines guten Kunden war zum Wochenende hin kollabiert. Es dauerte bis in den späten Abend, bis alles wieder funktionierte.« Er hielt kurz inne, weil sein Handy läutete, warf einen Blick aufs Display. »Das kann warten«, meinte er, drückte den Anruf weg. »Ja, und meine Frau hielt sich den ganzen Tag mit den Kindern bei ihrer Schwester in Aalen auf. Sie waren zu müde, sich noch um Tommy zu kümmern.« Er wehrte die erneuten heftigen Sympathiebekundungen des Tieres ab, richtete sich wieder auf. »Und meiner Gesundheit zuliebe …« Hayer lachte, zeigte auf seinen Bauch. »Mir tut es gut. Ich habe ja einiges auf den Hüften. Es war zwar später als sonst, aber wir brauchten beide noch etwas Auslauf.«

»Immer derselbe Weg?«

Der Mann schüttelte den Kopf. »Das hängt von der Tageszeit ab. Ich versuche immer, anderen Hunden auszuweichen. Tommy ist zu gutmütig. Er wurde schon zweimal angefallen.« Er bemerkte den kritischen, auf den Hund gerichteten Blick seines Besuchers, fügte schnell hinzu: »Obwohl ich ihn fast die ganze Zeit an der Leine hatte! Normalerweise gehe ich nie weit in den Wald mit ihm. Wegen des Wilds, meine ich. Vor allem nicht, wenn es schon dunkel wird. Aber gestern … Den ganzen Tag im Büro hocken, während draußen die Sonne scheint … Ich wollte einfach losziehen und frische Luft schnappen. Es war Zufall, anders kann ich es nicht erklären.«

Loose blieb ruhig, ließ seine Augen über den Bauch des Mannes schweifen. Die Fettpolster zeichneten sich deutlich unter dem Hemd ab. Er hatte wirklich einiges auf den Hüften.

»Tommy hat ihn bemerkt, ich nicht. Er zerrte plötzlich an der Leine, schnupperte, fing an zu bellen. Es war schon dunkel, vor allem im Wald, der schmale Weg kaum noch zu erkennen, deshalb wollte ich eigentlich wieder zurück oder zumindest in eine andere Richtung. Tommy aber war auf einmal total nervös. Er riss an der Leine, nervte in einem fort. Erst als ich ihn anfuhr und er sich für einen Moment beruhigte, hörte ich die seltsamen Geräusche. Eine Art Klopfen, ein dumpfes Schlagen und dann eine erstickte, um Hilfe rufende Stimme. Ich nahm mein Handy vor und leuchtete die Umgebung ab. Die Toilette entdeckte ich nur, weil Tommy direkt darauf zuhielt. Die war in all dem

Gestrüpp kaum auszumachen.« Hayer verstummte für einen Moment, fuhr mit beiden Händen durch die Luft. »Ich habe die Szene jetzt noch vor mir. Hinter den Blättern die hoch aufragende Box, die seltsamen Geräusche, die erstickten Hilferufe … Wie in einem Gruselfilm, sage ich Ihnen. Ich stand davor und wusste nicht, was los war. Bis ich endlich den Sinn der Worte verstand. ›Lasst mich raus!‹ Keine Ahnung, wie lange ich benötigte, bis ich reagierte!«

Loose bemerkte die leicht bräunliche Eintrübung des Hemdes des Mannes genau über dessen Bauchnabel, hatte sofort wieder den Fleck auf seiner alten Hose im Kopf, als er sich aus Angst vor seinen Peinigern im Heim eingenässt hatte. Die Umrisse waren noch lange zu sehen gewesen, auch nachdem er sie zwei oder drei Mal hintereinander ausgewaschen hatte. Flecken, auch wenn sie im vorliegenden Fall wohl nur von verschüttetem Kaffee stammten, erweckten in ihm sofort die Assoziation an jene schlimme Zeit, ob er es wollte oder nicht.

»Und dann gab ich mich zu erkennen«, unterbrach Hayer seine Gedanken.

Loose wartete schweigend auf eine Erklärung.

»Ich redete auf Tommy ein, um ihn zu beruhigen, und rief irgendwas. ›Was ist los? Wo sind Sie?‹ Oder so ähnlich. War natürlich völliger Schwachsinn, aber so reagiert man eben in so einer Situation. Ich jedenfalls. Allein mit meinem Hund, im Dunkeln, mitten im Wald. Und der Typ gab prompt Antwort. Der brüllte auf der Stelle los. Und wie!« Hayer warf erneut einen Blick auf sein Handy, weil es einen Anruf signalisierte, drückte ihn wieder weg. »›Raus! Raus! Raus!‹ Der hörte überhaupt nicht mehr auf. Und dann versuchte ich, die Box zu öffnen.« Er kratzte sich am Hinterkopf, fuhr sich über die Stirn. »Das war nicht so einfach, wie Sie vielleicht glauben. Erstens musste ich auf den Anhänger und dann auch noch durch das Gestrüpp. Ohne das Licht des Handys hätte ich das kaum geschafft. Und dann noch Tommy. Der musste natürlich ebenfalls mit hoch.« Hayer kraulte den Rücken des Tieres, drückte den Hund ein Stück von sich weg. »Die Tür war mit einem Schloss verriegelt. Deshalb kam der Typ nicht raus.«

Loose wurde augenblicklich hellhörig. »Was für ein Schloss?«

»Ein ganz normales Vorhängeschloss. Wie die von Liebespaaren, die damit die Brückengeländer verzieren.« Hayer ließ ein leises Lachen hören. »Es dauerte eine Weile, bis ich es endlich weghatte. Ich suchte mir ein festes Stück Holz und schlug so lange auf den Riegel ein, bis er endlich abbrach. Keine Ahnung, wie lange ich benötigte. Meine Hände tun mir jetzt noch weh, wenn ich nur daran denke.«

»Wo ist es?«

Hayer streckte beide Hände in die Höhe, zuckte mit der Schulter. »Keine Ahnung. Ich hatte andere Sorgen, das können Sie mir glauben.«

Loose zog ohne ein Wort zu verlieren, sein Handy vor, bat Stöhr, die Spurensicherer mit der Suche nach dem Schloss zu beauftragen. »Und dann?«, fragte er.

»Der Typ war fertig. In jeder Beziehung. Er konnte sich kaum bewegen, zitterte vor Kälte. Und da oben«, Hayer deutete auf seinen Kopf, »sah es nicht besser aus. Der schob Panik, das war nicht zu übersehen.«

»Sie haben mit ihm gesprochen?«

Der Mann ließ ein leises Lachen hören. »Nur das Allernötigste. Da war nix mit vernünftigem Reden. Er wollte nur wissen, wo er sich befand und wie spät es war. Der interessierte sich nicht die Bohne für mich und Tommy. Dabei hatte er es ja ihm zu verdanken, dass er …«

»Sein Handy«, fiel Loose seinem Gesprächspartner ins Wort. »Weshalb hat er es bei seinen Instrumenten zurückgelassen?«

»Keine Ahnung. Wie gesagt, der sprach nicht viel. Ich bekam nur mit, dass er auf dem Fest in Schlüpfingen hätte spielen sollen, aber kurz nachdem er die Toilette aufgesucht hatte … Er wusste selbst nicht, was genau passiert war. Die Box ließ sich plötzlich nicht mehr öffnen und dann fing es auch schon an, entsetzlich zu rumpeln. Die Toilette wurde abtransportiert, das war ihm klar, obwohl er sich fast heiser brüllte. Mehr hat er nicht erzählt.«

* * *

Hayers Bericht war von den Signaltönen ihrer Handys unterbrochen worden. Er hatte Loose noch berichtet, dass er Miller mit zu sich nach Hause genommen habe – ein mühseliges Unterfangen, weil der Mann sehr geschwächt gewesen sei und sich nur langsam habe fortbewegen können. Seine Erschöpfung vor Augen hatte er den Notarzt gerufen, auf dessen Anweisung hin der Musiker ins Krankenhaus eingewiesen worden sei.

Stöhrs fernmündliche Mitteilung, Mike Scheider, der Manager Millers, warte in einem Lokal in Esslingen, um sich mit ihm auszutauschen, bevor er den Medien Rede und Antwort stehen müsse, hatte Loose veranlasst, sich von Hayer zu verabschieden.

Emil, das Lokal, das der Kollege erwähnt hatte, lag mitten in der Esslinger Altstadt. Loose nahm verwundert das Labyrinth schmaler, Fußgängern vorbehaltener Gassen wahr, glaubte sich schon nach wenigen Schritten in eine längst vergangene, weniger hektische Zeit versetzt. Ein einzigartiger Zauber ging von all den vielen verträumten Winkeln, lauschigen Plätzen und von anmutig herausgeputzten Fassaden aus.

Miteinander scherzende, sich unterhaltende Menschen, wo immer er sich bewegte. Frauen mit Kinderwagen schlenderten ihm entgegen. Ältere Männer spazierten mit aufmerksamen Blicken durch die Menge, palaverten lauthals mit Freunden. Jugendliche flanierten in kleinen und größeren Gruppen durch die Gassen, neugierig die Köpfe reckend und nach Gleichaltrigen spähend. Kinder schleckten Eis, von Hormonschüben geplagte Pubertierende machten mit unflätigen Ausdrücken auf sich aufmerksam. Girlies stöckelten in hochhackigen Schuhen übers Pflaster, kreischten, junge Männer im Blick, laut auf, stellten ihre neuen Kleidungsstücke zur Schau. Mittendrin hechelnde, an ihren Leinen zerrende Hunde, durch die Luft flatternde Tauben. Sommerlich warme Luft zog durch die Gassen, der Duft frisch gebrühten Kaffees wechselte mit einem Potpourri teurer Parfums aus nahegelegenen Drogerien. Loose mäßigte sein Tempo, genoss jeden Schritt. Mitgerissen von der Faszination dieses bezaubernden Siedlungsensembles schlenderte er um die Ecken. Ein städtebauliches Juwel, das seinesgleichen suchte. Was für ein Kontrast zu den überall sonst gewohnten, von lärmenden, stinkenden, Stress und Hektik verbreitenden Blechkarossen geplagten Straßen und Stadtvierteln!

Er erreichte die pittoreske Umgebung des Alten Rathauses, bewunderte die Renaissancefassade des Gebäudes mit dem filigranen Uhrenturm. Jetzt waren es nur noch ein paar Schritte zu dem Lokal. Er folgte der mittelalterlich anmutenden Gasse, passierte die prachtvolle, von wuchtigen Eichenbalken geprägte Fachwerkfassade des Südgiebels des Alten Rathauses, stand plötzlich auf einem lichten, komplett mit Pflastersteinen ausgelegten Platz. Blumenkübel mit üppig grünen Pflanzen und Blüten in allen Farben, eine Handvoll rustikaler Tische und Stühle, Frauen und Männer in gelöster Unterhaltung, miteinander scherzend, lachend. Große, bis auf den Boden reichende Fenster, prächtige, in kräftigem Blau gehaltene Türportale mit kunstvollen Verzierungen. *Emil*, prangte an der Fassade, *Café Restaurant*. Loose fühlte sich unwillkürlich vom bezaubernden Flair der Szenerie ergriffen, musste an sich halten, seine berufliche Verpflichtung nicht zu vergessen. Hier verstand man sehr wohl zu leben, spürte er instinktiv, und wie!

Er folgte den Stufen zur Eingangstür hinauf, betrat das Lokal. Weitläufige, bis auf den Boden reichende Fensterfronten auf zwei Seiten, dunkles, rustikales Mobiliar, ein terrakottafarbener Fliesenboden, eine breite, dunkle Sitzbank an der Rückwand. Loose fühlte sich augenblicklich wohl. Das Lokal passte genau zu dieser wunderschönen Stadt. Kein Wunder, dass es schon am frühen Mittag gut besucht war. Gruppen lachender, eifrig miteinander parlierender Frauen an vielen Tischen, nur auf der Bank an der Rückwand, direkt unter einem großen Spiegel, ein einzelner Mann. Er musterte ihn kurz, sah, dass er gerade telefonierte. Seine auf Stadion-Lautstärke eingestellte Stimme war nicht zu überhören.

»Okay, my friend, okay!«

Niemand im ganzen Raum, der die Worte nicht mitbekommen haben konnte. Ein breitschultriger, dynamisch wirkender Typ, das Handy am Ohr, ein aufgeklappter Laptop auf dem Tisch. Er trug ein helles Leinenjackett, darunter ein blütenweißes Hemd. An einem der Finger der linken Hand prangte ein klobiger, goldener Ring. Mehr Gel als Haare auf dem Kopf.

»Okay, fifty fifty«, dröhnte die Stimme des Mannes. »See you later, alligator.« Er nahm das Handy vom Ohr, griff nach der Tasse, die vor ihm auf dem Tisch stand, stellte sie aber mit einer theatralischen Geste wieder zurück, als er Loose auf sich zukommen sah. »Der Herr Polizeibeamte?« Seine Stimme hatte weitere Dezibel zugelegt. »Drei Kilometer gegen den Wind zu erkennen.«

Sämtliche Besucher des Cafés wie auch die Bedienung wandten sich ihm zu. Loose musste keine Sekunde überlegen, was ihn erwartete. Typ theatralischer Wichtigtuer, Mittelpunkt der Welt. Der Mann war ihm auf Anhieb unsympathisch. Er passte überall hin, nur nicht in dieses wunderbare Lokal. Loose blieb in sicherer Entfernung stehen, musterte die vor Gel triefenden rabenschwarzen Resthaare seines Gegenübers.

»Sind Sie's oder sind Sie's nicht?«

»Loose«, stellte er sich vor. »Kriminalkommissar.« Er achtete nicht auf den zum Händedruck ausgestreckten Arm des Mannes, sah, wie der ihn nach mehreren Sekunden vergeblichen Wartens mit zerknautschter Miene wieder zurückzog.

»So?«, dröhnte die kräftige Stimme. »Scheider. Ich bin Heinzis Manager. Wir haben miteinander telefoniert.« Er konnte offenbar nicht leiser.

Der Kommissar wartete, bis Scheider ihn mit einer weit ausholenden, jovialen Geste dazu aufforderte, Platz zu nehmen, zog dann den Stuhl auf der anderen Seite des Tisches vor und ließ sich darauf nieder.

»Sie lieben es, Abstand zu halten, wie?«

Loose verzichtete auf eine Antwort, zog sein Handy aus der Tasche, legte es auf den Tisch.

»Also gut. Wie Sie wollen.« Scheider griff erneut nach seiner Tasse, trank in großen Schlucken. »Heinzis Entführung«, polterte er unmittelbar darauf los. »Das war ein feiger Anschlag auf unsere Lebensart. Die wollen uns den Gebrauch unserer eigenen Sprache verbieten. Darum geht es. In der Ecke müssen Sie sich umschauen.«

Looses Blick wanderte von den Haaren zu dem klobigen Ring, dann weiter durch den Raum. Er legte den Kopf zurück, musterte die Schatten an der Decke, versuchte zu verstehen, worauf sein Gegenüber hinauswollte.

»Heinzi hat jahrelang hart für die Sache gearbeitet. Dass die Menschen auch heute noch mit so herzergreifenden Melodien und Texten aus dem Stress und der Hektik des Alltags abtauchen und in ihrer eigenen Sprache mitsingen können, ist vor allem ihm zu verdanken.

Wenn es nach denen ginge, müsste jeder erst mal Englisch oder sonst eine andere Sprache lernen, um deren primitive Songs zu verstehen. Unsere eigene Sprache würden die am liebsten verbieten. Heinzi wurde zum Symbol, dass sich das nicht alle bieten lassen. Deshalb haben die ihn als Opfer ausgewählt.«

»Wer?«, fragte Loose, den Blick immer noch zur Decke gerichtet.

Sein Gegenüber musterte ihn überrascht. »Oh, Sie können sprechen?« Scheider legte den Kopf zurück, starrte ebenfalls in die Höhe. »Darf ich wissen, was es da oben Interessantes zu sehen gibt?«

»Wer?«, wiederholte der Kommissar. Er änderte seine Blickrichtung, nahm wieder die gegelten Haare ins Visier.

»Die ganze linksgrün versiffte Bande. Die hassen unser Land.« Scheiders laute Stimme dröhnte durch den ganzen Raum. Sämtliche Köpfe waren auf ihn gerichtet. Sein Gegenüber schien der einzige, den die Worte unbeeindruckt ließen.

»Die wollen, dass alles so wird wie in Berlin. Kreuzberg und Neukölln. Alles kaputt.«

»Sie waren schon dort?«, fragte Loose.

»Gott bewahre!«, donnerte Scheider. »Mir reicht, was man so hört!«

»Was man so hört«, wiederholte sein Gesprächspartner. »Aber jetzt das Maul aufreißen.«

Scheider starrte irritiert zu dem Kommissar. »Wie soll ich das jetzt verstehen?«

Loose legte seinen Kopf zurück, gab sich erneut der Betrachtung der Decke hin.

Zuerst hatte er es aus reinem Überlebenswillen getan, damals im Heim. Ja nicht dem anderen in die Augen schauen, er könnte sich provoziert fühlen. »Ey, du Arsch, was glotzt du? Brauchst du was in die Fresse?« Wie oft er verprügelt worden war, ohne jeden Grund, er wusste es nicht. Deshalb hatte er sich den Blick in die Umgebung angewöhnt, irgendwohin, nur nicht auf den, der sich dadurch zu Aggressionen hingerissen fühlen könnte. Blickkontakt vermeiden, das hatte sich ihm eingebrannt, unwiderruflich. Fatal für einen Kriminalbeamten. Beinahe hatte er dadurch seine Kommissarsprüfung versiebt.

Bis ihm die Vorteile dieses Verhaltens aufgegangen waren.

Die Verunsicherung, die er dadurch bei seinen Gesprächspartnern hervorrief. Die immer stärker nagenden Zweifel seines jeweiligen Gegenübers, ob das mühsam gezimmerte Alibi den seltsamen Anwandlungen dieses offensichtlich verhaltensgestörten Kommissars standhalten würde. Das immer deutlicher zutage tretende Erodieren jener künstlich aufgesetzten Selbstsicherheit, mit der aufgeblasene Egomanen sich gegen jeden Anwurf zu schützen versuchten. Mehr und mehr hatten sich seine Kollegen darüber gewundert, wie oft es ihm gelang, ein scheinbar undurchdringliches Bollwerk zu knacken.

So war die Notlösung zur Routine geworden. Am Gesprächspartner vorbeischauen. Irgendeinen imaginären Punkt in der Umgebung avisieren. Oder ein außergewöhnliches Merkmal an dessen Erscheinung. An seiner Kleidung, seinem Körper. Einen fehlenden Knopf, den

Pickel an seinem Kinn, den Haarwust in seinen Ohren. Und dabei schweigen, kaum ein Wort von sich geben, die Verunsicherung steigern. Sich stattdessen allein auf den Gesprächsinhalt konzentrieren. Und auf die Stimme des anderen. Den gleichbleibenden oder aber sich verändernden Sprachrhythmus. Die weitgehend natürliche oder aber formelhaft künstliche Artikulation.

Mehr und mehr war es ihm geglückt, seine Sinne von der Zentrierung aufs Optische zu lösen und eine Kunst des Hörens zu entwickeln, die ihm half, Aussagen seiner Gesprächspartner aufzuspüren, die deren natürlicher Ausdrucksweise widersprachen. Weil sie nicht korrekt waren etwa. Konstruiert oder gelogen. Schlicht und einfach falsch. Überraschend schnell war es ihm seither manchmal gelungen, unwahre Behauptungen als solche zu entlarven. Auch wenn ihn seine Gegenüber derweil oft mit nagenden Blicken traktierten.

Scheider reagierte wie viele andere Gesprächspartner Looses. Irritiert versuchte er, in dessen Mimik zu ergründen, was das eiserne Schweigen zu bedeuten habe, fuhr dann nach einer Weile mit seinen Ausführungen fort. »Viel mehr setzen uns aber die anderen zu. Die Medienfuzzis, Konzernvorstände, Manager, Investoren. All die Typen, die dafür sorgen, dass wir ununterbrochen mit Rock, Hardrock, Rap oder Hip-Hop zugedröhnt werden. Das lässt sich international vermarkten, in fast allen Ländern der Welt. Da multiplizieren sich die Erträge. Heinzi mit seinen im Ausland unverständlichen Songs steht denen im Weg. Wo werden wir denn noch gespielt?«

Loose dachte an die kurze Kostprobe von Heinzi zurück, die er sich am Morgen auf Stöhrs Initiative hin hatte anhören müssen. Allein schon die Erinnerung an das grauenvolle Geseiere ließ Übelkeit in ihm aufsteigen. »Wenn es niemand hören will?«

Scheider schien vor Wut zu explodieren. Er donnerte mit der Faust auf den Tisch, dass Teller, Tassen und Gläser klirrten, kümmerte sich nicht um die aufgeregten Blicke der übrigen Gäste. »Was erlauben Sie sich?!«

Loose wandte seinen Blick von der Decke, fixierte sein Gegenüber. »Gibt es konkrete Drohungen gegen Herrn Miller?«, fragte er.

»Drohungen?« Scheider hatte Mühe, seine Emotionen zu zügeln. »Was glauben Sie denn? Kein Tag ohne!«, geiferte er.

»Konkret gegen seinen Auftritt gestern?«

»Gegen den Auftritt gestern?« Der Manager donnerte erneut auf den Tisch. »Gegen jeden Schritt, jede Bewegung, jeden Atemzug, den er sich erlaubt. Da benötigt es keinen Anlass. Allein die Tatsache, dass mein Mandant nicht davon ablässt, die Menschen mit seinen volkstümlichen Melodien zu erfreuen, ist für diese Verbrecher Grund genug, ihn zu bedrohen. Tag für Tag.«

»Ich benötige eine Übersicht über diese Drohungen. Tag des Eingangs, falls bekannt, der Absender beziehungsweise die Internet-Adresse. Mitsamt dem genauen Wortlaut. Spätestens bis heute Mittag, 14 Uhr.«

Zum ersten Mal im Verlauf ihrer Begegnung hatte es Scheider die Sprache verschlagen.

5. Kapitel

Karl Hempfles mobiler Toilettenverleih lag, eingepfercht zwischen einem Baumarkt und einem Getränkegroßhandel, mitten in einem Stuttgarter Industriegebiet. Eine in etwa zwei Metern Höhe auf einem Steinsockel einbetonierte, olivgrüne Toilettenbox wies auf die Firma hin. Es stank nach Autoabgasen und chemischen Reinigungsmitteln, als Loose den Innenhof betrat.

Links und rechts waren Berge der mobilen Behälter aufgetürmt. Ein kräftiger, nur mit einem Muskelshirt und angeschmutzten Jeans bekleideter Mittfünfziger stand neben einem Gabelstapler und erteilte dessen Fahrer Anweisungen. »Gucksch aber genau nach, ob die Idiote et wieder vergesse hent, die Scheiße vollständig auszuleere!«

Loose trat genau in dem Moment auf den Mann zu, als sich der Gabelstapler, eine gewaltige Rußwolke ausstoßend, wieder in Bewegung setzte. Er drehte sich zur Seite, um den gröbsten Rußpartikeln auszuweichen, spürte den Hustenreiz.

»Wie gsait: Nur mit leere Tanks!«, brüllte die Stimme unmittelbar vor ihm.

Loose rang um Luft, räusperte sich.

»Ond, was wellet Sie?«, dröhnte es ihm entgegen. In dieser Region des Landes schien sich kaum jemand in normaler Lautstärke zu unterhalten.

Loose zog seinen neuen LKA-Ausweis aus der Tasche, hielt ihn in die Höhe.

»Was isch des für a Babier? Ohne Brille ka i nix erkenne!«

Er sah die fragende Miene seines Gegenübers, ahnte die Bedeutung der Worte. »Polizei«, erklärte er. »Wo finde ich Ihren Chef?« Er hatte noch nicht zu Ende gesprochen, als ihm die Antwort in deutlich gesteigerter Lautstärke bereits präsentiert wurde.

»I bin hier der Chef! Karl Hempfle isch mein Name. Ond? Was will die Bollizei von mir? Doch et scho wieder wege dem Musikfuzzi?«, dröhnte es quer durch den Hof.

Loose hatte irgendetwas von Musik verstanden, versuchte sein Anliegen zu erklären. »Es geht um die Toiletten für das Fest in Schlüpfingen. Sie haben die geliefert, richtig?«

»Ja, allerdings.«

»Sie haben zuerst zehn Toiletten aufgestellt, später dann zwei weitere. Wie Sie wissen, wurde in einer dieser mobilen Boxen ein Musiker, ein Herr Miller ...«

»Wenn i des g'ahnt hätt, was ihr do für a Gedöns wege dem Musikfuzzi machet«, fiel ihm Karl Hempfle mitten ins Wort, »no hätt i die zwoi zusätzliche Scheißhäuser gar et gliefert. Ganget zu der Konkurrenz, wenns euch et basst oder schicket die Leut in de Wald, hätt i gsait. Sollet se halt zwische die Bäum na bronse, no kommt wenigstens wieder a bissle was Nasses in den Bode. S'regnet ja eh viel zu wenig.«

So sehr Loose sich bemühte, die Worte des Mannes zu verstehen, es gelang ihm nur in Teilen. »Wer ist dafür verantwortlich, dass die entführte Toilette weitab von den anderen aufgestellt wurde?«, versuchte er es trotzdem.

»Hano, schwätzet Sie immer so gschwolle daher?«, wunderte sich Karl Hempfle. »Des war doch der ausdrückliche Wunsch von dem Herrn Kreisrat oder was der ufblähte Politheini sonscht für a Funktion bekleidet. Die Scheißhäuser müsset ›in ausreichendem Abstand voneinander aufgestellt werden‹, hat der vornehme Herr verlautbart, wege dene Gerüch und dene Geräusche … Der hat genauso gschwolle dahergIabert wie Sie. I komm vo dr Alb ra, Herr Kommissar, verstandet Se. Bei os schwätzt mr et om de Brei rom, sondern sait's direkt, om was es goht. Wo bronst wird ond gschisse, do brummts ond stinkts. So isch die Natur, do kasch nix dagege mache, au wenn die vornehme Herre des noch so oagnehm findet. Seuchbrüh bleibt Seuchbrüh, selbscht in Paris machet se do draus koi Parfüm, verstandet Se? Deshalb halt i überhaupt nix davo, die Häusle ›in ausreichendem Abstand‹ ufzustelle. Aber der Herr Politiker hat des verlangt ond no hent mir des dem hohe Herre zulieb halt so arrangschiert. Ond wie no a paar Däg später die Nachbestellung komme ischd – noch amol zwoi Scheißhäuser zusätzlich – hent mir nadierlich uf den Abstand g'achtet ond die weiter unte poschtiert. Damit's jo niemand beim Scheiße stört, wenn a Schtückle weiter oiner ordentlich furzt …«

»Das war der ausdrückliche Wunsch dieses Politikers?«, versuchte Loose, die Bruchstücke, die er hatte übersetzen können, zu verarbeiten.

»Wenn i's Eahne sag! Der ischd ja extra uftaucht ond hat uns rumkommandiert, bis ihm älles genehm war. Na gut, immerhin hat er an Hunderter bar uf'd Hand spendiert.«

»Die entführte Toilette – war der Anhänger nicht gegen Diebstahl gesichert?«

»Was fraget Se des mi?«, polterte Karl Hempfle. »Ganget Se doch zu dem Herrn Politiker, der wollt des doch so!«

»Was wollte der? Den Anhänger ohne Diebstahlschutz aufstellen lassen?«

»Hano, fraget Se ihn doch! Da unte, wo mir die zwoi zusätzliche Scheißhäuser poschtiert hent, war ja eigentlich koin Platz für die Dinger. Deswege wollt i des do unte au et han. Aber der Herr Politiker mit seinem ›ausreichenden Abstand‹ hat druff bstande. No hent mir die dermaßen zwische die Büsch neiquetscht, dass mir an die Schlösser gar nemme dra komme send. ›Wer wird denn eine Toilette stehlen?‹, hat der vornehme Herr gmoint, ›diese Fuhre ist doch so unappetitlich.‹ Ja, ond jetzt hent mr den Scheißdreck!«

* * *

Karl Hempfle hatte sich auch nach mehreren Anläufen Looses nicht davon abbringen lassen, dass die Entscheidung, den Anhänger ohne Wegfahrsperre zwischen das Gebüsch eingeklemmt stehen zu lassen, einzig und allein im Verantwortungsbereich des Auftraggebers, eines Herrn Mackel, seines Zeichens Kreistagsabgeordneter und als solcher für die Heimattage zuständig, lag.

»Ganget Se zu dem Mackeldackel ond konfrontieret Se den mit Ihre Vorwürf! I han nix damit zu do!«

Loose hatte sich bei Stöhr nach dem Politiker erkundigt und erfahren, dass der Mann im Hauptberuf als Immobilienmakler tätig war und bereits zwei Mal im Amt angerufen hatte, um den im Entführungsfall Miller zuständigen Ermittler persönlich zu sprechen.

»Wozu?«

»Mhm, Informationsaustausch. So hat er das jedenfalls formuliert. Seine Rufnummer habe ich Ihnen gemailt.«

Loose hatte bei dem Makler angerufen, jedoch nur dessen Sekretär erreicht. »Herr Mackel ist zurzeit bei Tisch. An einem persönlichen Gespräch mit Ihnen ist er aber dringend interessiert. Sagen wir 13.30 Uhr hier bei uns im Haus? Wir residieren mitten im Europa-Viertel.«

Er hatte sich die Adresse im Zentrum Stuttgarts detailliert erklären lassen, dann mit einem Blick auf die Uhr bemerkt, dass die Zeit reichte, den eigenen Hunger zu stillen. Keine zweihundert Meter von Hempfles Firma entfernt war er auf einen von einem Pulk von Arbeitern umringten Imbiss gestoßen. Der Duft gebratener Buletten stieg ihm derart verlockend in die Nase, dass er ohne lange Überlegung angehalten und sich in die Warteschlange eingereiht hatte.

Zwei junge Frauen wuselten hinter der Theke hin und her. Er musterte die rabenschwarzen Haare und den leicht gebräunten Teint der Frau auf seiner Seite, versuchte, die Buchstaben auf ihrem vom Eifer der Arbeit verrutschten, fast senkrecht stehenden Namensschild zu erkennen. Den Kopf zur Seite gewandt, gelang es ihm, den Namen zu lesen: *Dilek Karaoglu*. Türkisch-migrantischer Hintergrund, überlegte er.

»Ond? Was wellet Sie?«

Loose drehte sich um, suchte nach der angesprochenen Person. Niemand zu sehen.

»Ha, Sie han i gmoint!«

Er schaute wieder zur Theke, sah den Blick der jungen Frau auf sich gerichtet.

»Oder wisset Sie net, was Sie wellet?«

»Ah.« Loose spürte das Blut in seinen Wangen pulsieren. »Ne gebratene Bulette und ne Schrippe.«

»Was wellet Sie?«

»Äh, eine gebratene Bulette«, er zeigte auf das Fleischstück, wies dann auf den Korb und suchte nach dem passenden Wort, »und ein Brötchen dazu.«

»Ach so, saget Se's doch glei: Sie moinet a Fleischküchle und a Weckle. Schwätzet Sie koi Deitsch?«

Loose versuchte vergeblich, ihre Worte zu verstehen, lief vor Verlegenheit rot an. Um sich nicht erneut bloßzustellen, signalisierte er mit sprachlosem Nicken seine Zustimmung.

Die Bulette samt Schrippe schmeckte noch besser, als er erwartet hatte. Ob es an seinem Hunger lag oder eher an der Erleichterung, dem verkniffenen Grinsen der jungen Frau und der umstehenden Arbeiter zu entkommen, konnte er nicht beurteilen. Hauptsache, es schmeckte. Saftig und würzig, genau wie er es mochte.

Zwanzig Minuten später hatte er Mackels Büro im Europa-Viertel erreicht. Es lag im zweiten Obergeschoss eines sterilen, von Glas und Beton geprägten Gebäudes mitten in einem gesichtslosen Neubauareal, wie sie sich als Zeichen der Weltläufigkeit der jeweiligen Stadt inzwischen in fast allen größeren Siedlungen auf diesem Globus fanden. Nüchtern, eiskalt, ohne jede Atmosphäre. Unzählige, mit weißen Hemden, dunklen Krawatten und mausgrauen Anzügen bekleidete Männer mit blassen Gesichtern wuselten an ihm vorbei.

Loose bemerkte den Hinweis auf Mackels Firma, nahm den Aufzug in die gewünschte Ebene. Er betrat das zweite Obergeschoss, sah das riesige Foto eines traumhaft schön gelegenen Ortes unmittelbar vor sich. Es prangte mehrere Meter breit an der Wand, vom Boden bis zur Decke reichend, von mehreren Strahlern vorteilhaft in Szene gesetzt. Prächtige Villen mit grellweißen Wänden, terrassenförmig den Hängen angepasste Eigentumskomplexe, ein großes Schwimmbad, Sportplätze und -hallen, Läden internationaler Marken, Restaurants und Cafés, eingebettet in grüne Rasen- und Blumenbeete, bevölkert von einer unübersehbaren Schar fröhlich flanierender Menschen. Auch ohne Überschrift hätte er mehrere Motive wiedererkannt: *Das neue Schlüpfingen*. Am Fuß des Ortes, unmittelbar an der Festwiese, war er den Fotos schon einmal begegnet – allerdings in deutlich schlechterer Qualität.

Loose wandte sich von dem Plakat ab, läutete an der Glocke. Ein auffallend blasser und deutlich zu klein geratener, dünner, mit einem mausgrauen Anzug, weißem Hemd und dunkler Krawatte bekleideter Mann öffnete die Tür. Loose zog seinen Ausweis aus der Tasche, hielt ihn in die Höhe.

»Ah, der Herr von der Polizei. Mein Name ist Deiser. Mein Chef ist bereit, Sie zu empfangen.« Er führte ihn durch einen großen, auf zwei Seiten von breiten, fast bis auf den Boden reichenden Glasscheiben geprägten Raum, durch die der Blick direkt auf die kaum fünfzehn Meter entfernte, sterile Beton- und Glasfassade des benachbarten Gebäudeblocks fiel, machte an einer schmalen, einen Spaltbreit geöffneten Tür Halt. »Herr Maakel, hier ist der Beamte.« Er sprach den Namen mit einem gedehnten A.

Loose betrat das Büro des Maklers, sah sich einer von unzähligen Sonnenstudio-Aufenthalten gezeichneten, breitschultrigen Gestalt gegenüber. Gebräunter Teint, der von seinem hellgelben Jackett noch betont wurde, ein eng anliegendes Hemd, das seinen durchtrainierten Körper gut zur Geltung brachte, strahlendes Lächeln von der ersten bis zur letzten Sekunde. Was seinem Mitarbeiter abging, schien bei ihm im Übermaß vorhanden. So grau, verkrampft und auf Dauerregen gepolt der eine, so laut und lebendig der andere. Allein die schlicht-graue Krawatte des Maklers fiel aus der Reihe. Mit zähnebleckendem Dauergrinsen trat er auf seinen Besucher zu.

Loose übersah die ihm in Bauchnabelhöhe entgegengestreckte Hand, konzentrierte sich stattdessen auf den kleinen, aber unübersehbaren Fleischrest zwischen dem zweiten und dritten linken Vorderzahn Mackels.

»Grüß Gott, grüß Gott!«, tönte es wie aus einem maßlos aufgedrehten Lautsprecher vor ihm. Die Zähne tauchten samt Fleischrest einen Moment hinter den Lippen ab, präsentierten sich unmittelbar darauf in unveränderter Aufmachung.

Zum Mittagessen gab es Steak, überlegte Loose, und die hier konnten tatsächlich nur in dieser Lautstärke.

»Maakel ist mein Name«, brüllte der Mann, auf das große Firmenschild an der Wand deutend, auf dem deutlich *Maximilian Mackel* zu lesen war. »Und Sie sind?« Sein Gesicht verwandelte sich in ein zähneblckendes Fragezeichen.

»Loose«, sagte er in gedämpfter Tonlage. »LKA.«

»LKA«, schrie der andere. Alle, die sich im Moment irgendwo in dem mehrstöckigen Gebäude aufhielten, mussten das gehört haben. »Wunderbar! Dann messen Sie der Sache also das ihr gebührende Gewicht bei.« Er wies auf die Sitzecke am Fenster, ein breites Chippendale-Sofa, von einem Einsitzer und einem runden Glastisch flankiert, bat den Besucher, Platz zu nehmen. »Was darf ich Ihnen anbieten? Kaffee, Wasser, Tee?«

Loose winkte wortlos ab. Wenn er etwas verabscheute, dann unverblümte Anbiederungsversuche, noch dazu vorgetragen von einem bedeutungsschwangeren Lautsprecher wie diesem.

»Kein Kaffee? Kein Wasser?« Mackel schien Schwierigkeiten zu haben, Looses Ablehnung zu begreifen.

Loose achtete nicht auf die Worte des Mannes, nahm mitten auf dem Sofa Platz. »Die Heimattage«, begann er unvermittelt. »Sie waren der offizielle Veranstalter?«

Mackels Miene drohte für den Moment einer Sekunde zu entgleisen, dann hatte er sich wieder im Griff. Das Dauergrinsen mit dem Fleischrest zwischen dem zweiten und dritten linken Vorderzahn war erneut präsent. »Ich, ja, äh.« Er geriet kurz ins Stottern. »Ich war der Veranstalter. Im Auftrag sozusagen.« Er rückte sein Jackett zurecht, ließ sich auf dem Einsitzer nieder. »Im Auftrag des Landes. Also Baden-Württemberg.«

Loose lehnte sich in dem Sofa zurück, konzentrierte sich auf den Fleischrest.

»Also, offiziell war das Land der Veranstalter. Also Baden-Württemberg. Mein Verdienst besteht darin, dass die Heimattage bei uns stattfanden. Ich habe mich lange darum bemüht, sie nach Schlüpfingen zu holen. Weil mir die Rückbesinnung auf die Heimat in diesen unruhigen Tagen sehr wichtig scheint. Menschen, die im Zeitalter der Globalisierung in der ganzen Welt unterwegs sind, benötigen eine Verankerung, sonst verlieren sie den Halt. Alles, was bisher Bestand hatte, geht in unserer schnelllebigen Zeit verloren. Da bedarf es intensiver Bemühungen, den Ort, an dem wir leben, zu schützen und zu pflegen und unsere unmittelbare Umgebung vor allzu großer Beeinträchtigung zu bewahren. Und Schlüpfingen ist nun einmal meine Heimat. Dort lebe ich. Und dort betätige ich mich auch seit Ewigkeiten politisch. Im Kreistag und sonst. Für die Einwohner Schlüpfingens. Um ihnen etwas Gutes zu tun. Sie aus ihrer Lethargie zu reißen, sozusagen. Damit endlich etwas Wind in das verschlafene Kaff kommt. Die brauchen das. Sonst vergammeln sie vollends. Deshalb versuche ich immer wieder aufs Neue, die Leute aufzuwecken. Dieses Jahr mit den Heimattagen. So mühsam das auch ist. Frischer Wind in alte Gemächer. Gutes tun für alle. Deshalb engagiere ich mich.«

Die Aussagen Mackels schienen sich zu wiederholen. Loose musterte die ihm dargebotene Zahnpartie, um nicht einzuschlafen. Fast kam es ihm so vor, als wäre der Fleischrest etwas verrutscht. Wenige Millimeter nach rechts. Er ließ den Mann weitersprechen, versuchte festzustellen, ob sich der Fleischrest tatsächlich bewegte.

»Obwohl man es sich ja oft genug überlegt. Ob man weitermachen soll. Mit diesem Aufwand, meine ich. Zusätzlich zur nervenaufreibenden Berufstätigkeit sich auch noch politisch einbringen. Aus reinem Altruismus, nur für die Interessen seiner Mitmenschen. Woche für Woche dafür kämpfen, die mir anvertrauten Leute vorwärtszubringen. Weiterzumachen, immer weiter. Der Heimat eine Zukunft geben. Das ist kein einfaches Unterfangen.«

»Das neue Schlüpfingen?«, nahm Loose die Überschrift des Werbeplakates auf. Er hatte es auf einer Broschüre auf dem Schreibtisch des Mannes entdeckt.

Mackels Miene hellte sich blitzartig auf. Er bleckte die Zähne, brachte den Fleischrest deutlich zur Schau. »Sie haben unsere Pläne gesehen?« Seine Augen sprühten vor Begeisterung. »Das neue Schlüpfingen, genau! Über zweihundert phänomenal gelegene, neue Häuser, wunderschön geschnittene Eigentumswohnungen, moderne Läden, ein exklusives Outlet-Center mit den allerbesten Adressen, namhafte Restaurants mit Spitzenangeboten, Cafés, Bistros, ein luxuriöser Spa-Komplex mit allen Raffinessen, zwei Sporthallen mit mehreren Plätzen, vielleicht sogar ein Golf-Platz. Dazwischen Grünflächen, Springbrunnen, Parks. Und natürlich eine riesige Anzahl von neuen Arbeitsplätzen. Also Zukunft, Zukunft und noch einmal Zukunft für unser wunderschönes Schlüpfingen! Na, was sagen Sie jetzt?«

Loose sagte überhaupt nichts, war inzwischen aber felsenfest davon überzeugt, dass der Fleischrest wirklich ein Stück weit verrutscht war. Nicht gerade vorteilhaft.

Mackel schien irritiert, seine Begeisterung deutlich reduziert. »Aber die machen es einem nicht einfach. Die Sturköpfe wollen sich partout nicht helfen lassen. Soll alles lieber so bleiben, wie es ist. Schmuddelig, unappetitlich, unansehnlich. Das ganze versiffte Kaff.« Er ließ einen lauten Seufzer hören. »Da heißt es einfach, weiterkämpfen. Nicht nachlassen. Sich in seinen Bemühungen nicht einschränken. Trotz aller Anfeindungen.«

»Anfeindungen?« Loose war plötzlich hellhörig geworden. Er ließ den Fleischrest für einen Moment aus den Augen, überlegte, was Mackels Aussage bedeuten mochte.

»Ja, was glauben Sie?«, tönte sein Gegenüber. »Undank ist der Welt Lohn. Je mehr Sie sich engagieren, desto heftiger die Gegenwehr. Attacke um Attacke, und immer häufiger unter die Gürtellinie.«

»Konkret?«

Mackels Redefluss kam für einen Moment zum Erliegen. »Wie – konkret?«

»Attacke um Attacke«, wiederholte Loose die Aussage seines Gesprächspartners.

»Heinzis Entführung. Deshalb sind Sie doch hier! Wegen deren Terror! Die schrecken vor nichts mehr zurück. Nicht einmal davor, das schöne Fest zu sabotieren.

Zwei Tage voller Spaß und guter Laune. Viele hundert Leute aus nah und fern. Das beste Essen, wunderbare Getränke, traumhafte Musik. Und dann das! Alle warten auf Heinzi. Sein Auftritt wird der Höhepunkt.« Mackel hielt erschöpft inne. Seine Stimme drohte zu brechen. »Er wäre es gewesen. Alle haben sich darauf gefreut. Hunderte haben auf ihn gewartet. Und dann schrecken die nicht davor zurück …«

»Die?«, fragte Loose.

»Die?«

»*Die* schrecken nicht davor zurück …«

»Das ist doch Ihre Aufgabe, herauszufinden, wer hinter dem Sabotageakt steht«, echauffierte sich der Mann. »Es kommen ja genug Leute dafür infrage.«

»Wer?«

Mackel schnappte lauthals nach Luft. »Das halbe Dorf. So viele Verrückte finden Sie sonst nirgends. Stein, Greile und wie die alle heißen. Nicht zu vergessen Brägele, der Rädelsführer. Einer schlimmer als der andere. Leute ohne jede Ambition. Keinerlei sinnvolle Initiative. Nicht ein Gedanke an eine bessere Zukunft. Das soll ein Mensch begreifen. Die meisten von denen vegetieren wie im tiefsten Mittelalter. Die würden sich am liebsten jedem Fortschritt verschließen. Einer von denen steckt dahinter. Oder alle gemeinsam. Da bin ich mir absolut sicher.«

Loose bat seinen Gesprächspartner um die Wiederholung der Namen, notierte sie sich dann.

»Die haben das halbe Dorf verunstaltet. Primitive Holzfiguren an allen Ecken und Enden, die Hausfassaden mit dämlichen Parolen beschmiert. Mich traf fast der Schlag. Da gibt sich der Ministerpräsident persönlich die Ehre und dann so was! Beinahe hätte ich es nicht mitbekommen. Die waren so raffiniert, die Schmierereien bis zum Sonntagmorgen mit Planen zu verdecken. Ich konnte gerade noch verhindern, den Herrn Ministerpräsidenten durchs Dorf zu führen. Das hatten die nämlich geplant. Stellen Sie sich vor, er hätte das alles zu sehen bekommen!«

Mackel erhob sich, lief zu seinem Schreibtisch, griff nach einem Tablet. Er machte sich an ihm zu schaffen, kam langsam damit zurück. »Hier, damit Sie es mit eigenen Augen sehen, wozu die fähig sind!« Er reichte es seinem Besucher. »Vielleicht begreifen Sie jetzt, mit was für Typen Sie es hier zu tun haben.«

Loose nahm das Gerät entgegen, konzentrierte sich auf das Foto auf dem Display. Es zeigte ein etwa fünfzig auf fünfzig Zentimeter großes, von kunstvoll verzierten Holzleisten eingefasstes Schild, das an der Wand eines Hauses unmittelbar neben dessen Eingangstür angebracht war. Auf dem Schild prangte in leuchtend roten Lettern der Schriftzug: *In diesem Haus ging Friedrich Schiller 1780 aufs Klo.*

»Haben Sie das gesehen?«, keifte Mackel. Er riss seinem Besucher das Tablet aus der Hand, wischte übers Display. »Hier, es geht weiter«, reichte er ihm das Gerät zurück.

Loose warf einen Blick darauf, glaubte im ersten Moment, dasselbe Motiv vor sich zu sehen. Erst nach genauem Hinschauen bemerkte er den Unterschied. Es handelte sich um eine andere Haustür und einen geringfügig geänderten Text. *In diesem Haus ging Friedrich Schiller 1780 zwei Mal aufs Klo.*

»Und, was sagen Sie jetzt?«, schimpfte es neben ihm.

Loose hatte Schwierigkeiten, zu begreifen, wozu die beiden Sätze gut sein sollten, sah sich mit dem nächsten Bild konfrontiert. Das gleiche Schild, eine neue Tür, ein minimal veränderter Satz. *In diesem Haus ging Friedrich Schiller 1780 sogar drei Mal aufs Klo.*

»Da kommt noch mehr!«, maulte Mackel.

Loose achtete nicht mehr auf die Tür und das Schild, konzentrierte sich nur noch auf den Text. *In diesem Haus verspeiste Friedrich Schiller 1780 ein halbes Kilo Spätzle und soff vier Liter Bier.*

»Alles Nonsens! Totaler Nonsens!«, zischte sein Gesprächspartner. »Sie glauben es nicht!« Er schnaubte wie ein Walross. »Auch wenn Sie es nicht für möglich halten«, stieß er hervor, wiederholte seine Worte dann in schrillem Tonfall, »auch wenn Sie es nicht für möglich halten: Es kommt noch schlimmer!« Er schnappte nach Luft, starrte aufs Tablet.

Das nächste Motiv präsentierte die grellgelb gestrichene Fassade eines zweistöckigen Hauses, auf der ein riesiger, in tiefroten Lettern ausgeführter Schriftzug prangte. *Nix als schlonzige Schofseggl ond liadriche Luagabeitel des ganze großkotzige Saugschmoiß in Schdurget ond der Halbdackel uf'm Berg.*

Loose hatte keine Chance, auch nur einen Teil der Worte zu übersetzen, sah bereits das nächste Gebäude vor sich. Wieder in grellem Gelb, wieder mit riesengroßen Buchstaben beschriftet. *Mackels Pariser fürs Sodele. Beethoven-Pariser fürs genussvolle Sodele. Rock- und Pop-Pariser fürs extrawilde Sodele. Schdurget gefühlsecht.*

»Mackels Pariser?«, wunderte sich Loose.

»Das ist doch ... das ist doch ...« Dem Makler versagte die Stimme. Erst nach mehreren Anläufen war er wieder fähig, sich zu äußern. »Die produzieren in aller Öffentlichkeit Pariser. Gläserne Produktion, nennen sie es. Und das mitten im Dorf. Verstehen Sie, was das heißt?« Er rang um Luft, starrte gemeinsam mit seinem Besucher auf die nächste Aufnahme.

In diesem Haus erwarb Friedrich Schiller 1780 fünf Pariser.

»Die schrecken vor nichts zurück!«, keuchte der Mann. »Dabei spotten doch alle über ihre widerlichen Figuren.«

Bevor Loose noch darüber nachdenken konnte, wovon der Makler sprach, sah er zwei lebensgroße, in grellen Farben ausgeführte Holzfiguren vor sich, die nicht allein ihrer Farbtöne wegen auffallend wirkten: Das verblüffend lebensecht gestaltete Abbild einer nackten, jungen Frau mit prallen Brüsten, die gesamte Skulptur in leuchtendem Rot. Die in grellem Grün gehaltene Figur daneben war ebenfalls nackt, allerdings männlichen Geschlechts. Sofern man das auf Walnussgröße reduzierte winzige Etwas als Abbild eines männlichen Gemächts zu erkennen imstande war. Beide trugen Musikinstrumente in den Händen, sie eine Gitarre, er eine Art Klarinette.

»Oh mein Gott, kann ich Ihnen das wirklich zumuten, Herr Kommissar?«, stöhnte Mackel lauthals.

Loose musterte die Skulpturen, spürte die Neugier auf die Bewohner dieses seltsamen Dorfes in sich wachsen.

»Die kennen keine Grenzen«, jammerte der Mann. »Ist das nicht ekelhaft?«

Loose warf ihm einen Blick zu, um sich zu vergewissern, dass der Mann nicht etwa weinte, obwohl man es dem Klang seiner Stimme nach vermuten konnte.

Das nächste Foto zeigte ein großes, mehrere Meter breites, straff gespanntes Laken, den Eingangsbereich des Festgeländes vom Wochenende mitsamt dem offiziellen Willkommensgruß *Heimattage Schwaben* flankierend. Die riesengroßen Lettern des Plakats waren trotz des weiten Bildformats gut zu erkennen.

Willst du keinen Streit und Ärger, meide jeden Württemberger.

»Haben Sie das gesehen?«, keifte Mackel. Er riss seinem Besucher das Tablet aus der Hand, wischte übers Display, forderte Loose auf, sich das Plakat noch einmal anzuschauen. »Hier, in Großaufnahme.« Die vor Zorn hochrot angelaufene Miene des Mannes reckte sich ihm entgegen. »Verstehen Sie jetzt, mit was für Leuten Sie es in diesem Dorf zu tun haben? Da engagiere ich mich jahrelang für die, kämpfe mit viel Herzblut dafür, sogar den Ministerpräsidenten zu einem Besuch zu bewegen, und dann das!«

»Wozu haben die das alles …«

»Wozu?« Der Mann fiel ihm mitten ins Wort. Er stand hoch aufgerichtet vor seinem Besucher, drohte vor Wut zu explodieren. »Um das Fest zu sabotieren. Mein Fest! Meine Pläne! Die Zukunft dieses Kaffs. Deshalb haben die auch den Musiker entführt.« Er hielt kurz inne, schnappte nach Luft. »Aber wenn Sie die danach fragen … Die werden nichts zugeben! Niemals! Im Gegenteil. Die werden alles abstreiten, garantiert. Und sich gegenseitig ein Alibi geben, jede Wette. Jetzt, nach der

Entführung halten die zusammen wie Pech und Schwefel. Lassen Sie sich nur nicht an der Nase herumführen!« Mackel legte eine kurze Pause ein, musterte sein Gegenüber. »Aber wem sage ich das, Sie sind ja vom LKA. Da müssten Sie denen gewachsen sein. Hoffe ich jedenfalls.« Sein Blick ließ Skepsis gegenüber seinen eigenen Aussagen vermuten.

»Die mobilen Toiletten«, wechselte Loose übergangslos das Thema. »Sie haben sie organisiert.«

»Einer muss sich um die Sache kümmern. Die Leute wollen bei so einem Fest ja nicht nur essen und trinken. Sie haben auch gewisse Bedürfnisse. Und wie sollen sie denen in diesem gottverlassenen Kaff sonst nachkommen? Die Verrückten wehren sich doch mit Händen und Füßen gegen eine moderne Veranstaltungshalle mit halbwegs zivilisierter Einrichtung. Hätten sie deren Bau, für den ich seit Jahren kämpfe, nicht blockiert, wäre das Problem längst aus der Welt. Zum Glück gibt es Gesetze, die die Existenz von Sanitäreinrichtungen bei derlei Vergnügungen vorschreiben. Keine Veranstaltung ohne die entsprechende Infrastruktur. Wir sind schließlich ein zivilisiertes Land. Sonst hätten die selbst das noch verhindert.«

»Mobile Toiletten, die nicht einmal gegen Diebstahl gesichert sind?« Er sah den weit aufgerissenen Mund des anderen, musterte die ihm dargebotene Zahnpartie.

»Mein Gott, jetzt kommen Sie mir nicht damit«, maulte Mackel. Er schien sich etwas beruhigt zu haben, nahm wieder in seinem Sessel Platz. »Wer denkt daran, dass die das ausnützen? Außerdem betrifft das nur die beiden Häuschen, die wir letzte Woche zusätzlich bestellt haben, weil so gutes Wetter prognostiziert wurde.«

»Sie haben es veranlasst, sie abseits zu postieren.«

»Ach du Schande! Was soll denn jetzt das? Ja, ich habe das veranlasst! Oben, bei den anderen Boxen war kein Platz mehr, jedenfalls mit genügendem Abstand. Ich habe mich persönlich davon überzeugt. Und die Häuschen, naja, es ist doch primitiv genug, die überhaupt benutzen zu müssen. Nur weil die Verrückten in diesem Dorf jeden Zugang zur Zivilisation verweigern. Hätten die mich die Halle bauen lassen, wären längst genügend sanitäre Einrichtungen mit fließendem Wasser vor Ort. Dann hätten wir diese primitiven Boxen erst gar nicht ins Auge fassen müssen.« Mackel winkte heftig ab. »Verschwenden Sie Ihre Zeit nicht mit derlei Lappalien! Dort unten, wo diese beiden zusätzlich bestellten Toiletten postiert wurden, gab es nicht genügend Platz. Die hingen ja halb im Gebüsch, da war es nicht möglich, die gegen Diebstahl zu sichern. Behauptete jedenfalls der Verleiher, ein Herr … Der Name fällt mir nicht ein, Sie können ihn fragen. Aber ersparen Sie sich diese Mühe. Gehen Sie besser ins Dorf und schnappen Sie sich die Typen, die das schöne Fest zerstört und den Namen unserer ganzen Region derart in Misskredit gebracht haben. Stein, Greile und Brägele. Die sind verantwortlich, die müssen zur Rechenschaft gezogen werden!«

6. Kapitel

Herzlich willkommen im Musik-Dorf Schlüpfingen. Wir freuen uns über Ihren Besuch!

Die große Willkommenstafel am Ortseingang, die er am Morgen schon gesehen hatte. In fetten Lettern und mit bunten Bildern üppiger Trauben, goldgelber Käsescheiben, mit von Schaumkronen bedeckten, vollen Biergläsern sowie Nudeln in allen Variationen. Keine fünfzig Meter weiter die beiden deutlich verunstalteten Plakatwände: *Das neue Schlüpfingen.*

Unmittelbar vor den ersten Häusern verengte sich die Straße zu einer schmalen Fahrspur, führte dann in leichten Bögen um verschiedene, mit blühenden Blumenrabatten bestückte Hindernisse herum den Berg hoch. Loose sah das Schild *Schrittgeschwindigkeit,* hatte kurz darauf die in grellen Farben leuchtenden, lebensgroßen Holzfiguren einer jungen Frau und eines jungen Mannes vor sich. Sie thronten auf einem schmalen, etwa einen Meter hohen Steinsockel, sie in grellem Gelb, er in Blau, waren aber beide vollständig bekleidet. Beide Skulpturen zeigten ausnehmend hübsche Gesichtszüge. Die Frau hatte eine Trompete, er eine Art Keyboard in der Hand. Sie trug ein langes, folkloristisch anmutendes

Kleid, der Mann bequeme Jeans und ein weites Sweatshirt. Loose wunderte sich über die seiner Auffassung nach gekonnte Ausarbeitung der Figuren.

Er erinnerte sich an die ihm von Mackel präsentierte Darstellung eines nackten Paares, betrachtete die züchtige Ausführung vor ihm. Hatte der Makler etwa die Figuren austauschen lassen?

Loose folgte dem Hügel langsam bergan, passierte ein weiteres lebensgroß ausgeführtes Skulpturenpaar. Sie präsentierte sich in kräftigem Lila, er in leuchtendem Rosa. Beide trugen wieder Musikinstrumente: Sie ein Akkordeon, er eine Violine. Jetzt waren sie sommerlich leger gekleidet: Sie mit einer luftigen Bluse und einem kurzen Rock, er mit T-Shirt und Shorts. Mackels Kritik nachzuvollziehen, wollte Loose nicht gelingen. Oder waren die nackten Körper inzwischen wirklich entfernt worden?

Nach seinem Besuch bei dem Makler hatte er sich telefonisch bei Stöhr über den Zustand Millers erkundigt. »Die Ärzte gestatten immer noch kein Gespräch«, hatte der ihm erklärt. »Ich habe gerade nachgefragt. Frühestens heute Abend. Wenn überhaupt.« Loose hatte daraufhin beschlossen, wieder nach Schlüpfingen zu fahren und die Anschuldigungen Mackels zu überprüfen.

Das dritte Skulpturenpaar erhob sich unmittelbar vor dem großen Haus mit der Aufschrift *Musik-Bio-Käserei Brägele.* Wieder in neuen Farben und anderer Kleidung: Diesmal in grellem Grün und leuchtendem Rot, die Frau im Bikini, der Mann in Badehose. Auch die Instrumente hatten gewechselt: Sie hielt eine Trommel vor dem Bauch, er eine Mundharmonika zwischen den Lippen.

Die großen Lettern an der Fassade des zweistöckigen Gebäudes waren schon von Weitem zu erkennen. In massives Holz gemeißelt leuchteten sie in kräftigem Rot von seiner schmucken, vor nicht allzu langer Zeit frisch hergerichteten Front. Das komplette Dach sowohl des Hauses als auch des weitläufigen Anbaus an der Rückseite war von Solarzellen überzogen. Zur Straße hin erstreckte sich ein bunter, von den verschiedensten Pflanzen bewachsener Garten, der mit einem würzig duftenden Blütenteppich aufwartete.

Loose läutete an der mit einem dicken Pfeil gekennzeichneten Glocke, wusste nicht, wie die Worte zu verstehen waren. *Musik-Bio-Käserei.* Er ließ seinen Blick über die Fassade schweifen, musterte das etwa fünfzig auf fünfzig Zentimeter große Schild neben der Haustür.

In diesem Haus ging Friedrich Schiller 1780 aufs Klo.

Leuchtend rote Buchstaben, etwas kleiner zwar als das *Musik-Bio-Käserei Brägele,* von der Straße aus dennoch nicht zu übersehen. Von kunstvoll verzierten Holzleisten umrahmt, war es fest an der Hauswand verankert. Es glänzte in den Strahlen der Sonne, schien nagelneu.

Der seltsame Text, dessentwegen Mackel so verärgert war. Auch Loose hatte Schwierigkeiten, den Sinn zu begreifen. Friedrich Schiller, der Dichter, sollte hier 1780 die Toilette benutzt haben?

»Sie wellet an Käs?« Ein großer, kräftiger Mann trat hinter der Ecke des Hauses hervor, schaute angestrengt zu ihm her.

Loose hatte nicht verstanden, was er wollte. »Ich suche Herrn Brägele.«

»Do send Se richtig. Des bin i.« Der etwa Fünfzigjährige, mit hellem T-Shirt und von der Arbeit gezeichneten Jeans bekleidet, trat auf ihn zu. »Ond? Welchen Käs hättet Se denn gern?«

»Loose. LKA.« Er erinnerte sich, welchen Eindruck die drei Buchstaben gut eine Stunde zuvor bei Maximilian Mackel gemacht hatten, benutzte sie erneut.

»LKA? Was sind des für Hieroglyphe? So was wie Zeuge Jehovas?«

»Polizei«, erklärte Loose.

»Herrschaftsdonderwetter, Polizei! Des hätt i jetzt net denkt! Ond Sie wellet an Käs?«

»Die Entführung gestern.«

»Ja, ond?«

»Was können Sie mir berichten? Ich hörte, Sie sind der Bürgermeister.«

Mackel hatte es ihm abschließend mitgeteilt: Hans Jörg Brägele, der Rädelsführer. Offiziell der Bürgermeister.

Er warf erneut einen Blick auf das Schild, hörte das kräftige Lachen des Mannes.

»Ond? Gfallt's Eahne?« Brägele wies auf die Worte mit Schillers Klo-Besuch.

Loose blieb ruhig.

»Nagelneu«, erklärte Brägele stolz. »Wie die andere au. Extra für des wunderschöne Fescht geschtern.«

»Das aber wenig erfreulich unterbrochen wurde.«

»Ach, Sie moinet die Sach mit dem Heinzi?« Die Stimmung des Mannes schien sich binnen weniger Sekunden zu ändern. »Noi, also so was.« Mit betrübtem Gesichtsausdruck wies er auf die Ecke des Hauses, von der er gekommen war. »Wellet mir net schnell neigange? I bin grad am Verpacke. No kann i dort weiterschaffe.«

Loose benötigte mehrere Sekunden, den Sinn der Frage zu verstehen, folgte dem Mann um das Gebäude herum. Nach wenigen Metern standen sie vor einer weiteren Tür, deren Glasscheibe mit *Verkauf* beschriftet war. Brägele öffnete die Tür, gab den Blick auf eine Theke und mehrere Vitrinen frei, die mit Käse in unzähligen Variationen gefüllt waren. Große, kleine, helle, dunkle Hartkäsestücke und -scheiben, alle mit Preisschildern und Herkunftserklärungen ausgestattet.

»Wellet Sie a Koschtprobe?«, fragte er.

Loose schüttelte den Kopf. Er musterte die verschiedenen Käseangebote, überflog die dazu gehörigen Informationen. *Techno-Dammer. Hip-Hop-Länder. Friedrich-Silcher-Taler. Beethoven-Käse.*

»Ja, mir hent uns alle wochelang uf den Heinzi gfreut!«, riss ihn der Mann aus seiner Betrachtung. Brägele hatte hinter der Theke Aufstellung genommen, begann große Käseblöcke in Stücke zu schneiden. »Die wunderbare Musik. Das Temperament! Diese tolle Lieder! Und dann so was! Herrschaftsdonderwetter! Isch mr denn überhaupt nirgends mehr sicher vor dene Verbrecher?«

»Von wem sprechen Sie?«

»Hano, die Entführer!«

»Die sind Ihnen bekannt?«

»Welcher Grasdackel behauptet das?« Brägele hielt mitten in seinem Tun inne, schaute mit entrüsteter Miene zu ihm her.

»Sie sind der Bürgermeister.«

»Ja, ond? Deswege bin i doch net der oberste Krawallbruder! Oder moinet Sie, i hätt so a Schlägertruppe für besondere Eisätz zur Hand?« Der kräftige Mann wandte sich zur Seite, seinem Besucher zu, reckte den Kopf über die Theke.

»Wer hatte ein Interesse, Millers Auftritt zu verhindern?« Loose hatte das Gesicht Brägeles unmittelbar vor sich, musterte den Haarwust, der ihm aus der Nase wuchs. Aus beiden Löchern gleichermaßen, wie er mit kritischem Blick feststellte. Dunkle, kräftige Haare, fast als hätte sich der Mann einen kleinen Schnurrbart wachsen lassen.

»Konkurrenz, des isch doch klar. Do geit's genug, die au gern eiglade worde wäret.«

»Konkret?«

»Also, des derfet Sie mi net frage. So genau kenn i mi bei dene Kerle net aus. Aber i han ghört, dass die mit harte Bandage kämpfet. Fraget Se doch mal die Leut um den Heinzi, die werdet des garantiert bestätige.«

»Angeblich stammen die Täter hier aus dem Ort.«

Brägele hielt mitten in seiner Arbeit inne, starrte mit weit aufgerissenen Augen auf seinen Besucher. »Aus Schlüpfinge? Wer schwätzt so an Scheißdreck?«

Loose gab keine Antwort, musterte das Dickicht, das seinem Gegenüber aus der Nase quoll.

»Des isch omöglich. Glaubet Se net so a saudummes Gschwätz! I bin hier der Bürgermeister. Für meine Leut leg i meine Händ ins Feuer.« Er wischte seine Hände an einem Tuch sauber, lief um die Theke, nahm unmittelbar vor Loose Aufstellung. »Also Sie müsset os aber scho für granatemäßige Dackel halte. Glaubet Sie wirklich, mir veranstaltet so a scheenes, großes Fescht und freuet uns uf die wunderbare Musik und die hohe Herre samt dem Ministerpräsident und dann sorget mir dafür, dass die ganze Sache platzt? Hano, do müsst aber doch der Leibhaftige jedem von os ins Hirn gschisse han, wenn mir do mitmache …« Brägele verstummte mitten im Satz, weil sein Telefon ohrenbetäubend laut Signal gab. Er wies auf das Gerät, das auf einem kleinen Bord an der Wand befestigt war, trat einen Schritt zurück. »Do muss i na gange«, schrie er, um das Läuten zu übertönen, »des könnt a Kunde sei.«

Loose verfolgte, wie der Mann den Hörer abnahm und sich mit »Musik-Bio-Käserei Brägele« meldete. Es handelte sich anscheinend tatsächlich um ein Verkaufsgespräch, denn er glaubte irgendetwas von »Techno-Dammer« und »Beethoven-Käse« sowie verschiedene, immer mit dem Zusatz »Euro« genannte Zahlen zu hören.

Brägele hatte die Konversation kaum beendet, als er auch schon hinter die Theke stürmte und verschiedene Käsestücke aus den Vitrinen kramte. »Sie müsset entschuldige«, erklärte der Mann, »aber des isch a guter Kunde. Der will glei vorbeikomme. In a paar Minute. Die Bestellung muss i sofort na richte.« Er machte sich an der Waage am anderen Ende der Theke zu schaffen, schnitt mehrere Portionen Käse zurecht.

»Die seltsamen Sprüche«, erklärte Loose. »In diesem Haus ging Friedrich Schiller …«

»Seltsam?«, erwiderte der Mann. »Die sind doch luschtig, findet Se net?«

»Naja, Herr Mackel ist da anderer Meinung.«

»Ach was, den Hamballe dürfet Se doch net ernscht nehme!«

»Und was ist mit dem Plakat?«

»Plakat?« Brägele sah nicht von seiner Arbeit auf.

»Willst du keinen Streit und Ärger ...« Er ließ den Rest der Parole offen. »Es soll von Ihnen stammen.«

»So? Welcher Halbdackel schwätzt denn so an Scheißdreck?«

»Sie streiten es ab?«

»Voll und ganz!«, prustete der Mann. Der Haarwust quoll noch ein Stück weiter aus seiner Nase vor. »I dät doch unser scheenes Land und seine Leut niemals derart veroglimpfe!« Er wog mehrere Käseportionen ab, wickelte sie in fettundurchlässiges Papier.

»Aber Sie wissen, von wem es stammt.«

»Also, i han wirklich koi Ahnung, wieso Sie so schlecht über mich denket, Herr Kommissar. I bin selber total erschrocke, wie i den saudumme Spruch gsehe han. Welches Rindvieh isch nur auf die Idee komme, so einen Scheißdreck do na zu schreibe, han i denkt. Und no han i schnell dafür gsorgt, dass des wegkommt, bevor ... Hano, stellet Sie sich mal vor, wenn der Ministerpräsident des glese hätt! Was hätt der bloß von os denkt?« Brägele beugte sich über die Theke, musterte kopfschüttelnd sein Gegenüber.

Loose konzentrierte sich auf die beiden Nasenflügel, bemerkte, dass der linke Haarwust voluminöser ausgeprägt war als der rechte. Er hatte zwar nicht einmal die Hälfte von dem verstanden, was der Mann von sich gegeben hatte, glaubte trotz dessen etwas zu theatralischen Auftretens aber nicht, dass er mit der Entführung des Musikers zu tun hatte. Weshalb sollte ausgerechnet der Bürgermeister das Fest torpedieren, das sein Dorf ins Rampenlicht der Öffentlichkeit katapultierte? Was aber nicht ausschloss, dass er die Identität des oder der Täter kannte, sein Wissen jedoch nicht preisgeben wollte, um dorfintern nicht als Verräter dazustehen.

Er sah, wie Brägele eine der Käsescheiben aufnahm, daran schnupperte und sie sich dann in den Mund schob. Genüsslich schmatzend wandte der Käseverkäufer sich an seinen Besucher, auf die Auslagen vor ihm weisend. »Mhm, also der Beethoven ghört wirklich zu unsere Beschte. Därf i Eahne a Stückle abiete zum Probiere?«

Was immer es mit diesem Beethoven auf sich hatte, Loose schüttelte den Kopf. Er ließ sich nicht kaufen. Noch war der Mann nicht von jedem Verdacht frei, mit der Entführung zu tun zu haben. Auch wenn Loose der Duft des Käses noch so verlockend in die Nase strich und ein starkes Hungergefühl samt heftigem Magengrummeln auslöste.

* * *

Noch Minuten später, nachdem er längst auf die Straße getreten war, hatte Loose den Geruch von würzigem Käse in der Nase. Er schien von seiner Kleidung, seinen Haaren und seiner Haut aufgesogen worden zu sein; wann immer er an seiner Jacke schnupperte, nahm er ihn in konzentrierter Form wahr. Nicht dass er sich von ihm abgestoßen fühlte oder sich gar vor ihm ekelte – das Aroma erinnerte ihn eher an ein Potpourri herber, frisch geernteter Kräuter, die auf einem üppig ausgestatteten Marktstand angeboten wurden. Bei Brägeles Erzeugnissen schien es sich wirklich um wohlschmeckende Delikatessen zu handeln, kein Wunder, wenn Kunden ihre Wünsche sogar fernmündlich durchgaben.

Loose versuchte, sein Hungergefühl zu unterdrücken, schaute aufs Display seines Handys. Fast 16 Uhr. Logisch, dass sein Magen knurrte, nach dem spärlichen Mittagsmahl. Er wollte noch Stein und Greile, die beiden anderen von Mackel als verdächtig bezeichneten Männer sprechen, machte sich auf den Weg.

Die Straße führte steil bergan, gab den Blick auf die Umgebung frei. Loose war sich bewusst, dass er sich selten in einer so anmutigen Landschaft aufgehalten hatte. Ganz anders als das geradlinig von Ost nach West verlaufende, dicht besiedelte Haupttal, das von Fabriken, ineinander übergehenden Wohnsiedlungen und einem schier unübersehbaren Gewirr lärmerfüllter Straßen dominiert wurde, zeigte sich das südlich abzweigende Seitental, an dessen Ende sich das Dorf an den sanft ansteigenden Hang schmiegte, in allen Bereichen von der Natur geprägt. Wiesen, Felder, Gärten, Weinberge und Wald, wohin er auch sah, dazu eine überraschend ruhige, friedlich wirkende Atmosphäre. Die schmale, in die Höhe führende Straße war kaum befahren. Spielende Kinder, ab und an das Muhen von Kühen, nur selten das sonst allgegenwärtige Heulen und Quietschen von Autos oder Motorrädern.

Loose spürte den leichten Windhauch, nahm den nach Wald und Natur anmutenden Duft der Umgebung wahr. Mehr und mehr wich Brägeles Käse-Aroma aus seiner Nase. Er folgte der Straße aufwärts, sah ein auffälliges grellgelb gestrichenes, zwei Stockwerke umfassendes Haus vor sich, dessen Dach ebenso wie die seiner Anbauten komplett mit Solarzellen bedeckt war. Es kam ihm sofort bekannt vor.

Nix als schlonzige Schofseggl ond liadriche Luagabeitel des ganze großkotzige Saugschmoiß in Schdurget ond der Halbdackel uf'm Berg.

Der Schriftzug zog sich quer über die gesamte Fassade, genau wie er es in Mackels Tablet gesehen hatte. Ausgeführt in fetten, tiefroten Lettern stach er jedem, der sich dem Gebäude näherte, schon von Weitem in die Augen. Die Straße hatte an dieser Stelle eine Art natürlicher Plattform erreicht, von der sich ein prächtiger Ausblick ins Tal und direkt auf das Festgelände bot. Loose wandte seine Augen zur Seite, ließ sie bis zum Waldrand schweifen. Zwei Männer waren gerade dabei, die letzten auf der Wiese verbliebenen Bierbänke und -tische auf einen Lastwagen zu laden. Er verfolgte ihre Bemühungen, sah plötzlich den Platz, wo man die Toiletten errichtet hatte, unmittelbar vor sich. Am Rand des Geländes die fest abgestellten Boxen, etwas unterhalb die beiden auf Anhängern montierten Modelle. Besser als von hier aus ließ sich das, was sich dort unten abspielte, nicht verfolgen. Wenn es jemanden gab, der zufällig etwas von der Entführung des Musikers mitbekommen haben konnte, dann die Leute, die in diesem Haus wohnten.

Er beschloss, sie zu fragen, näherte sich dem Gebäude. Das quadratische Schild neben der Haustür fiel ihm erst jetzt auf. Er erkannte den Text sofort.

In diesem Haus ging Friedrich Schiller 1780 zwei Mal aufs Klo.

Dieselbe Ausführung wie unten bei der Musik-Käserei: Leuchtend rote Buchstaben, kunstvoll verzierte Holzleisten als Rahmen, fest an der Hauswand verankert. Unten ging er ein Mal, hier zwei Mal aufs Klo, überlegte er. Was sollte die jeweilige Bemerkung? Purer Nonsens, wie Mackel behauptet hatte?

Loose warf einen Blick in die Höhe, ließ seine Augen unschlüssig zu den großen Lettern auf der Fassade wandern. »Nix als schlonzige Schofseggl …«, versuchte er, den Schriftzug auf der Fassade laut nachzusprechen. Was immer das zu bedeuten hatte. Selbst das Buchstabieren bereitete ihm Schwierigkeiten, ganz zu vergessen das Verstehen. Hier schienen wirklich traditionsbewusste Einheimische zu leben.

Loose konzentrierte sich auf das Schild neben der Klingel, nahm überrascht den Namen wahr. *Dr. Kawasamo.*

Er läutete, wartete auf eine Reaktion. Außer dem Hall der Glocke war nichts zu hören. Lediglich das vereinzelte Muhen von Kühen vom Hang unterhalb drang an sein Ohr. Er drückte erneut auf die Klingel, notierte sich nach einer Weile vergeblichen Wartens den Namen der Bewohner. Im gleichen Moment signalisierte sein Handy einen Anruf.

Loose warf einen Blick aufs Display, sah, dass er aus dem Amt kam. »Sechzehn-zwölf«, meldete er sich.

»Zwölf Minuten nach vier, richtig«, bestätigte Stöhr. Er schien etwas zu kauen, erläuterte kurz darauf den Grund seines Anrufs. »Herr Scheider, dieser Manager, hat gerade mitgeteilt, dass sein Mandant, also Heinzi … Die Ärzte verweigern immer noch den Zugang. Heute ist mit dem Mann kein Gespräch mehr möglich. Die Entführung hat ihn angeblich zu stark mitgenommen. Der sei regelrecht traumatisiert, behauptet dieser Scheider.«

»Er ist noch in der Klinik?«

»Auf Anraten der behandelnden Ärzte. Alles andere sei zu riskant.«

Loose trat ein paar Schritte von dem Haus zurück, wartete vergeblich auf eine Reaktion aus dem Inneren.

»Wir sollten es morgen früh noch mal versuchen.«

»Sie übernehmen das?«

Loose hörte Stöhrs zustimmende Antwort, machte sich wieder auf den Weg. Das kleine Gebäude, das Mackels besonderen Zorn erregt hatte, war nur durch eine Doppelgarage von dem grellgelben Haus getrennt. *Mackels Pariser fürs Sodele. Beethoven-Pariser fürs genussvolle Sodele. Rock- und Pop-Pariser fürs extrawilde Sodele. Schdurget gefühlsecht,* prangte in überdimensional großen Lettern auf seiner Fassade und darunter, etwa in Kopfhöhe: *In diesem Haus erwarb Friedrich Schiller 1780 fünf Pariser.*

Wie die Leute dazu kamen, jetzt auch noch Mackels Namen zu verwenden, war Loose schleierhaft. Oder gab es eine Firma, die Kondome dieser Marke herstellte oder vertrieb?

Er betrachtete das in grellem Blau und leuchtendem Gelb ausgeführte Figurenduo, das auf einem Steinsockel unmittelbar vor dem Gebäude thronte, bemerkte den Unterschied zu den vorherigen Ausführungen auf den ersten Blick: Beide waren nur noch mit knappen

Slips bekleidet. Dass auch die Musikinstrumente gewechselt hatten, schien da nur noch Nebensache: Sie trug ein Saxophon, er ein Banjo. Loose wunderte sich angesichts des blanken Busens der Frau, dass Mackel ihm nicht auch dieses Motiv präsentiert hatte.

Er wandte seinen Blick zum Namensschild neben der Tür, stellte fest, dass es sich tatsächlich um einen Betrieb handelte, der Kondome herstellte und sie an Ort und Stelle zum Verkauf anbot: *Mackels Pariser – Produktion und Verkauf.* Eine Glocke war nirgends zu entdecken.

Er hielt sich nicht länger mit dem Gebäude auf, folgte der Straße hügelan. Steins Anwesen lag dem grellgelben Gebäude benachbart nur einen Steinwurf oberhalb. Es handelte sich um einen aus mehreren Gebäudeteilen bestehenden Hof, dessen Front von einem derzeit geschlossenen, komplett verglasten Verkaufsraum sowie einer Reihe dunkelbrauner Holzfässer gesäumt wurde. Die Fässer schienen frisch gestrichen, ein würziger, nach Wald und Kräutern anmutender Duft lag in der Luft. Hinter den Scheiben waren breite Regale voller Weinflaschen zu erkennen. Auch hier waren die Dächer mit einer riesigen Solaranlage ausgestattet.

Eine große, der Straße zugewandte Holztafel verkündete in bunter Aufmachung, wer hier lebte. *Musik-Bio-Weingut Stein* prangte in dicken Lettern über einem Bild, das üppig gewachsene, blaue und weiße Trauben, dazu eine Gitarre, eine Trompete und ein Akkordeon sowie zwei Weinflaschen zeigte. Im Hof des Anwesens waren neben einer weiteren Ansammlung dickbauchiger Holzfässer mehrere landwirtschaftliche Geräte und Maschinen abgestellt. Loose näherte sich dem Hauptgebäude, bemerkte das Schild neben der Haustür. Aufmachung und Text kamen ihm sofort bekannt vor.

In diesem Haus ging Friedrich Schiller 1780 sogar drei Mal aufs Klo.

Quadratisches Format, etwa fünfzig auf fünfzig Zentimeter groß, die Schrift in leuchtend roten Buchstaben ausgeführt, von kunstvoll verzierten Holzleisten umrahmt. Es glänzte in den Strahlen der Sonne, schien nagelneu. Die gleiche Aufmachung wie bei den Nachbarn, nur der Text ... *ging Friedrich Schiller 1780 sogar drei Mal* ... Mackel hatte alle Variationen dokumentiert.

Loose schaute sich nach allen Seiten um, wunderte sich, dass das gewohnte Skulpturenduo nirgends zu entdecken war. Hatte Mackel das Kunstwerk etwa entfernen lassen? Er wusste nicht, mit welcher Begründung der Makler das hätte veranlassen sollen, lauschte auf Geräusche aus der Umgebung. Außer dem Muhen von Kühen vom Hang unter Brägeles Anwesen war kaum etwas zu hören. Das Gehöft der Steins wurde beidseits von sanft ins Tal abfallenden Weinreben gesäumt, deren Früchte jetzt Anfang August schon gut zu erkennen waren. Er hatte Schwierigkeiten auszumachen, ob es sich um rote oder weiße Trauben handelte, weil ihn die Sonne blendete, hörte von der Anhöhe über sich mehrere Stimmen. Sie kamen von der anderen Seite der Straße her, wo der Weinberg in steilem Anstieg seine Fortsetzung fand.

Loose machte ein paar Schritte zur Seite, sah keine fünfzehn Meter oberhalb drei Personen in gebückter Haltung arbeiten. Er überquerte die Straße, stapfte zwischen den Rebzeilen in die Höhe, hatte die aus zwei Frauen und einem Mann bestehende Gruppe vor sich. Sie schienen mit der Säuberung der Reben beschäftigt, entfernten Gräser und abgestorbene Blätter vom Boden und den Zweigen.

Er räusperte sich laut, sah die erstaunten Blicke der Leute auf sich gerichtet. »Loose, Landeskriminalamt«, stellte er sich vor, um die Verwechslung mit Zeugen Jehovas oder anderen Gruppierungen zu vermeiden. »Ich suche Herrn Stein«, wandte er sich an den Mann vor ihm.

Der etwa Vierzigjährige reagierte nicht.

»Herrn Stein?« Die ältere der beiden Frauen musterte ihn interessiert.

Loose drehte sich zur Seite, sah, dass sie mit einem grünen T-Shirt und dunklen Jeans bekleidet war. Sie hatte kurze, blonde Haare und von der Anstrengung gerötete Wangen. Schweiß tropfte ihr von der Stirn. Er schätzte sie auf Anfang bis Mitte vierzig, nahm das welke Blatt ins Visier, das ihr am Hals klebte.

»Was wollen Sie von ihm?«, setzte sie hinzu. Sie fuhr sich mit dem Handrücken übers Gesicht, wischte ihn an ihrer Hose ab. Ihr rechter Arm war mit Wunden und Kratzern übersät, am linken entdeckte er ein großes Pflaster.

»Ich suche Herrn Stein«, beharrte er anstelle einer Antwort.

Die Frau schüttelte den Kopf. »Hier gibt es keinen Herrn Stein.« Das Blatt klebte immer noch an ihrem Hals.

Loose wies abwärts zu den Gebäuden des Weinguts. »Sie haben nichts damit zu tun?«

»Der Hof?« Sie nickte. »Er gehört mir, ja. Miriam Stein ist mein Name.«

»Oh.« Sein Fehler. Mackel hatte nur die Namen erwähnt. Stein, Greile und Brägele. Die seien verantwortlich, hatte er gesagt. Ob es sich um Frauen oder Männer handelte, hatte er nicht erklärt. »Die Entführung gestern«, sagte er.

»Der arme Heinzi!« Der Blick der Frau trübte sich ein. »Wir haben uns alle auf ihn gefreut!«

Loose sah das beifällige Nicken der anderen Frau und des Mannes, fand es etwas zu plakativ. Angesichts des Alters und der Ähnlichkeit handelte es sich möglicherweise um die Tochter, überlegte er. Und der Mann war vom Alter her wohl der Lebensgefährte der Mutter. »Sie haben sich auf ihn gefreut? Da bin ich aber anders informiert.«

»Was soll das heißen? Haben Sie nicht bemerkt, wie sauber wir alles hergerichtet haben?« Sie wies auf das Anwesen jenseits der Straße. »Wir haben uns wochenlang auf das Fest vorbereitet. Den Hof aufgeräumt, die Weinberge ausgeschildert, das ganze Dorf aufgemöbelt. Wieso sollte ich mich da nicht auf den Tag freuen?«

Loose blieb ruhig, sah, wie sich die Frau nervös am Kinn kratzte. Das Blatt rutschte tiefer, blieb mitten auf ihrer linken Brust hängen.

»Und das Fest wird uns auch immer in schöner Erinnerung bleiben«, fuhr sie fort. »Von früh bis spät herrliches Wetter, Sonne und warme Luft. Dazu fetzige Musik, ein großes Angebot an den verschiedensten Delikatessen und viele nette Leute, da hat einfach alles gestimmt. Na gut, wir waren fast den ganzen Tag mit dem Verkauf und Führungen durch unsere Weinkeller beschäftigt, aber schön war es trotzdem. Bis auf die Sache mit Heinzi natürlich. Sein Auftritt hätte der Höhepunkt des Tages werden sollen.«

Loose bemerkte, wie die junge Frau ihr Gesicht verzog und sich schnell abwandte, konzentrierte sich wieder auf seine Gesprächspartnerin.

Miriam Stein schüttelte den Kopf. »Aber das konnte ja niemand ahnen, dass der plötzlich verschwindet.«

»Wer ist dafür verantwortlich?«

»Für sein Verschwinden? Was fragen Sie das mich?«, konterte sie entrüstet. »Wir haben damit nichts zu tun!«

Das Blatt auf ihrer Brust federte leicht hin und her, verharrte aber genau auf der Spitze der Wölbung. Irritiert wandte Loose seinen Blick von ihm ab, suchte nach einem anderen Bezugspunkt. Er wollte der Frau schließlich nicht auf den Busen starren.

»Das war der …«, mischte sich der Mann ins Gespräch, wurde aber sofort von Miriam Stein unterbrochen.

»Sei du ruhig, Frank!«, zischte sie.

»Wer?« Loose wandte sich ihm erwartungsvoll zu.

»Mein Bruder hat keine Ahnung. Er ist nicht von hier«, erklärte die Frau.

Ihr Bruder also, nicht der Lebensgefährte. »Wer war es?«, hakte Loose nach.

»Ein Konkurrent des Musikers«, antwortete sie. »Die kennen kein Pardon.«

Schweißtropfen liefen ihr über die rechte Wange, von Looses Blicken verfolgt. Er hob beide Hände, wartete auf weitere Erklärungen. Das Blatt klebte immer noch auf ihrem Busen.

»Gegenseitige Schikane ist da an der Tagesordnung«, ergänzte Miriam Stein.

»Woher wollen Sie das wissen?«

»Das ist doch allgemein bekannt.«

Dieselbe Antwort wie vorhin von Brägele, ging es Loose durch den Kopf. Konkurrenten als Täter. Die hatten sich verabredet. Weil sie selbst mit der Entführung zu tun hatten? Gemeinsam mit Brägele, wie Mackel es angedeutet hatte? Aber jetzt kam ihr der Bruder dazwischen. Das passte ihr gar nicht. Loose beobachtete das Blatt auf ihrer Brust. »Haben Sie die Konkurrenten gesehen?«, fragte er.

»Gestern? Sie haben Humor!« Miriam Stein schüttelte energisch den Kopf. »Wir waren den ganzen Tag mit dem Verkauf und Führungen durch unsere Weinkeller beschäftigt. Wir hatten keine Zeit, uns nach irgendjemand umzuschauen.«

Schweiß perlte ihr vom Kinn, landete auf ihrem Shirt in der Höhe des Bauchnabels. Loose verfolgte die winzigen Tropfen, sah, wie sie sich im Stoff auflösten. »Und Sie?«, wandte er sich an ihren Bruder.

»Sie haben es gehört«, wies der Mann auf seine Schwester. »Ich war fast den gesamten Tag über im Keller. Feli und ich.« Er wandte den Kopf zu der jungen Frau, wartete auf deren zustimmendes Nicken. »Ich bin letzte Woche extra gekommen, um Miri und Feli zu helfen. Dass das Fest gut besucht sein würde, war bei dem Medienrummel von Anfang an klar. Ministerpräsident und so … Und dann noch das phänomenale Wetter!«

Der melodische Signalton eines Handys ließ ihn verstummen. *Freude schöner Götterfunken.* Loose kam die

Melodie sofort bekannt vor, beobachtete, wie die Frau ihr Smartphone aus der Tasche zog.

»Musik-Bio-Weingut Stein«, meldete sie sich.

Loose sah, wie sich das verwelkte Blatt von ihrer Brust löste und zu Boden fiel, nahm verwundert die Bestellung wahr, die Miriam Stein entgegennahm.

»Fünf Flaschen Lemberger Beethoven vom letzten Jahr und zwanzig Flaschen Blaskapelle, ebenfalls vom letzten Jahr. Das ist unser Bester, ja. Morgen früh. Ich bedanke mich.«

Beethoven? Der Musiker schien in diesem Dorf allgegenwärtig. Bei den einen im Zusammenhang mit Käse, bei den anderen mit Wein. Und jetzt auch noch irgendwas mit einer Blaskapelle. Was immer das zu bedeuten hatte.

»Blaskapelle!«, betonte Miriam Stein, an ihre Tochter gewandt. »Habe ich es nicht gleich gesagt? Der ist bald weg!«

Die junge Frau verdrehte die Augen. »Oh nein. Dann geht das die nächsten Monate gerade so weiter!«

»Und ob! Aber mit der dreifachen Menge. Mindestens.«

»Das darf nicht wahr sein. Ich ziehe aus!«

Loose hatte Schwierigkeiten, zu begreifen. »Blaskapelle?«, murmelte er.

Miriam Stein nickte mit dem Kopf. »Die kaufen unseren Keller leer.« Ihre Begeisterung war nicht zu überhören. »Wir haben keine zweihundert Flaschen mehr. Aber wir werden uns darauf einstellen. Die neue Ernte ist ja bald so weit!« Mit funkelnden Augen wies sie auf die Reben rings um sie herum.

* * *

In Looses Kopf rumorten Blaskapellen-Weine, Friedrich Schillers Klo-Besuche, die grellbunten Skulpturen halb nackter Frauen und Männer und Brägeles Beethoven-Käse. Er fühlte sich müde und abgespannt, spürte immer schmerzender seinen leeren Magen. Wahrscheinlich war es sinnvoller, das noch ausstehende Gespräch mit Greile auf den nächsten Morgen zu verschieben. Loose warf einen Blick auf die Adresse des Mannes, erkannte an der Hausnummer, dass er nicht weit von Frau Stein entfernt wohnte. Er kämpfte mit sich selbst, machte sich auf den Weg weiter den Berg hoch.

Das große Schild im Vorgarten des übernächsten Hauses war nicht zu übersehen. *Greiles Musik-Nudeln und Bierbrauerei.* Darunter ein etwas kitschig geratenes Gemälde mit Nudeln in allen Variationen, von Spaghetti über Spiralen bis zu Spätzle, begleitet von mehreren Musikinstrumenten und Gläsern voll schäumender Biere – ähnlich dem Bild, das er wenige Meter unterhalb vor dem Weingut Miriam Steins gesehen hatte. Einzig der Hinweis auf Schillers Toilettenbesuch fehlte, dafür hatte der Dichter das Anwesen angeblich zu einer anderen Tätigkeit aufgesucht.

In diesem Haus verspeiste Friedrich Schiller 1780 ein halbes Kilo Spätzle und soff vier Liter Bier.

Das vierte Motiv, das Mackel ihm präsentiert hatte.

Er wandte sich der Skulptur vor dem Gebäude zu, erkannte sie im ersten Moment: Das Motiv, das Mackel ihm voller Zorn gezeigt hatte, erhob sich hier auf einem schmalen Steinsockel. Die ganz in Rot gehaltene, vollkommen nackte Frau, eine Gitarre in der Hand, der grellgrüne, nackte Mann mit einer Art Klarinette daneben. Loose musterte das winzig klein ausgeführte Geschlecht des Mannes, glaubte, Spuren einer Beschädigung zu erkennen. War die Skulptur etwa attackiert, der markanteste Körperteil gewaltsam entfernt worden?

Er trat an die Tür des Hauses, drückte die Klinke. Den kleingedruckten Hinweis hinter der Scheibe *Montags geschlossen* nahm er erst wahr, als er sie bereits geöffnet hatte. Der große, mit mehreren Tischen und Stühlen sowie einer breiten Theke samt Ausschank ausgestattete Raum einer Gaststätte lag vor ihm. Weiße Fliesen auf dem Boden, Fotos und Gemälde mit den verschiedensten Sorten von Nudeln und Gläser voller verschiedenfarbiger Biere an den Wänden, links eine große Scheibe, die den Blick in eine geräumige Küche mit Herd, Töpfen sowie mehreren Bierkesseln freigab. Trotz der allgegenwärtigen Nudel-Darstellungen wirkte das Interieur auf den ersten Blick einladend. Ein stämmiger Mann um die fünfzig kniete neben einem der Tische, machte sich heftig schnaufend und leise vor sich hin schimpfend an dessen Unterseite zu schaffen. Er schien etwas befestigen zu wollen, verlor plötzlich den Halt. Sein Akkuschrauber prallte auf den Boden.

»Kreuzglomp verreckts!«

Loose hörte das laute Fluchen, verharrte in der offenen Tür.

Der Mann richtete sich mit hochrot angelaufenem Gesicht auf. »Heut geits nix! Mir hent gschlosse!«, donnerte er.

Der Kommissar zog seinen Ausweis aus der Tasche, hielt ihn vor sich hin.

»Jeden Dag derselbe Scheißdreck mit dem liedrige Glomp!«, ereiferte sich der andere. Er warf dem Tisch einen letzten wütenden Blick zu, richtete sein Augenmerk dann auf das Dokument. »Was isch des? Sind Sie Teigware-Vertreter?«

»Loose. Polizei.«

»Polizei«, brummte der Mann. »Sie hent mir grad noch gfehlt!« Er postierte sich direkt vor dem Besucher, wischte seine Hände an einem Tuch sauber. Er war mindestens 1,90 Meter groß, von durchtrainierter Figur. Dichte, dunkle Haare, Drei-Tage-Bart, ein eng anliegendes Shirt, das seine Muskeln gut zum Ausdruck brachte. »Lebensmittel-Kontrolle?«

»Die Entführung. Gestern.«

»Der Scheißdreck?« Er schüttelte den Kopf. »I han scho denkt, ihr wellet wieder in d' Küche.«

»Sie sind?«

»Greile. Bernd Greile.« Er streckte Loose die Hand entgegen, musterte ihn irritiert, als der nicht reagierte.

»Sie wissen, wer für die Entführung verantwortlich ist?« Loose entdeckte den großen, teilweise blutigen Kratzer an der linken Wange seines Gegenübers, nahm ihn ins Visier.

»Was schwätzet Sie denn do für an riegelsdomme Flonz?«, schimpfte Greile. »Was interessiert mi der Gsälzbär?«

»Was wissen Sie über die Entführung?«

»Nix. Überhaupt gar nix. Mit dem grauenvolle Herz-Schmerz-Gejammer von dem Schnulzeheini han i nix am Hut.«

Loose konzentrierte sich auf die Abschürfungen auf der linken Wange, sah, dass sie sich nach unten fortsetzten. Der gesamte Hals- und Schulterbereich des Mannes schien, soweit sichtbar, zerkratzt. Frisch zerkratzt. Vielleicht am Vortag? Vom Unterholz des Waldes? »Sie haben sich nicht auf Heinzis Auftritt gefreut?«, fragte er.

Greile winkte mit seiner Rechten ab. »Der Lällabebbel mit seinem Gejaule goht mir grad am Arsch vorbei.«

Loose wunderte sich über die Antwort des Mannes. Wenn er sie richtig ins Deutsche übersetzte, war Greile die erste Person in diesem Dorf, die zugab, kein Fan des entführten Musikers zu sein. »Wo waren Sie gestern Nachmittag?« Er sah sein Gegenüber nach Luft schnappen.

»Was sind denn Sie für oiner?«, keuchte der kräftige Mann, mit der Hand durch den Raum weisend. »Bei os war gestern die Hölle los! I han koi Zeit ghett, Scheißhäuser zu kontrolliere!«

Auch der Handrücken zeigte deutliche Schürfwunden. Teilweise blutig, teilweise nur aufgerissen. Auf jeden Fall frisch. »Sie haben bedient?«

»Noi!«, keifte Greile, mit stierem Blick auf seinen Besucher starrend. »Des isch net mei Gschäft. I han kocht ond backe ond Bier abgfüllt. Spätzle, Spätzle und noch amol Spätzle! Oser Teigware sind beliebt, die schmecket fei besser als Nonnafürzla ond Luggaleskäs! Ond uf oser Bier sind d'Leut genauso scharf! Des isch würzig ond süffig! Net so fad wie des Fabrikzeugs.«

Loose blieb ruhig. »Woher stammen Ihre Verletzungen?« Er wies auf die Hand seines Gesprächspartners.

»Heilandsack, Sie hent vielleicht Probleme! Ja, wo han i die wohl her? Bei os wird net gschluadrat, bei os wird geschafft! Ond no siagts halt so aus!« Greile streckte ihm seine Rechte entgegen.

»Sie waren im Wald.«

»Sabberlott, Sie sind a Käpsele! Wie hent Sie des bloß gmerkt?«

Loose hatte zwar kaum ein Wort verstanden, ließ sich dennoch nicht beirren. »Gestern am späten Nachmittag.«

»Noi, net gestern. Sondern am Freitag«, erklärte Greile. »Am Freitagmittag, ums genau zu sage. An halber Wage voll trockenem Reisig hent mir gholt. Für osern Herd, um die Nudle zu koche.« Er wies nach links in die Küche.

»Jetzt mitten im Sommer?«, fragte Loose.

»Hano, die Leut wellet doch was sehe, wenn se am Tag der Heimat extra zu os kommet.«

* * *

Mit einem Brummschädel sondergleichen machte sich Loose auf den Rückweg. Die Verletzungen Greiles stammten von der Arbeit im Wald, das hatte er selbst zugegeben. Ob das alles aber auf das angebliche Reisigsammeln am Freitag zurückzuführen oder nicht doch gestern Nachmittag beim Abschleppen der mobilen Toilette entstanden war – Loose musste das Alibi des Mannes noch genauer überprüfen. Er hatte sich den Herd in der Küche zeigen lassen, dazu die Reste der trockenen Äste und Zweige, die in einem Nebenraum lagerten.

»Fraget Se mei Weib, wenn se von ihrer Mutter zurück isch«, hatte Greile erklärt. »Morge Abend wird se von ihrer Schwester abglöst, no kommt se wieder.«

»Sie war dabei?«

»Die ganze Zeit.«

Das hatte nichts zu bedeuten. Selbst wenn sie den gesamten Freitagmittag im Wald gearbeitet hatten, konnte der Mann dennoch am Sonntag die Toilette abgeschleppt haben.

Loose war zu müde, der Sache noch genauer auf den Grund zu gehen; er beschloss, es auf den nächsten Tag zu verschieben.

7. Kapitel

Der mit einem blauen Arbeitskittel bekleidete Mann machte sich wieder mit der Reinigung des Hausflurs zu schaffen, als Loose am Dienstag aus seiner Wohnungstür trat. An diesem Morgen schrubbte er mit einer Bürste das Geländer des Treppenhauses, als der Kommissar ihn passierte. Der intensive Geruch seines Putzmittels lag mit ätzender Schärfe in der Luft. Loose hörte die klobige Gestalt leise vor sich hin schimpfen, beeilte sich, das Haus zu verlassen. Er warf einen Blick auf sein Handy, schüttelte den Kopf. Dreißig Minuten nach sieben und der Typ war schon wieder mit der Säuberung des Hausflurs beschäftigt. Die waren wirklich verrückt, die Schwaben.

Er war gerade in seinem Büro angekommen, als Stöhr aufgeregt an der Tür klopfte. »Guten Morgen. Es geht um Heinzi, diesen Musiker. Sie wollten ihn heute sprechen.«

»Unbedingt.«

»Mhm, er hat das Krankenhaus gestern am späten Abend verlassen. Auf eigene Verantwortung, wie mir der zuständige Arzt mitteilte.«

»Wo ist er?«

»Zu Hause in Reutlingen.«

»Wie weit ist das?«

»Mhm, etwa eine Stunde.«

»Ich muss ihn sprechen. Heute noch. Haben Sie seine Nummer?«

Stöhr nickte, reichte ihm ein kleines Blatt. »Hier. Ich habe sie Ihnen notiert.«

Loose wandte sich dem Telefon zu. Er wollte gerade die Ziffern eingeben, als es läutete. Verwirrt hielt er inne, griff nach dem Hörer.

»Mackel hier«, meldete sich eine kräftige Stimme. »Spreche ich mit Herrn Kommissar Loose?«

»Ja.«

»Prima. Dann hat das geklappt. Wir haben uns gestern unterhalten. Sie erinnern sich?«

»Ja.«

»Und, welche Fortschritte in Ihren Ermittlungen haben Sie erzielt?«

Loose glaubte, nicht richtig zu hören. »Haben Sie eine höhere Funktion im Landeskriminalamt inne?«

»Ich? Nein, wieso? Sie wissen doch, wer ich bin. Kreistagsabgeordneter, Landtagskandidat und Immobilienunternehmer. Reicht Ihnen das nicht?«

»Ermittlungsergebnisse werden bei uns nur intern kommuniziert.«

»Ach Gott, so einer sind Sie! Na, dann kann ich nur hoffen, dass Sie sich die Rädelsführer in Schlüpfingen auch wirklich vornehmen.«

»Ja.«

»Und? Haben Sie sie festgenommen?«

Loose ließ sich nicht beirren. »Gibt es einen triftigen Grund für Ihren Anruf?« Er war schon dabei, die Verbindung zu unterbrechen, als sich der Mann noch einmal zu Wort meldete. »Greile wurde gesehen. Genau an der Stelle, wo die mobilen Toiletten standen.«

»Herr Greile?«

»Genau der. Eine der übelsten Gestalten im Dorf. Der ist zu allem fähig. Zu allem, sage ich Ihnen. Haben Sie ihn schon kennengelernt?«

»Wann wurde er dort gesehen und von wem?«

»Am Donnerstagabend. Einen Tag, bevor die Boxen aufgestellt wurden. Der Mann ist einer der schlimmsten Unruhestifter in Schlüpfingen.«

»Was hat er gemacht?«

»Der hat dort alles untersucht. Ausspioniert. Bei Einbruch der Dunkelheit. Um die Entführung vorzubereiten. Der war auf der Suche nach dem optimalen Fluchtweg. Überprüfte das Gestrüpp und die Umgebung. Detaillierte Recherche für das geplante Verbrechen. Der glaubte, das bleibe geheim. Dabei wurde er beobachtet. Wenn auch nur zufällig.«

»Von wem?«

»Von meiner Frau. Sie kam genau in dem Moment vorbei, als der dort zugange war.«

»Und sie hat ihn genau erkannt?«

»Hundertpro. Wir leben lange genug hier, diese Leute zu kennen.«

»Wieso haben Sie mir das nicht schon gestern mitgeteilt?«

»Weil sie es mir erst am späten Abend erzählte. Am Telefon. So spät, dass ich Sie nicht mehr damit belästigen wollte.«

»Das fiel ihr erst gestern Abend ein? Obwohl der Musiker über vierundzwanzig Stunden vorher entführt wurde?«

»Meine Frau ist zurzeit mit anderen Dingen beschäftigt. Sie fuhr gestern am frühen Morgen nach München. In Sachen Kleidung und Mode. Da kann es schon mal passieren, dass man Schlüpfingen aus den Augen verliert.«

»Wo kann ich Ihre Frau treffen? Ich möchte sofort mit ihr sprechen.«

»Das geht nicht. Ich sagte Ihnen doch, sie ist in München.«

»Wann kommt sie zurück?«

»Frühestens am Wochenende.«

»Herr Greile soll also …« Loose zögerte, setzte dann neu an. »Ihre Frau ist sich absolut sicher, dass sie den Mann am vergangenen Donnerstag dort sah? Und er war mit der Untersuchung der Gegend beschäftigt?«

»Hundertpro. Glauben Sie etwa, ich erzähle Ihnen Märchen?«

Loose glaubte überhaupt nichts, beendete das Gespräch. Bernd Greile. Er rief sich den Mann in Erinnerung, sah sofort die Wunden und Abschürfungen auf seiner linken Wange, am Hals und auf dem Handrücken vor sich. Er hatte ihn sogar noch nach der Ursache der Verletzungen gefragt und als Antwort den Verweis auf angebliche Waldarbeiten gemeinsam mit seiner Frau erhalten. Beim Brennholzsammeln für den Backofen, hatte Greile erklärt. Das mochte stimmen. Was aber hatte er am Donnerstagabend am Waldrand zu suchen gehabt – kurz vor Einbruch der Dunkelheit und genau an der Stelle, wo einen Tag später die mobilen Toiletten abgestellt worden waren? Ein Spaziergang am Abend – seltsamerweise genau an dem Ort, an dem kurz darauf der Musiker gekidnappt worden war?

Angesichts des Verdachts, der ohnehin auf dem Mann lastete, war das etwas zu viel Zufall. Er musste mit Greile sprechen, ihn zur Rechenschaft ziehen, auch wenn Mackels unablässige Hetze gegen die drei von ihm als Täter verdächtigten Leute mehr und mehr nervte.

Loose gab die Nummer des Mannes ein, erfuhr, dass er den ganzen Tag in seiner Nudel-Biermanufaktur beschäftigt sei, kündigte seinen Besuch für den Verlauf des Vormittags an. Er beschloss, sich sofort auf den Weg zu machen, bat Stöhr, sich um einen Gesprächstermin mit Miller zu kümmern.

»Mhm, heute noch?«

»Unbedingt. Frühestens 14 Uhr.«

»In Reutlingen?«

»Wenn es nicht anders geht.«

* * *

Fünfzig Minuten später war er wieder in Schlüpfingen angelangt. Er erreichte gerade die Ortseinfahrt, als Stöhr ihm die Gesprächsvereinbarung für 14 Uhr in Reutlingen bestätigte. Die große Willkommenstafel am Rand der Straße fiel ihm heute sofort ins Auge. Jetzt, da man das Festgelände zu Füßen des Dorfes komplett freigeräumt hatte, war sie wirklich nicht zu übersehen. *Herzlich willkommen im Musik-Dorf Schlüpfingen. Wir freuen uns über Ihren Besuch!* Keine fünfzig Meter weiter die beiden Wände mit dem Schriftzug: *Das neue Schlüpfingen*, immer noch deutlich lädiert.

Er sah das mit rot-weißen Bändern abgesperrte Gelände, auf dem die mobilen Toiletten postiert gewesen waren, musterte das dichte Unterholz der Umgebung. Hier also wollte Frau Mackel am Donnerstagabend Greile gesehen haben. Ein unwirtlicher Ort. Wahrlich nicht die Gegend, die man sich für einen Abendspaziergang aussuchte. Der Mann war ihm eine überzeugende Erklärung schuldig.

Er passierte Brägeles Käserei mitsamt dem in Badekleidung ausgestalteten grün-roten Skulpturenduo, kam nach kurzem, steilem Anstieg an dem auffälligen, grellgelben Haus mit seiner in fetten, tiefroten Buchstaben ausgeführten Parole vorbei, von dem aus der Tatort sehr gut einzusehen war. Vielleicht fand er im Anschluss an das Gespräch mit Greile die Zeit, hier vorbeizuschauen und die Bewohner nach etwaigen Beobachtungen am Festtagsnachmittag zu befragen.

Loose fuhr weiter, sah den Anbau mit Mackels Parisern, Miriam Steins Weingut und kurz darauf Greiles Nudel- und Biermanufaktur. Er parkte den Wagen, warf einen Blick auf das große Schild im Vorgarten. *Greiles Musik-Nudeln und Bierbrauerei.*

Das Gemälde mit den Nudeln und den Biergläsern darunter war seines Erachtens zwar ziemlich kitschig geraten, verursachte trotz der frühen Stunde aber ein leichtes Grummeln in seinem Magen. Heute würde er sich nicht wieder mit einem dürftigen Imbiss zufriedengeben. Er las den Hinweis: *In diesem Haus verspeiste Friedrich Schiller 1780 ein halbes Kilo Spätzle und soff vier*

Liter Bier, passierte das nackte Skulpturenduo am Rand der Straße, öffnete die Tür zum Restaurant. Die Gaststube war leer, das Geräusch einer Maschine aus einem Nebenraum aber deutlich zu hören. Er lief zu der Scheibe, hinter der die geräumige Küche zu sehen war, rief seinen Namen.

Die Antwort ließ nicht lange auf sich warten. Greile trat in den Raum, wischte seine Hände an einer blauen Arbeitsschürze sauber. Er wirkte leicht erhitzt. »Der Herr Kriminaler«, begrüßte er ihn. Der große Kratzer auf seiner linken Wange ragte unübersehbar aus seinem Drei-Tage-Bart. Er streckte ihm seine Rechte entgegen, zog sie nach einer Weile irritiert zurück, als Loose nicht reagierte. »Ond, wer hat den Schnulzeheini in das Scheißhäusle gsperrt? Hent Sie den Schofseggl erwischt?«

Loose ersparte sich die ohnehin vergebliche Bemühung, den Satz in eine verständliche Sprache zu übersetzen, das Wesentliche hatte er verstanden. »Sie wurden genau dort beobachtet.«

Greile schien perplex. Er trat einen Schritt zurück, musterte seinen Besucher mit in Falten gelegter Stirn. Die Kratzer an seinem Hals waren deutlich zu erkennen. »Wo?«

»Am Waldrand. Wo die Toiletten aufgestellt waren.«

»I?«

»Am späten Donnerstagabend.«

Greile schoss mit dem Kopf nach vorne, war kurz davor, das Gleichgewicht zu verlieren.

»Es wurde gerade dunkel.«

»Ja, ond?«

»Sie geben es also zu?«

»Was i in meiner Freizeit do, goht Sie an Scheißdreck a!«

Loose benötigte keine Übersetzung, zu verstehen. »Nicht, wenn Sie ein Verbrechen vorbereiten.«

»Ha, dem ghört doch dr Dibbl bohrt! I han mit der Entführung nix zom do, des han i Eahne geschtern scho gsait!«

Loose blieb ruhig. »Was wollten Sie am Donnerstagabend dort unten?«

»Was i dort wollt?« Greile wurde vom Läuten des Telefons unterbrochen. »Sie send schlimmer wie a Schießhond!« Er lief zur Theke, nahm das Gespräch an.

Loose hörte, dass es um den Restaurant-Besuch einer Touristen-Gruppe ging, wartete, bis sich der Mann alles notiert und die Verbindung beendet hatte.

»Donnerstagabend«, wiederholte der Kommissar.

»Heilandsack, gönnet Sie oim überhaupt koi Vergnüge?«

»Musiker zu entführen?«

»Jetzt höret Se doch uff mit dem Lättagschwätz! Am Donnerstag, das war, also …« Der sonst so wortgewaltige Mann kam ins Stottern. »Also, oms kurz zu sage, mir hent pimpert!«

»Bitte?« Loose glaubte, seinen Gesprächspartner leicht erröten zu sehen.

»Mir, also, höret Se: Sie gebet ja doch koi Ruh, bevor Se's net wisset … Zom Glück isch mei Weib net dahoim. Die kommt erscht am Abend wieder von ihrer Mutter zurück.« Er hielt einen Moment inne, trat einen Schritt auf seinen Besucher zu. »Also, i erzähl's Eahne bloß, wenn Sie mir hoch ond heilig versprechet, dass Sie meinem Weib gegeüber Ihre Gosche haltet! Die därf nix davo wisse!« Greile musterte Loose mit eindringlichem Blick. »Versproche?«

Der Kommissar hatte nur einen Teil der Ausführungen verstanden, verharrte unschlüssig. »Donnerstagabend«, wiederholte er dann stereotyp.

»Heilandsack, Donnerstich, ja! Also, d'Miri ond i. Pimpert hent mr, damit Se's endlich wisset!" Greile bemerkte Looses fragenden Gesichtsausdruck. »Pimpert, pudert, gschnackselt. D'Miri ond i. Zwoi von dene neue Rock- und Pop-Pariser ausprobiert.« Er hielt inne, bemerkte, dass sein Gegenüber zu begreifen schien, versuchte es ihm in korrekter Sprache zu verdeutlichen. »Miriam Stein und ich. Verstehen Sie?«

Ja, jetzt hatte Loose endlich verstanden. »Im Wald?«, fragte er.

»Heilandsack, ja. Mir wolltet net bei os dahoim. Damit's niemand sieht. Mei Weib war zwar weg, bei ihrer Mutter, aber trotzdem … Sie kennet ja des Gschwätz von de Nachbarn, oder? Deswege hent mr os da unte troffe, im Wald. S' war grabbenacht, wie d' Miri endlich komme ischd ond no sind mr in de Wald … A Abenteuer, verstandet Se?«

»Ihre Wunden?« Loose zeigte auf seinen Hals und die Wange.

»Ja, scho«, gestand Greile. »Aber net älle. Am Freitag hent mr Holz gholt, i han's Eahne geschtern erzählt, mei Weib ond i. Des war net gloge.«

Der Kommissar musterte den Mann, überlegte, ob er ihm wirklich glauben konnte. Sein Aufenthalt am Waldrand am Donnerstagabend, war er wirklich der Auftakt zu einem etwas außergewöhnlichen Rendezvous? Er dachte an sein Gespräch mit Miriam Stein zurück, erinnerte sich noch gut an ihre von Wunden und Kratzern übersäten Arme … Sogar ein Pflaster hatte er gesehen. »Frau Stein«, sagte er. »Ich muss mit ihr sprechen. Sofort.«

Greile seufzte leise, nickte dann aber zustimmend. Er nahm sein Handy her, gab die Verbindung ein, reichte es seinem Besucher. »Bitte. Mir hent mit der Entführung nix zu do. Wirklich.«

Loose nahm das Gerät ans Ohr, hörte Miriam Steins Stimme. »Bernd, was gibt's?«

»Loose. Landeskriminalamt. Wir haben uns gestern unterhalten.«

»Wie bitte? Wie kommen Sie an Bernds Handy?«

»Ich bin bei Herrn Greile.«

»Und?«

»Ich muss persönlich mit Ihnen sprechen. Jetzt. Sofort.«

»Schon wieder? Weshalb denn?«

»Jetzt. Sofort«, wiederholte er.

»Ich bin beim Fässerreinigen. Auf dem Hof.«

»Gut. Ich komme sofort vorbei.« Er unterbrach die Verbindung, behielt das Gerät in der Hand. »Sie bleiben in meiner Nähe«, sagte er dann, Greile im Blick. »Ein Kontakt mit Frau Stein …« Er schüttelte den Kopf, ersparte sich den Rest.

Der Mann murmelte irgendeine Verwünschung vor sich hin, folgte ihm vors Haus. Loose bedeutete ihm, stehen zu bleiben, lief das kurze Stück abwärts bis zu

Miriam Steins Weingut. Die Frau erwartete ihn in Arbeitskleidung, die Hände in den Hüften. Er bemerkte ihren fragenden Blick, kam direkt zur Sache.

»Donnerstagabend. Wo waren Sie?«

»Wieso?«

»Wo?«, wiederholte er.

Er merkte, dass Greile bis auf wenige Meter zu ihnen herangetreten war, hörte dessen Stimme. »Du kannsch's ihm erzähle. Er woiß älles.«

»Was ist mit Anne?«, fragte Miriam Stein.

»Es bleibt unter uns. Er hat's mir versproche.«

Die Frau runzelte die Stirn. »Du musst es wissen.« Sie zeigte mit ihrer rechten Hand ins Tal. »Wir waren im Wald. Bernd und ich. Er hat Ihnen wahrscheinlich erzählt, wieso.«

Die Kratzer auf ihrer Haut waren nicht zu übersehen. »Sind das die Folgen?«, fragte Loose, ihren Arm im Blick.

Ihr verlegenes Lachen war Antwort genug.

8. Kapitel

Der Versuch, die Bewohner des in einzigartiger Aussichtslage postierten, grellgelben Hauses zu sprechen, hatte sich nicht realisieren lassen. Loose war zwar zur Eingangstür des Gebäudes gelaufen, hatte dort aber von einem älteren, schwer atmenden Mann erfahren, dass es sich um die Arztpraxis Dr. Kawasamos handele, deren Wartezimmer im Moment wieder einmal völlig überfüllt sei.

»Sie müsset mindeschtens zwoi Schtund warte, wenn Sie net agmeldet sind«, hatte er ihn gewarnt. »Die Leut kommet von überall her, weil sie oser Frau Dokter so möget. Ond morge isch Mittwoch. Do hat se die Praxis erscht nachmittags offe.«

Loose hatte darauf verzichtet, die Ärztin um ein kurzes Gespräch zwischen zwei Terminen zu bitten, wusste er doch aus Erfahrung, dass die Rückbesinnung auf den Sonntagnachmittag Konzentration erforderte und in einer derart von Hektik geprägten Situation wenig erfolgversprechend war.

Etwas mehr als eine Stunde später hatte er seine Ermittlungsnotizen im Büro aktualisiert. Weil sich das Grummeln in seinem Magen unangenehm verstärkt hatte, beschloss er, sich ein Mittagessen in der Kantine des Amtes zu gönnen und anschließend nach Reutlingen zu fahren.

Der große Raum war gut besetzt. Er warf einen Blick auf die Speisekarte, wählte eines der beiden Tagesessen. Rostbraten mit Spätzle. Augenblicklich war ihm Bernd Greile eingefallen. Der gut aussehende Nudelfabrikant mit den Schrammen und Kratzern am Hals und an der Wange. Relikte des nächtlichen Abenteuers mit seiner ebenfalls sehr lebenslustig wirkenden Nachbarin. Er hatte eine Weile gebraucht, die Worte Greiles zu verstehen, den angeblichen Grund seines Aufenthaltes im Wald in jener Nacht zu begreifen. Wie hatte der Mann sich ausgedrückt? »Pimpert hent mr, pudert, gschnackselt. D'Miri ond i. Zwoi von dene neue Rock- und Pop-Pariser ausprobiert.« Oder so ähnlich. War das das original schwäbische Vokabular für diesen Zeitvertreib?

Loose suchte nach einem Platz, fand einen der letzten unbesetzten Tische. Er ließ sich nieder, stellte die Teller zurecht, widmete sich der Suppe. Sie war gut gewürzt, schmeckte lecker. Seltsam. Er wunderte sich über sich selbst. »Pimpert hent mr, pudert, gschnackselt.« Er hatte Greile aufs Wort geglaubt, keine Sekunde an dessen Aufrichtigkeit gezweifelt. Weshalb?

Er löffelte die Suppe vollends zu Ende, gab sich dann den Nudeln und dem Braten hin. Hätte er den Mann und seine Aussage genauer überprüfen sollen? »I erzähl's Eahne bloß, wenn Sie mir hoch ond heilig versprechet …« Er erinnerte sich noch genau an die Bitte des Nudelfabrikanten, seiner Frau nichts von seinem sexuellen Abenteuer zu berichten. Hatte der Mann das wirklich ehrlich gemeint oder war das nur ein Versuch, sich bei ihm einzuschmeicheln – zwei Männer, die ein wichtiges Geheimnis miteinander teilten?

Loose kam nicht dazu, sich die Überlegung in allen Nuancen durch den Kopf gehen zu lassen. Er steckte mehrere kleine Nudelstücke in den Mund, schnitt den Rest des Bratens in kleine, mundgerechte Stücke. Obwohl ihm das Essen gut schmeckte, bemühte er sich, es möglichst schnell hinter sich zu bringen. Der Aufenthalt in dem großen Raum, das ständige Scheppern und Kratzen der Teller, Messer und Gabeln wie das ununterbrochene Stühlerücken und die Vielzahl der Stimmen ließen in ihm unliebsame Erinnerungen an die gemeinsamen Mahlzeiten im Heim wach werden – Momente, vor denen er sich besonders gefürchtet hatte. Allzu oft war er gezwungen gewesen, Dinge zu sich zu nehmen, die nicht für den menschlichen Verzehr gedacht waren, ihm aber von sadistischen Mitbewohnern ins Essen gemischt worden waren. Unter hämischem Grinsen der Tischnachbarn hatte er sie in den Mund genommen, den Ekelanfall gewaltsam zu unterdrücken versucht und den widerlichen Dreck geschluckt. Er hatte nicht immer mitbekommen, was ihm in die Soße oder den Eintopf geschmuggelt worden war, nur manchmal Überreste der Erdklumpen, der Orangen- oder Bananenschalen oder der Seifenstücke auf seinem Löffel entdeckt. Ein einziges Mal hatte er seinem Ekel nicht standhalten können; er war von seinem Stuhl aufgesprungen und hatte den stinkenden Kotballen samt dem bereits geschluckten Nahrungsbrei mitten auf den Tisch gespuckt. »Vom Köter des Hausmeisters«, hatte der von seinen Vasallen Adolf genannte Teufel erklärt. »Vor einer halben Stunde frisch gekackt.« Das hämische Lachen der gesamten Meute war ihm tagelang nicht mehr aus dem Kopf gegangen.

Loose kämpfte mit sich und den Erinnerungen, beeilte sich, den Teller auf dem Transportband zu entsorgen und nicht allzu hektisch aus der Kantine zu stürmen. Schweißtropfen perlten ihm von der Stirn, als er mehrere Stufen auf einmal nehmend zu seinem Büro hocheilte.

Er benötigte eine Weile, wieder zu sich zu finden. Er lief am Fenster auf und ab, starrte minutenlang auf den Boden, spürte, wie er langsam ruhiger wurde. Die Liste mit Drohmails gegen Heinzi, die in diesem Moment mit einer Entschuldigung Scheiders für die späte Übermittlung bei ihm einging, nahm er erst nach einer Weile wahr. Er musste ihre Lektüre auf den Nachmittag verschieben.

Erst zwanzig Minuten später war er so weit, den Weg zu dem Musiker in Angriff zu nehmen.

* * *

Kurz vor 14 Uhr hatte er die Adresse in Reutlingen erreicht. Prächtige Villen, umgeben von weitläufigen Gärten, üppig grünen Büschen, bunt gesprenkelten Blumenrabatten. Breite Garagen, filigrane Springbrunnen, von Schilfgras eingefasste Teiche, millimetergenau geschnittener Rasen. Hohe Zäune, ergänzt von wuchtigen Mauern, schirmten die gepflegten Anwesen von der Straße ab. Eine der schönsten Lagen Reutlingens, ahnte Loose, als er sich umsah. Er war zum ersten Mal in der Stadt, nahm überrascht die reizvolle Landschaft wahr, in die sie eingebettet war. Ringsherum Berge, der Steilanstieg der Schwäbischen Alb und als Krönung die über siebenhundert Meter hohe Achalm, der Hausberg Reutlingens.

Loose querte den Vorgarten, läutete an der Tür. Er musste nicht lange warten, hörte Schritte. Ein salopp mit einem beigefarbenen Polo-Shirt, hellblauen Jeans und weißen Slippern bekleideter Mann um die vierzig öffnete. Er hatte kurze, dunkle Haare, nickte ihm freundlich zu.

»Hübner ist mein Name. Sie sind der Polizeibeamte?«

Loose stellte sich vor, sah den goldenen Ring am Ohr des Mannes.

»Götz erwartet Sie. Treten Sie bitte ein.«

Er folgte der Aufforderung, fand sich in einer weiträumigen, mit einer minimalistischen Garderobe ausgestatteten Diele wieder. Auch der darauffolgende Raum, wohl das Wohnzimmer, wirkte überraschend großzügig. Heller Fliesenboden, weiß tapezierte Wände ohne jeden Schmuck, eine hellbraune Sofagarnitur mit einem rechteckigen Glastisch, sonst nichts. Aus kleinen, in den Ecken des Raumes versteckten Lautsprechern ertönte wohltuend gedämpfte klassische Musik. Der mit einem hellen Hausanzug bekleidete, anscheinend frisch geduschte Mann auf dem Sofa blickte ihm erwartungsvoll entgegen.

Loose war sich nicht genau darüber im Klaren, was er erwartet hatte, er wusste nur eines: diese Einrichtung und diese Atmosphäre auf jeden Fall nicht. Gartenzwerge vor dem Haus vielleicht, eine wohlgerundete Frau im Dirndl oder einer anderen Tracht an der Tür, geschnitztes Mobiliar in allen Räumen, Tische voller Bierhumpen und Schnapsgläser und bis zum Anschlag aufgedrehte CD-Player mit bayerisch-alpenländischem Gejodel – nicht aber dieses geschmackvolle, aufgeklärt-liberal anmutende Interieur. Er hatte Schwierigkeiten, in der freundlich lächelnden Person vor ihm den Schnulzensänger auszumachen, dessen grauenvolles Gedudel ihm Kaskaden von Gänsehaut auf den Rücken gejagt hatte.

»Götz Miller.« Der Mann hatte sich erhoben, streckte ihm die Hand entgegen.

»Heinzi?«, fragte Loose. Er sah das zustimmende Nicken seines Gegenübers, war derart perplex, dass er seine eigene Vorstellung vergaß und stattdessen in den Händedruck einschlug.

»Sie müssen entschuldigen«, erklärte Miller, »dass Sie extra hierherkommen mussten. Es war unhöflich, Sie nicht im Krankenhaus zu empfangen. Das ist nicht meine Art, aber mein Agent und dieser Politiker, die setzten mir derart zu. Von wegen schwer getroffenes, traumatisiertes Entführungsopfer und so. Für die Medien, um ja in die Schlagzeilen zu kommen.« Er wies auf die Sofagarnitur, bat ihn, Platz zu nehmen.

Loose kam seiner Aufforderung nach. »Welcher Politiker?«, fragte er.

Der Mann ließ sich ebenfalls nieder, überlegte. »Wie hieß der gleich wieder? Magg oder so ähnlich.«

»Mackel?«

»Ja, genau. Dem ging es nur um Publicity. Ein grauenvoller Typ.«

»Inwiefern?« Loose bemerkte, dass Miller gerade zu einer Antwort ansetzen wollte, als dessen Sekretär den Raum betrat.

»Entschuldigt, dass ich störe, aber was dürfen wir Ihnen anbieten, Herr Kommissar?«

Loose schüttelte den Kopf. Er konzentrierte sich auf den Ring im Ohr des Mannes.

»Einen Kaffee oder eher Wasser?« Hübner ließ sich nicht davon abhalten, sein Angebot zu formulieren. »Oder hätten Sie Lust auf frische Croissants? Von mir selbst gebacken. Heute Morgen. Vor lauter Freude, dass Götz wieder heil nach Hause kam.«

»Danke.«

»Wirklich nicht?«

Loose wedelte mit seiner Rechten abwehrend durch die Luft. Er sah den Ohrring des Mannes im Widerschein der Sonnenstrahlen, die ins Zimmer fielen, glänzen. »Der Tathergang«, versuchte er, das Gespräch auf den zentralen Punkt seines Interesses zu konzentrieren. »Wie lief es ab?«

»Wenn Sie wirklich nichts wünschen …« Hübner verzog resigniert sein Gesicht, ließ ihn mit Miller allein.

Loose wandte sich dem Musiker zu. »Ich muss Sie enttäuschen«, erklärte der Mann. »Ich kann Ihnen den Täter nicht beschreiben. Nicht einmal ansatzweise. Ich habe den Kerl nicht gesehen. Und nicht gehört. Jedenfalls nicht seine Stimme.«

»Er war allein?«

»Keine Ahnung. Wirklich. Ich habe niemand sprechen hören, wenn Sie das meinen.«

»Auch kein Flüstern?«, hakte Loose nach.

Miller schüttelte den Kopf. »Am Anfang, als ich plötzlich in dem Ding gefangen war … nichts. Und später, als das schreckliche Gerumpel endlich ein Ende hatte, erst recht nicht. Da dröhnte mir der Schädel. Oh Gott, und wie!«

»Wieso benutzten Sie nicht eine der anderen Toiletten?«

»Eine von denen weiter oben?«

»Die hätte man nicht wegfahren können.«

Der Musiker sprang vom Sofa, ließ einen lauten Seufzer hören. »Ich weiß, ich weiß.« Er lief unruhig im Zimmer hin und her, blieb unmittelbar vor seinem Gesprächspartner stehen. »Das mache ich immer. Falls es möglich ist. Das ist eine Marotte von mir.«

Loose musterte den großen, blauen Fleck am Kinn des Mannes, wartete schweigend auf eine Erklärung.

»Ich suche mir immer die abgelegenste Toilette. Wenn es eine Auswahl gibt. So kurz vor einem Auftritt, meine ich. Es geht mir weniger ums …«, er verstummte, ließ sich wieder auf dem Sofa nieder. »Na ja, ich suche etwas Ruhe. Erleichterung in jeder Beziehung. Um mich von jeder Belastung zu befreien, wenn Sie verstehen?«

Looses Blick haftete auf dem Fleck am Kinn. Das typische Relikt einer handgreiflichen Auseinandersetzung, überlegte er.

»Deshalb war ich richtig froh, als ich die beiden etwas abgelegenen Häuschen entdeckte«, setzte der Musiker hinzu.

»Wer wusste von Ihrem Vorhaben?«

»Dass ich eine Toilette suchte?«

Loose zeigte die Andeutung eines zustimmenden Nickens.

»Niemand. Ich hatte meine Instrumente überprüft, in dem Zelt, das extra für uns Künstler bereitgestellt war und dann … Wie gesagt, ich pflege das vor meinen Auftritten immer so zu tun. Falls die Zeit reicht.«

»Sie suchen sich vor jedem Auftritt eine ruhige Toilette.«

»Sofern es die gibt, ja. Einerseits um mich noch mal zu erleichtern und andererseits …«

»Diese Angewohnheit ist allgemein bekannt?«, fiel Loose ihm ins Wort.

Miller warf seinen Kopf zurück, musterte ihn überrascht. »Also, wenn Sie das so fragen … Na gut, ich gehe damit bei Journalisten nicht gerade hausieren, aber Leute, die mich näher kennen … Hardcore-Fans zum Beispiel, die viele meiner Konzerte besuchen, die haben das vielleicht schon mitbekommen. Aber warum sollten die mir das antun? Die wollen doch meine Musik hören, nicht meinen Auftritt verhindern.«

»Sind Sie sich da so sicher?«

»Meine Fans? Ja! Das muss von langer Hand vorbereitet gewesen sein. Von Leuten, die sich vor Ort auskennen. Ich meine, ein Fahrzeug, das den Anhänger samt Toilette abschleppen kann … Und der Weg, den der Täter einschlug. Der konnte doch nicht quer übers Festgelände fahren und auch nicht die Hauptstraße nehmen, bei all den vielen Leuten dort. Außerdem: So, wie das rumpelte …« Der Musiker winkte ab. »Ich wurde die ganze Zeit hin und her geworfen in diesem engen Ding. Ich knallte dauernd mit dem Kopf an die Wände. Hier, sehen Sie?« Er zeigte auf den großen, blauen Fleck an seinem Kinn. »Das muss ein holpriger Nebenweg gewesen sein.«

»Weil es so rumpelte?«

»Ich hatte genügend Zeit, mir Gedanken zu machen. Draußen im Wald und gestern den ganzen Tag. Was glauben Sie, was mir alles durch den Kopf ging.«

»Sie haben niemanden bemerkt, der Ihnen folgte, als Sie zur Toilette liefen? Irgendwelche seltsamen Blicke, Leute, die plötzlich ebenfalls zu den Boxen unterwegs waren?«

Miller winkte erneut ab. »Ich habe gestern im Krankenhaus den halben Tag damit verbracht, darüber nachzudenken. Kam mir jemand hinterher, machte sich in der Nähe des Klos oder am Waldrand irgendjemand zu schaffen?« Er seufzte laut. »Tut mir leid, ich habe nichts bemerkt. Ich war in dem Moment schon derart auf meinen Auftritt konzentriert, dass ich auf solche Dinge überhaupt nicht mehr geachtet habe. Ich hatte nur noch meine Musik im Kopf, die Songs, die ich bringen wollte. Alles andere spielte in dem Augenblick keine Rolle mehr. Deshalb war es wohl sehr einfach, mich in die Box zu sperren.«

»Haben Sie gehört, wie das Schloss von außen verriegelt wurde?«

Miller schüttelte den Kopf. »Ich bemerkte es erst, als ich rauswollte. Ich sage Ihnen doch, ich war völlig in Gedanken. Minutenlang wahrscheinlich. Ich hatte gepieselt, nicht viel, irgendwann den Reißverschluss hochgezogen und dann … Die Tür ließ sich nicht mehr öffnen, mehr weiß ich nicht. Und fast im gleichen Moment wurde ich zur Seite geworfen. Weil das Fahrzeug angekuppelt wurde. Ich hörte ein lautes Brummen und kurz darauf ging es los.«

»Keine Stimmen? Niemand, der sich über den Abtransport der Toilette wunderte?«

»Nichts, gar nichts. Ab dem Augenblick, wo sich das Ding in Bewegung setzte, war ich nur noch damit beschäftigt, Halt zu finden, irgendwie. Weil ich ständig hin und her geworfen wurde und dauernd mit dem Kopf an die Wände knallte, zwei Ewigkeiten lang. Das war grauenvoll. Der Kerl, der mir das angetan hat, verdient die Prügelstrafe.« Der Musiker sah auf, weil Hübner mit einem Glas Wasser ins Zimmer trat und es vor dem Kommissar auf dem Glastisch platzierte.

»Vielleicht haben Sie inzwischen doch Durst bekommen?«

Loose bedankte sich mit kurzem Nicken, formulierte seine nächste Frage. »Sie haben niemanden gehört, als die Toilette abgestellt wurde?«

»Plötzlich war Ruhe. Ich hatte Schmerzen, war unfähig, auf Geräusche zu achten. Ich weiß nur, dass ich schrecklich fror. Kein Wunder. Ich steckte ja die ganze Zeit in dem engen Kabuff fest, konnte mich kaum bewegen. Irgendwann später setzte ich mich dann auf die Schüssel. Auf den Deckel, meine ich. Und noch viel später, es war schon dunkel, hörte ich den Hund. Den Hund und den Mann, der mich befreite. Als ich jede Hoffnung längst aufgegeben hatte.« Miller seufzte, winkte Hübner zu sich her. »Komm Schatz, zu mir aufs Sofa.«

Loose schaute überraschend auf. Dieser Hübner war anscheinend nicht der Sekretär …

»Wir dürfen doch auf Ihre Diskretion vertrauen«, bat der Musiker, den Kopf leicht nach vorne gereckt. »Mein Privatleben geht niemanden etwas an.« Er nahm seinen

Partner in den Arm, drückte ihn an sich. »Stefan und ich … Das gehört nicht an die Öffentlichkeit, Sie verstehen?«

Loose nickte, räusperte sich. »Ihr Privatleben … interessiert mich nicht«, sagte er, fügte dann nach einer kurzen Bedenkzeit hinzu: »Sofern es mit der Entführung nichts zu tun hat.«

Die Männer schauten betroffen zu ihm her. »Sie meinen …«

Loose winkte ab.

»Irgendein durchgeknallter Fan, der uns beobachtet hat?«, überlegte Hübner laut.

»Denken Sie an eine konkrete Person?«, fragte Loose.

Miller schüttelte den Kopf. »Wir haben es bisher geheim gehalten. Das kann eigentlich niemand wissen.«

»Das ist auch gut so«, meinte Hübner. »Bei den Vollidioten, die dich anhimmeln.«

»Also doch bestimmte Personen.«

»Nein, wirklich nicht«, beharrte Miller. »Aber meine Fans … Naja, wer ist schon so verrückt, sich dieses Gejodel anzuhören. Ich leide ja selbst darunter.«

»Wie bitte?« Loose starrte mit weit aufgerissenen Augen zu ihm hin.

»Ja, glauben Sie etwa, das Herz-Schmerz-Gesülze ist der Traum meines Lebens? Noch dazu mit diesen primitiven, immer gleichen Rhythmen?«

»Weshalb …?«

»Weshalb ich es mache?«, fiel Miller ihm ins Wort. »Gute Frage. Sehr gute Frage. Ich habe Musik studiert, klassische Musik. Ich bin Konzertpianist. Das war mein Ideal.«

Loose blieb ruhig, konzentrierte sich auf den großen, blauen Fleck am Kinn des Mannes.

»Aber dann kam der Unfall.«

Er musterte ihn fragend.

»Nach einem Konzert. Ich war auf dem Weg ins Hotel.« Miller verstummte, winkte verlegen ab.

»Götz wurde angefahren. Mitten auf dem Gehweg«, erklärte Hübner. Er drückte seinen Partner an sich, strich ihm über die Stirn. »Die Drecksau hatte die Kontrolle über seinen Karren verloren. Götz linke Hand ...«

»Und dann kam das Angebot mit diesem Schnulzengejodel«, fuhr Miller nach einer Weile fort. »Ich hatte mal eine Volksmusiktruppe mit dem Klavier begleitet. Ein Notfall, ich war eingesprungen. Aber es verkaufte sich gut. Es sollte nur vorübergehend sein. Bis meine Hand wieder voll funktionierte.« Er schüttelte den Kopf, pfiff leise. »Tut sie aber bis heute nicht. Jedenfalls nicht mehr so wie früher.«

»Du spielst immer noch göttlich. Virtuos«, meinte Hübner. »Wollen Sie mal was hören, Herr Kommissar?« Ohne die Antwort abzuwarten, löste er sich von seinem Partner, machte sich neben dem Sofa zu schaffen. »Letzte Woche aufgenommen«, sagte er dann.

Zarte Akkorde eines Klaviersolos schwebten durch den Raum. Loose sah sich prinzipiell außerstande, musikalische Expertisen zu erstellen; hierzu fehlten ihm sowohl das Gespür als auch das Wissen. Jetzt aber sah er sich vom Hauch eines besonderen Zaubers ergriffen, der allein mit rationalen Überlegungen nicht zu erklären war. Er hielt einen Moment inne, fühlte sich von der Virtuosität des Künstlers berührt.

»Schubert«, flüsterte Hübner.

Loose hatte Schwierigkeiten, den Schöpfer dieser Klänge mit dem Verursacher jenes grauenvollen Gedudels gleichzusetzen, das er sich am Vortag für wenige Sekunden angehört hatte. Nur mit Mühe fand er wieder zu dem Thema zurück, dessentwegen er nach Reutlingen gekommen war. »Ihr Manager erwähnte Drohungen«, warf er ein.

Miller benötigte ein paar Sekunden, aus seiner Traumwelt aufzutauchen. »Scheider«, seufzte er.

»Viele Drohungen«, betonte Loose. »Er hat mir eine Liste gemailt. Ich kam noch nicht dazu, sie anzuschauen.«

»Dem geht es nur ums Geld«, mischte sich Hübner ins Gespräch. Er hatte wieder neben seinem Partner Platz genommen, tastete nach seinem Ohrring. »Rein in die Schlagzeilen. Jeden Tag neues Internet-Gekotze. Irgendwas fällt ihm immer ein. Je perverser, desto besser. So bleibst du in der Öffentlichkeit präsent. Egal wie. Hauptsache Schlagzeilen. Das ist sein Geschäftsprinzip.«

»Die Drohungen«, folgerte Loose. »Sie finden sie nicht besorgniserregend?«

»Na, teilweise schon«, antwortete Miller. »Aber nennen Sie mir eine Person des öffentlichen Lebens, die davon unbehelligt bleibt.«

»Vollidioten, die sich statt am Stammtisch heute im Netz auskotzen«, meinte Hübner. »Erbärmliche Existenzen.«

»Solange sie sie nicht in die Tat umsetzen.«

»Ich kann es mir nicht vorstellen«, erklärte Miller. »Obwohl es das Beste ist, was Scheider passieren kann.

Alle Aktionen, die Schlagzeilen bringen, sind okay. Deshalb verstand er sich auch mit diesem Politiker so gut.«

»Mackel?«

»Genau. Beide waren sich einig: Ich sollte möglichst lange im Krankenhaus bleiben, damit die Sache tagelang ausgeschlachtet werden kann. Oder noch besser: wochenlang. Scheider, um den Schnulzen-Heinzi noch bekannter zu machen, und der Politiker, um sein großartiges Wirken zu unterstreichen.«

»Wie kommen Sie darauf, dass Mackel …«

»Die hockten gestern den halben Nachmittag im Krankenhaus an meinem Bett und laberten mich voll. Einer nach dem anderen. Ohne Ende. Bis ich nachgab. Ich wollte gestern nach Hause, verstehen Sie. Mir ging es deutlich besser, aber die beiden … Sie brachten die Ärzte dazu, mich als nicht vernehmungsfähig zu erklären. Das war nicht allein Scheiders Idee, der Politiker war da voll beteiligt. Der wollte sich in meinem Ruhm sonnen, verzeihen Sie bitte, wenn ich das so formuliere. Er sei der wunderbare Mann, der den Ministerpräsidenten persönlich in das kleine Dorf holte. Und dazu den, so laberte er die ganze Zeit, weltberühmten Musikinterpreten Heinzi, um den sich der halbe Kontinent reißt. In sein Dorf! Das sind seine Worte, nicht meine. Der verkauft seine Großmutter persönlich an den Teufel, wenn ihm das irgendwelche Vorteile bringt. Dem würde ich auch zutrauen, hinter der Entführung zu stecken.«

»Wie bitte?« Loose warf den Kopf nach vorne, betrachtete den blauen Fleck am Kinn des Musikers. »Wie kommen Sie auf die Idee?«

»Naja, jetzt ist sein wunderbares Dorf und sein großartiges Wirken doch wirklich in aller Munde. Meine Entführung hat die großen Schlagzeilen gebracht, oder? Außerdem schimpfte der doch ohne Ende auf diese dummen Dörfler, die ihm ständig das Leben schwermachen. Alle seine wunderbaren Pläne wollten sie vereiteln, den Bau neuer Häuser, einer Veranstaltungshalle, eines Sportzentrums, eines Schwimmbads, einer Straße, eines Outlet-Centers, moderner Restaurants und Cafés, was weiß ich alles. Die hätten sein Engagement nicht verdient. Es wäre höchste Zeit, den Rädelsführern, die die anderen Dörfler aufhetzten, einen Schlag zu versetzen, von dem die sich nicht mehr so schnell erholen würden.«

»Einen Schlag zu versetzen?«

»Das hörte ich ihn genau so sagen«, bestätigte der Musiker. »Den Rädelsführern einen Schlag versetzen. Dem würde ich es zutrauen, dass er meine Entführung inszenierte, um selbst von den daraus folgenden Schlagzeilen zu profitieren und es dann den angeblichen Rädelsführern in die Schuhe zu schieben. Sie sollten mit dem Herrn sprechen. Er wird Ihnen die Namen dieser Leute garantiert nennen.«

»Das hat er schon getan«, bestätigte Loose.

* * *

Noch auf der Rückfahrt von Reutlingen gingen ihm die Worte Millers durch den Kopf. »Der verkauft seine Großmutter persönlich an den Teufel, wenn ihm das irgendwelche Vorteile bringt. Dem würde ich auch zutrauen, hinter der Entführung zu stecken.« Mit vielem hatte er gerechnet, niemals jedoch mit einer Überlegung, die Mackel als potentiell Verdächtigen erscheinen ließ. Ausgerechnet der Mann, der sich – nach allem, was Loose bisher vernommen hatte – am vehementesten um die Realisierung der Heimattage in Schlüpfingen bemüht hatte, sollte hinter dem Verbrechen an dem Musiker stecken?

Er kratzte sich ausgiebig an seiner rechten Wange, versuchte, die aufkommende Erschöpfung zu bekämpfen. War es wirklich notwendig, den Makler genauer zu überprüfen? Er erinnerte sich an den Anruf des Mannes am Morgen, den neuen Hinweis auf Greile als potentiellen Täter, nachdem er ihm gestern schon mehrere angebliche »Rädelsführer« als Drahtzieher des Verbrechens nahegelegt hatte. Waren das nichts als plumpe Versuche, den Verdacht von sich auf andere zu lenken?

Loose fühlte sich zu müde, an diesem Tag noch zu einer überzeugenden Antwort zu finden. Er gab Mackels Nummer ein und vereinbarte ein Treffen in dessen Haus in Schlüpfingen am nächsten Morgen um zehn Uhr, um all diese Fragen zu besprechen.

Die Durchsicht der Liste mit den Drohmails, die er sich im Anschluss daran noch vornahm, verlief ergebnislos. Ausnahmslos dämliche Bemerkungen waren da zu lesen, die kaum einen konkreten Tatverdacht begründen ließen. Als auffälligste Merkmale empfand er noch die vielen Rechtschreibfehler. Indizien für die Intelligenz der jeweiligen Verfasser?

Du grankes Arschgesicht dein Gesapper ist nicht zu erdragen.

Fick dich ins Gnie Schnulzenheini.

Halt endlich die Schnauze du Schleimer.

Dir Scheißaffe sollde die Fresse zerschlagen bis du endlich ruhig bisch.

Du beleidigst unseren Kini mit deinem blöden Song und ziehst unser wunderschönes Schloss in den Dreck, du Saukerl. Dafür soll dich der Teufel holen.

Brügelt gehörsch du für dein Geschrei. Meine Oma hört dein Scheiß Tag und Nacht. Das ist nicht zum Aushalten. Ich bring dich um, du Arsch.

Heinzi, du doofe Sau, dich sollte die Polizei verhaften.

Geht dir einer ab, wenn du diese Scheiße jodeln tusch?

Irgendwann hatte Loose genug von all den widerlichen Beschimpfungen. Wie immer, wenn er mit solchen Hass- und Drohmails konfrontiert war, ging ihm die Frage durch den Kopf, wo denn all diese kranken Hirne zu finden waren, die diesen Schwachsinn zu verantworten hatten. In den Köpfen der Leute, denen er tagtäglich begegnete?

Er druckte die Liste aus, ließ sie auf seinem Schreibtisch liegen. Obwohl er sich müde und ausgelaugt fühlte, sah er sich dennoch zu einer Schlussfolgerung imstande: Auch an diesem Tag war er in seinen Ermittlungen nicht einen Schritt weitergekommen.

9. Kapitel

Der Mittwoch hatte völlig anders als die beiden Tage zuvor begonnen: Zum ersten Mal in dieser Woche war es ihm gelungen, von seiner Wohnung zur Haustür zu kommen, ohne dem Hausmeister bei einer seiner frühmorgendlichen Putzorgien zu begegnen. War der Mann krank, oder hatte er bereits in der Nacht gewischt und geschrubbt? Irritiert über die unerwartete Änderung seines Tagesablaufs war er im Büro eingetroffen.

»Guten Morgen, Sie haben um zehn Uhr einen Termin mit Herrn Mackel in Schlüpfingen«, empfing ihn Stöhr. »Sein Sekretariat hat uns gerade per Mail daran erinnert. Herr Mackel legt Wert auf Ihr pünktliches Erscheinen.«

Loose musterte den Kollegen mit genervter Miene, blieb ruhig. Einen Augenblick überlegte er, den Makler ohne jede Vorankündigung mindestens eine halbe Stunde warten zu lassen, verwarf den Gedanken dann aber wieder. Er saß am kürzeren Hebel. Schließlich wollte er etwas von dem Mann, nicht umgekehrt. Missmutig tippte er eine Zusammenfassung sämtlicher Gespräche, die er im Rahmen der Ermittlung bisher geführt hatte, in den Computer, speicherte sie ab.

Kurz vor zehn Uhr hatte er die große Willkommenstafel und die beiden Plakatwände vor Augen. *Herzlich willkommen im Musik-Dorf Schlüpfingen. Wir freuen uns über Ihren Besuch!* Und: *Das neue Schlüpfingen.*

Er sah das immer noch mit rot-weißen Bändern abgesperrte Gelände des Tatortes, kam an Brägeles Käserei vorbei. Der Mann schien nicht zu Hause; das Schild an der Eingangstür *Im Moment geschlossen* war jedenfalls deutlich zu erkennen. Loose fuhr langsam bergan, bewunderte die reizvolle Landschaft zu seinen Füßen. Wiesen, Felder, Gärten, Weinberge und Wald, wohin er sah. Nach einem kurzen, steilen Anstieg dann das auffällige, grellgelb gestrichene Haus der Arztpraxis. Er warf einen Blick auf die Parole quer über der Fassade. *Nix als schlonzige Schofseggl ond liadriche Luagabeitel des ganze großkotzige Saugschmoiß in Schdurget ond der Halbdackel uf'm Berg.* Dazu der Anbau mit den Parisern. Nachher, im Anschluss an sein Gespräch mit Mackel, wollte er es noch einmal versuchen, die Bewohner nach etwaigen Beobachtungen am Festtagsnachmittag zu fragen.

Loose fuhr weiter, passierte Miriam Steins Weingut und kurz darauf Greiles Nudel- und Bier-Lokal. Beide Anwesen schienen im Moment wie fast das ganze Dorf unbelebt, Türen und Fenster geschlossen, nicht eine Person war zu sehen. Die Straße führte nur noch wenige Meter weiter, wand sich dann in einer großzügig angelegten Serpentine vollends den Hang hoch direkt auf eine futuristisch anmutende, grellweiß gestrichene Villa zu, die von einem parkähnlichen Gelände umgeben war. Alles an dem Gebäude wie auch seinem Umfeld wirkte pompös: das ausufernde, zwei Stockwerke umfassende, von mehreren Säulen gesäumte Haus mit seinem Flachdach, die riesige, für mindestens vier Fahrzeuge ausgerichtete Garage, der akkurat geschnittene Rasen mit seinen üppigen, in allen Farben blühenden Rosenrabatten und die filigran gearbeitete, wie ein kleines Lustschloss anmutende Laube mitten in einem Blumenbeet. Was nicht ins Bild passte, war die Menschenmenge, die sich mitten im Park rund um die Laube tummelte, heftig miteinander diskutierend und den Rasen wie auch Teile der Rosenrabatten rücksichtslos niedertrampelnd.

Loose wusste nicht, was das zu bedeuten hatte, sah auf seinem GPS, dass er am Ziel angelangt war. Er parkte den Wagen, bemerkte, dass die Straße hier endete. Nur zwei schmale asphaltierte Wege führten in den unmittelbar angrenzenden Wald und die ebenso nahen Weinberge.

Loose trat auf die Straße, hatte den seltsamen süßlich-beißenden Geruch sofort in der Nase. Er kam nur kurz dazu, den prächtigen Rundumblick zu genießen: Das Haus lag auf der höchsten Stelle der Umgebung, auf allen Seiten von Weinbergen, Obstbaumwiesen, landwirtschaftlich genutzten Flächen und Mischwald gesäumt. Der Blick reichte in verschiedene, teilweise besiedelte Täler; Schlüpfingen selbst war nur in Randbereichen zu erkennen. Der Standort der Toiletten wie auch das Festgelände blieben verborgen; der Weinberg, an dessen Fuß er mit Frau Stein gesprochen hatte, versperrte die Sicht.

Er kam nicht dazu, sich der Betrachtung der anmutigen Landschaft hinzugeben, wurde von dem aufgeregten Geschnatter der rund um die Laube postierten Menge abgelenkt. Loose folgte der Rasenkante, betrat dann den akkurat geschnittenen, wie ein grüner Teppich wirkenden Rasen, weil er keine andere Möglichkeit sah, zu den Leuten zu gelangen. Je mehr er sich ihnen näherte, desto intensiver wurde der süßlich-beißende Geruch. Er erinnerte ihn an das Aroma des Alkohols, mit dem er sich nach ausgiebigem Sport oder stundenlangen anstrengenden Einsätzen seine schmerzenden Muskeln und Gelenke einzureiben pflegte. Hier mussten eine ganze Menge Schnapsflaschen zu Bruch gegangen sein.

Er hatte die Leute erreicht, erkannte mitten in dem aufgeregten Stimmenstakkato die stämmige Gestalt Brägeles, der die Menge von der Laube zurückzudrängen suchte. Zwei Meter weiter standen Miriam Stein und ihr Bruder, eine Armlänge von ihnen entfernt Greile. Das halbe Dorf schien versammelt.

»Ihr hent bald alle oin in de Krone, wenn ihr da noch länger rumstandet«, hörte er Brägele schimpfen. »Also ganget endlich von dem Rase runter!«

»Herrschaftsdonderwetter! Jetzt pluschter di doch net so uff!«, donnerte eine drahtige, mit einem roten T-Shirt und blauen Jeans bekleidete Frau unmittelbar vor Loose. »Den wunderbare Ablick werdet mir doch genieße dürfe!«

Loose versuchte erst gar nicht, den Sinn der Worte zu ergründen. Er stand wenige Schritte von der Laube entfernt, bemerkte jetzt aus der Nähe – das stechende Alkohol-Aroma in der Nase –, um was für ein filigranes architektonisches Juwel es sich bei dem Bauwerk handelte. In der Form eines Oktaeders aus festen Steinen gemauert hatte es einen Durchmesser von mindestens zehn bis zwölf Metern. Hohe, nur eine Handbreit über dem Boden beginnende und oben in Rundbögen auslaufende Sprossenfenster prägten die Laube. Die runde Kuppel auf dem Dach glänzte in genau demselben hellen Weiß wie das restliche Mauerwerk. Loose warf einen Blick ins Innere, sah, dass der Boden mit hellen Fliesen ausgelegt war. In der Mitte des Raumes thronte ein breites, ringförmig angeordnetes Sofa, eine Spezialanfertigung in makellos weißer Farbe, das allein eine fünfstellige Summe gekostet haben musste, ganz zu schweigen von dem runden Glastisch im Zentrum des Bauwerks. Was den Anblick der Laube jedoch völlig störte, war die zersplitterte untere Scheibe in einem der filigranen Sprossenfenster wie die im Inneren des Gebäudes zentimeterhoch stehende, fast glasklare Flüssigkeit, die, wie Loose schnell merkte, für den stechenden Alkoholgeruch verantwortlich war. Auch das teure Sofa schien an mehreren Stellen von der nassen Flut durchtränkt.

»Was ist hier passiert?«, fragte er, die etwa fünfzig Jahre alte, drahtige Frau vor sich im Visier.

Sie musterte ihn mit mitleidigem Blick. »Hent Sie koi Auge im Kopf?«

»Ein Unfall?«

Die Frau reagierte mit lautem Gelächter. »Von welchem Stern kommet Sie?«

»Mutwillige Zerstörung.«

»So ka mr des bezeichne, ja.« Sie beruhigte sich wieder, zog die Stirn hoch. »En Gruß vom Bronnhuber«, fügte sie dann hinzu.

»Sie kennen den Täter?«

»Der Bronnhuber«, wiederholte sie. »Des wisset älle.«

»Bronnhuber.« Loose versuchte, sein Handy aus der Tasche zu ziehen und sich den Namen zu notieren, kam aber angesichts des Gedränges nicht dazu. »Woher wollen Sie das wissen?«

»Weil i ihn gsehe han. Mit seinem Seuchkarre den Berg hoch. So viel Schnaps«, sie wies auf die Laube, »hat bei os nur der.«

Loose hatte die Antwort nur teilweise verstanden, kam nicht dazu, nachzufragen.

»Des gschieht dem Halbdackel grad recht«, setzte die Frau hinzu. »Obwohl der Bronnhuber die Seuchbrüh besser mitte in die großkotzige Villa neipumpt hätt.« Sie wandte sich von der Menge ab, schlenderte ans andere Ende des Vorgartens.

Loose erhoffte sich weitere Informationen über den angeblichen Täter wie auch Mackel, folgte ihr quer über den Rasen. »Herr Mackel scheint nicht besonders beliebt im Dorf.«

Die Frau warf ihm einen missmutigen Blick zu. »Des isch koi Wunder. Der will des ganze Dorf he mache. Der ond des Saugschmoiß um ihn rum.«

Loose musterte sie fragend.

»Heilandsakrament, der Sauhond, der elende! Den hätt mr scho längst dotschlage solle!«

Totschlagen. Loose spitzte die Ohren. »Herrn Mackel?«, fragte er.

»Den ›Herrn‹ könnet Se sich spare. Des isch der Halbdackel nie gwä ond des wird der au nie sei.« Ihre Augen funkelten zornig, als sie weitersprach. »Wenn's nach dem verkommene Halunke ging, dätet Se Schlüpfinge bald nemme wiedererkenne. Der dät am liebschde älles ronderreiße ond die ganz Umgebung samt dem Dorf mit seinem Glomp zubetoniere. Lauter großkotzige Ville ond teure Eigentumswohnunge, sterile amerikanische Cafés ond Lokale, wie se haufeweis in jeder größere Stadt zu finde send, Gschäfte mit Modefirlefanz ond ähnlichem Mischd. Lauter Scheißdreck, den koi Mensch bei os braucht ond will. Ond des Tal dohanne, sehnt Sie?« Ihre Hand wies zu der weitgehend unberührten Landschaft hinter der Anhöhe. Wälder, am Rand Weinberge, ein schmales Tal.

Traumhaft schön, ging es ihm unwillkürlich durch den Kopf.

»Da will der a Straße neihaue! A Durchgangsstraße, weil mir ja net genug von dem Lärm ond dene Giftschleudere hent! Dotgschlage ghört der daube Trialer ond des gsamte Saugschmoiß, net bloß Alkohol neipumpt!«

Loose versuchte den Sinn ihrer Aussage zu begreifen. »Eine Straße?«

Die Frau wies zur Serpentine, über die er gekommen war. »Dort unte soll se weiterführe. Mitte durchs Dorf ond dann dort unte weiter. Damit seine Villa von dem Lärm ond dem Dreck verschont bleibt.«

»Er will als Makler daran verdienen?«, überlegte er.

»Darum goht's, genau. Profit, nix als Profit. Ond Macht. Jahrelang isch er der halbe Umgebung in de Arsch kroche. Der trieft vor Schleim ond Sabber. Koin Dag ohne seine Visage uf jedem Bildschirm ond in jedem Blättle. Die reinschte Kotzvorlage. Bis er endlich im Kreistag war. Der Herr Abgeordnete. Bloß um die Interesse von seine Kumpane durchzudrücke. Des ganze Sauglomp.«

»Die Menschen im Dorf«, erkundigte sich Loose. »Sind sie mehrheitlich für seine Pläne?«

»Pah, höret Se doch uff mit dem Lättagschwätz! Die sind doch älle dagege. Sogar der Bronnhuber, wie mr do sieht. Dabei hat der Granatedackel sich jahrelang von dem Luagabeitel verscheißern lasse.« Sie wandte sich von ihm ab, lief langsam zu der Menschenansammlung rund um die Laube zurück.

Er versuchte, mit ihr Schritt zu halten. »Dann gibt es eine Menge Leute, die etwas gegen ihn haben«, schlussfolgerte er. »So viel, dass jemand einen Musiker entführt, um Herrn Mackels Fest zu sabotieren?«

»Dem ghört doch dr Dibbl bohrt! Wenn des oiner im Dorf war, dann er selbscht! Des isch doch die beschte Methode, wieder im Mittelpunkt zu stande!« Die Frau musterte ihn mit zunehmend unwilliger Miene. »Wieso wellet Sie des überhaupt älles wisse?« Sie schüttelte den Kopf. »Sie sind net von hier. I han Sie noch nie gsehe.«

Loose setzte gerade dazu an, sich vorzustellen, als er Brägeles kräftige Stimme unmittelbar vor sich vernahm. »Oh, Herr Kommissar, was machet Sie hier?«

Er schaute auf, bemerkte die aufmerksamen Blicke der Leute um sich herum. Das vielstimmige Geschnatter verebbte binnen Sekunden. »Ich komme gerade rechtzeitig«, sagte Loose. »Falls es sich wirklich um mutwillige Zerstörung handelt.«

»Polizei?«, zischte es neben ihm. Die Frau, mit der er sich unterhalten hatte, wandte sich unwirsch von ihm ab. »Mir brauchet koine Schnüffler bei os!«

»Sie haben den Täter gesehen. Brunnhaber oder so ähnlich. Sobald Herr Mackel Anzeige erstattet …«

»Der erstattet koi Anzeige«, fiel ihm die Frau ins Wort.

»Wie bitte?« Loose warf einen Blick ins Innere der Laube. »Das Gebäude wirkt stark beschädigt. Ein Fenster ist zerstört, im Innenraum steht zentimeterhoch eine alkoholische Flüssigkeit, das teure Sofa scheint zumindest in Teilen …«

»Der erstattet koi Anzeige«, wiederholte die Frau. »Glaubet Se's mir!«

Loose wartete schweigend auf eine Erklärung.

»Das war Rache.« Brägele hatte sich vollends zu ihm durchgekämpft, mischte sich ins Gespräch. »Ond der Mackel woiß genau, wofür.«

»Ja?«

Brägele winkte ab. »Die Caro hat recht.« Er wies auf Looses Gesprächspartnerin. »Der erstattet koi Anzeige. In dere Sach kann der koi Öffentlichkeit brauche.«

»Ganz im Gegesatz zu seinem sonschtige großkotzige Getue«, fügte die Frau hinzu. »Sparet Se sich also die Müh. Der Halbdackel isch es net wert.«

Loose bemerkte das plötzlich aufflammende Geraune der Umstehenden, sah die Leute zur Seite treten. Der mit einem hellen Sommeranzug bekleidete, breitschultrige Mann trat fast lautlos vor die Laube, betrachtete den angerichteten Schaden. Er erkannte ihn sofort. Heute war Mackel allerdings jeder Anflug seines vorgestern gezeigten Dauergrinsens fremd. Der Makler schien die Anwesenheit der Leute nicht wahrzunehmen. Er beugte sich nach vorne, musterte das Innere des filigranen Bauwerks, wandte sich erst nach ausführlicher Begutachtung davon ab.

Loose wunderte sich über die Zurückhaltung der Umstehenden. Stille. Absolute Stille. Jede Unterhaltung war erstorben. Er sah seine Gesprächspartnerin bergabwärts davonlaufen, hörte plötzlich Mackels keifende Stimme.

»Was wollt ihr auf meinem Grund? Habt ihr nichts zu tun als zu gaffen?«

»Mr wird noch gucke dürfe«, kam es zaghaft zurück.

»Aber nicht auf meinem Besitz.«

Im gleichen Moment kam Leben in die Menge. Die meisten Leute bewegten sich von der Laube weg, verschwanden in die Richtung der Serpentine.

Mackel schien Loose erst jetzt wahrzunehmen. Er warf einen Blick in die Umgebung, blieb an ihm haften. »Sie sind schon da«, erklärte er dann. »Das passt mir jetzt überhaupt nicht.«

»Wir werden die Ermittlungen sofort aufnehmen«, bot Loose an. »Haben Sie einen Verdacht?«

»Ermittlungen?«, fragte Mackel. »Von welchen Ermittlungen sprechen Sie?«

»Die Zerstörung.« Loose wies auf die Laube.

»Habe ich Anzeige erstattet?« Der Blick des Maklers verfinsterte sich. Falten überzogen seine Sonnenstudio-veredelte Stirn.

»Ich nehme an, es ist in Ihrem Interesse.«

»Sie lassen die Hände davon«, erklärte Mackel in einem Tonfall, der keinen Widerspruch duldete. »Das ist meine Privatsache.«

»Und die Entführung am Sonntag?«, konterte Loose.

»Das sind zwei vollkommen unterschiedliche Ereignisse. Die haben nichts miteinander zu tun.«

»Sie sind sich sicher?«

»Absolut.«

»Sollten Sie es nicht mir überlassen, das zu beurteilen?«

»Nein.« Der Mann blieb hartnäckig. »Ich kenne mich bei diesen Irren hier aus. Sie nicht.« Er zeigte auf die zerstörte Scheibe. »Das ist eine familiäre Angelegenheit. Da hat mal wieder jemand die Kontrolle über sich verloren. Was zu viel Alkoholgenuss eben manchmal bewirkt.«

»Sie kennen den Täter.«

Mackel warf demonstrativ einen Blick auf seine Uhr, winkte ab.

»Vielleicht ist es derselbe, der auch den Musiker entführte«, fügte Loose hinzu.

»Nein, garantiert nicht. Dazu ist der Idiot viel zu beschränkt!« Der Makler seufzte laut auf, legte Loose die Hand auf den Arm.

Der Kommissar zuckte erschrocken zurück. Die Erinnerung flammte unvermittelt auf. Sämtliche Alarmglocken läuteten. Die Visage des Teufels war keine zehn Zentimeter von seinem Gesicht entfernt. Er hatte den widerlichen Gestank seines Atems voll in der Nase.

»Du schaffst das, Harry. Du bist cool. Echt cool, Harry.« Umringt von der Meute seiner zynisch grinsenden Vasallen hatte der Teufel ihm die Hand auf den Arm gelegt und das volle Glas gereicht. »Ex und hopp!« Die Worte waren in seinem Gehirn eingebrannt.

Loose schnappte nach Luft, spürte, wie ihm der Schweiß aus allen Poren schoss.

Es hatte keine Chance gegeben, gegen den Teufel anzukommen, also hatte er es getrunken. Alles. Das gesamte Glas.

»Herr Kommissar?«

Loose riss sich von seinem Gegenüber los, trat zwei Schritte zurück.

Mackel beobachtete ihn mit erstauntem Blick. »Verzeihung, ich wollte Sie nicht …«

Er winkte ab. Zwei Tage und zwei Nächte hatte es gedauert, bis sein Körper wieder einigermaßen funktionierte. Zwei Tage und zwei Nächte, die er seiner Erinnerung nach fast ausschließlich auf dem Klo verbracht hatte. Erst Wochen später war ihm durch einen Zufall bekannt geworden, was der Teufel ihm ins Glas gemischt hatte. Reines Rizinusöl.

Der Schweiß flutete Brust und Rücken.

»Hören Sie, Herr Kommissar. Könnten wir unser Gespräch nicht auf heute Mittag vertagen? So dringend wird es wohl kaum sein, was Sie mir mitteilen wollen, oder? Ich muss mich sofort um diese Sache hier kümmern, bevor der Schaden irreparabel wird. Und in weniger als einer Stunde«, Mackel wiederholte den demonstrativen Blick auf seine Uhr, »wartet bereits der nächste Termin auf mich. Heute Mittag, 14 Uhr. Eine Stunde vor der Kreistagssitzung. Herr Kommissar?«

Loose fuhr sich mit der rechten Hand über Brust und Rücken, versuchte, den Schweiß wegzuwischen.

»Heute Mittag«, wiederholte der Makler seinen Vorschlag. »Hier?« Er wies auf das Haus.

Loose fühlte sich seltsam kraftlos, nickte.

Mackels Miene nahm ausnehmend freundliche Züge an. Er klopfte seinem Gesprächspartner kumpelhaft auf die Schulter, trat ein paar Schritte zurück, zog sein Handy hervor. Als Loose wieder vollends zu sich gefunden hatte, bellte der Makler bereits seine Anweisungen zur

Reparatur der Laube in sein Handy. »Heute Mittag noch!«, hörte er ihn abschließend sagen.

Loose lief zu seinem Wagen, folgte der Straße abwärts. Er passierte Greiles Nudel- und Bier-Lokal und Miriam Steins Weingut, sah Brägele und die Frau, mit der er vor der Laube ins Gespräch gekommen war, in angeregter Unterhaltung vor dem grellgelb gestrichenen Haus stehen. Er brachte sein Fahrzeug zum Stehen, lief auf die beiden zu. Ihre Konversation erstarb augenblicklich.

»Ond?«, empfing ihn die Frau. »Wie stoht's mit der Azeig?«

Loose hatte trotz des ausgeprägten Dialekts sofort begriffen, worauf sie anspielte. »Erst die Entführung, dann die Laube …« Er ließ den Rest offen.

»Des hat nix mitnander zu tun«, erklärte sie, »oms verregga ned.«

Er hatte zwar nur den Anfang ihrer Ausführungen verstanden, glaubte aber, dass ihre abschließende Bemerkung nicht von essentieller Bedeutung für seine Ermittlung sei. »Brunnhaber heißt der Mann, der das zu verantworten hat, richtig?« Er zeigte den Berg hoch.

»Des war der Bronnhuber, Herr Kommissar«, mischte sich Brägele ins Gespräch. »Des isch aber eine familiäre Angelegenheit, sozusage. Reine Privatsache, verstandet Se?« Er ließ Loose keine Chance zu einer Antwort, trat einen Schritt zur Seite. »Jetzt müsset Se mich aber entschuldige. I muss gange. Kundschaft wartet. Wenn Sie noch Frage hent, Sie wisset, wo Sie mich findet. Jederzeit.« Er sah Looses zustimmendes Nicken, löste sich von der Gruppe, eilte den Berg abwärts.

»Ond Sie wellet obedingt wisse, warum der Bronnhuber so tobt hat, richtig?«, fragte die Frau. Sie lief ein paar Schritte auf das Haus zu, zog einen Schlüssel aus ihrer Hosentasche.

Loose wartete schweigend auf eine Erklärung.

»Der hat sei bessere Hälfte in flagranti erwischt«, sagte sie.

»Bronnhubers Frau und Mackel?« Loose hatte sofort begriffen. Die Erinnerung an sein eigenes Erlebnis kam wieder hoch.

Seine Gesprächspartnerin nickte. »In flagranti. Alles klar?« Sie öffnete die Tür, trat ins Haus.

Er versuchte, sich auf seine Ermittlungen zu konzentrieren. »Sie wohnen hier?«

Die Frau wies auf das Schild.

»Dr. Kawasamo«, sagte er. »Das sind Sie?«

»Wenn Sie nix dagege hent.«

»Der Name klingt etwas fremd.«

»Moinet Sie?«

Loose sah den großen Pfeil im Eingangsbereich des Hauses, las den dazugehörigen Vermerk: *Zur Praxis.* »Sie sind Ärztin?«, fragte er.

Die Frau nickte. »Kann i Eahne helfe? I han die Praxis zwar erscht heut Mittag offe, aber wenn Sie Probleme hent …«

»Danke«, wehrte er ab. »Mir geht es um den Sonntagnachmittag. Das Fest.«

»Do han i gschafft. Notfall-Bereitschaft. Bei große Veraschtaltunge isch emmer was los.«

»Sie waren hier in der Praxis?«

»Die meischte Zeit. Wieso interessieret Sie sich dafür?«

»Die Aussicht«, sagte er. »Auf das Festgelände.«

»Die isch gut.« Sie wies ins Innere. »Kommet Se. I zeig's Eahne.«

Loose folgte ihr. Der Eingangsbereich mündete direkt in einen riesigen Raum, der einen großen Teil der Grundfläche des Hauses zu umfassen schien. Er war mit unzähligen Stellwänden und überdimensional großen Plakaten ausstaffiert. Loose warf einen kurzen Blick auf die gewaltige Banderole, die mitten in dem Raum von der Decke hing, überflog die Worte, die dort in dicken, farbigen Lettern prangten.

Nix als schlonzige Schofseggl ond liadriche Luagabeitel des ganze großkotzige Saugschmoiß in Schdurget.

Er sah sich zwar außerstande, sie in verständliches Deutsch zu übersetzen, erkannte sie aber sofort wieder: Es handelte sich um denselben Text, der auch außen auf der Fassade des Gebäudes angebracht war. Obwohl seiner Erinnerung nach hier ein Teil des Satzes fehlte …

Loose wandte sich von der Banderole ab, musterte eine Stellwand. Auch hier war der Text in ausgeprägtem Dialekt verfasst. *Iberkandidelter Jenseitsbachl* stand über dem Bild eines Mannes, der ihm bekannt vorkam. Er überlegte, wo er ihn schon gesehen hatte, kam nicht darauf. Vielleicht im Fernsehen?

»Sie haben es mit der Mundart«, sagte er, als sie eine Reihe nebeneinander postierter Stühle am anderen Ende des Raumes erreicht hatten.

»I will wisse, wo i dahoim bin«, gab sie zur Antwort, nahm die rechte von zwei Türen. Sie führte ihn in ein geräumiges Wohnzimmer, das anscheinend in dem

Anbau hinter dem Haus untergebracht war. Links eine Wand voller Bücher, in der Mitte ein gemütliches, halbrundes Sofa samt Tisch und kleiner Sitzgarnitur, rechts und am anderen Ende große Panoramafenster, die den Blick ins sonnenüberströmte Tal und auf die Berge der Umgebung freigaben.

»So, hier sind mr«, erklärte sie.

Er trat ans Fenster, sah das Festgelände mitsamt den Toilettenstellplätzen unmittelbar unter sich liegen. Besser als von hier aus war der Tatort wirklich nicht einzusehen. »Wer hat die Toilettenbox am Sonntagnachmittag abgeschleppt?«, fragte er, den Blick ins Tal gerichtet.

»Überwachungskameras habe ich nicht eingebaut«, antwortete Frau Kawasamo in perfektem Hochdeutsch. »Wenn es das ist, was Sie suchen.«

Verwundert über den abrupten Wandel ihrer Aussprache wandte er sich ihr zu. »Ich dachte eher an Ihre eigenen Beobachtungen. Sie waren am Sonntag hier.«

»Ich war hier, ja. Und von meinen Praxisräumen nebenan ist die Aussicht fast genauso gut. Aber ich war beschäftigt. An dem Mittag ging es rund. Da blieb keine Zeit, Leuten nachzuspionieren, die Toiletten stehlen.«

Er bemerkte ihren spöttischen Gesichtsausdruck, konzentrierte sich auf den unteren Rand des Geländes, wo die beiden mobilen Boxen abgestellt gewesen waren. Selbst das rot-weiße Absperrband war deutlich zu erkennen. »Ein einziger Blick genügt«, beharrte er. »Mitten in einer Behandlung.«

»Tut mir leid.« Sie hob abwehrend beide Hände. »Wenn ich mich auf meine Arbeit konzentriere, nehme ich nichts anderes wahr.«

»Wer war dabei? Sie haben doch sicher eine Assistentin oder einen Assistenten?«

»Sehen Sie jemand?« Mit spöttischer Miene wies sie in den Raum.

Loose ließ sich nicht beirren. »Sie arbeiten allein?«

»Janni war dabei. Meine Nichte.«

»Ihre Nichte?«, wunderte er sich.

»Sie ist Krankenschwester, wenn Sie das beruhigt«, erklärte Frau Kawasamo.

»Vielleicht hat sie etwas mitbekommen.« Er zeigte ins Tal.

»Das hätte sie mir garantiert erzählt.« Sie hielt einen Moment inne, schien zu lauschen.

Loose glaubte, eine Tür ins Schloss fallen zu hören. »Wo kann ich Ihre Nichte erreichen? Ich möchte persönlich mit ihr sprechen.«

»Wenn Sie Glück haben …« Sie drehte sich zur Seite.

Er folgte ihrem Blick, sah eine auffallend hübsche, junge Frau ins Zimmer treten. Lange, dunkelblonde Haare, ein schmales Gesicht, freundlich lächelnd. Mit einer dunkelroten Bluse, schwarzen Jeans und Sportschuhen bekleidet, eilte sie auf ihre Tante zu, nahm sie in den Arm.

»Hallo, Caro.«

Loose verfolgte, wie sich die beiden Frauen mit Wangenküssen und innigem Händedruck begrüßten. Ein äußerst vertrautes Verhältnis, überlegte er, es sei denn …

»Darf ich vorstellen«, unterbrach Carola Kawasamo seine Gedanken, »meine Nichte Janine. Und das ist Herr …«, sie stockte. »Sie müssen entschuldigen, ich weiß nicht einmal Ihren Namen. Ich hörte nur, wie mein Nachbar Sie als Kommissar ansprach.«

»Loose«, beeilte er sich, sein unhöfliches Verhalten wiedergutzumachen, »Harald Loose.« Er hatte Mühe, dem Blick der jungen Frau standzuhalten, wunderte sich, dass dieses bildhübsche Wesen den Weg in dieses abgelegene Dorf fand.

»Kommissar?«, erkundigte sie sich. Sogar ihre Stimme hatte einen sehr angenehmen Klang.

Er nickte, schätzte sie auf sein eigenes Alter, vielleicht ein, zwei Jahre jünger. Um die dreißig oder knapp darunter.

»Sie wollen zu unserer Schimpfworte-Sammlung beitragen?«

Loose benötigte mehrere Sekunden, zu verstehen. »Schimpfworte?«, fragte er. Im gleichen Moment dämmerte ihm, was sie meinte. »Oh, Sie glauben …« Er wies in die Richtung des großen Raumes, hörte Carola Kawasamos kräftiges Lachen.

»Sie sind nicht von hier«, sagte die Frau, fuhr dann, an ihre Nichte gewandt, fort: »Herr Loose hat kein Wort verstanden.«

Er schwieg verlegen.

»Und ich dachte schon, wir können noch ein paar Ausdrücke hinzufügen.«

»Tut mir leid«, entschuldigte er sich. »Da muss ich passen. Sie sammeln Schimpfworte?«

»Schwäbische«, erklärte die junge Frau. »Erst dachte ich, wie verrückt ist das denn? Aber dann hat Caro mich mit ihrer Begeisterung angesteckt.«

»Ist ja auch nicht jeder so verrückt wie deine Tante«, scherzte Carola Kawasamo.

»Das stimmt. Sympathisch verrückt.« Sie lachte. Unverstellt und unbekümmert.

Loose hatte Mühe, den Kloß in seinem Hals zu schlucken. »Wie kamen Sie auf die Idee?«

Die Ärztin musste nicht lange überlegen. »Wenn Sie nach über zehn Jahren im Ausland wieder hierher zurückkommen, bleiben Ihnen nur zwei Möglichkeiten«, antwortete sie. »Entweder Sie nehmen sich sofort den Strick oder Sie setzen dem Irrsinn hier Ihren eigenen Wahnsinn entgegen. Die Flucht in die schwäbischen Ausdrücke war meine Rettung.«

»Sie waren im Ausland?«

»Elf Jahre. Die längste Zeit in Afrika.«

»Und jetzt suchen Sie schwäbische Schimpfworte.«

»Für unser Schwäbisches Schimpfworte-Museum.« Die junge Frau wies in den großen Raum. »Klein, aber fein. Nebenan haben wir einen weiteren Raum. Jetzt haben wir Platz fürs komplette Alphabet. Sie haben ihn gesehen?«

Er schüttelte den Kopf.

»Kommen Sie. Das müssen Sie sich anschauen.«

Loose sah die abwehrende Mimik Carola Kawasamos, ließ sich trotzdem von der Begeisterung der jungen Frau anstecken. Er folgte ihr in den großen Raum, wartete, bis sie eine Seitentür geöffnet hatte und in ein offensichtlich frisch hergerichtetes Nachbarzimmer getreten war. Alles in dem Raum war von bunten Farben geprägt: der Boden, die Wände, die Decke, dazu die mehrere Meter breiten und etwa mannshohen Holztafeln, die parallel nebeneinander im Boden verankert waren und wie die Wände Platz für Bilder und peppig aufgemachte Texte boten, alle in kräftigem Gelb, Rot, Grün oder Blau.

»Das war früher das Wohnzimmer meiner Tante. Jetzt finden Sie hier den Rest des Alphabets.«

Er blieb vor einer der Tafeln stehen, die mit einem großen *S* überschrieben war und ein Foto mit mehreren dunklen Anzug-Trägern sowie einen in bunten Lettern ausgeführten Satz präsentierte.

So viele Scheuraburzler, Sprichbeitel, Sparrefantel, Schofbollakrämer, Schmalzdackel ond Schnallatreiber bei dene Stäffelesrutscher au omananda sauet – älle seuchet den gleiche Scheiß.

»Alles klar?«

Loose schielte zur Seite, wo er eine ausführliche Erklärung der Ausdrücke entdeckt hatte, schüttelte den Kopf. »Nicht ein Wort«, bekannte er.

Die junge Frau lief in eine Ecke des Raumes, kehrte mit einer kleinen Broschüre in der Hand zurück. »Hier«, bot sie ihm an. »Eines der ersten Exemplare. Das haben wir zur Eröffnung anlässlich des Festes am vergangenen Wochenende erstellt.«

Er nahm das einem kleinformatigen Buch ähnliche Heft entgegen, bedankte sich. *Furzklemmer, Hinterschefirgockeler ond Idipfelesscheißer – waschechte Schwobe halt* prangte auf dem Titel.

»Zum Lernen«, fügte sie hinzu.

Er blätterte in dem liebevoll mit unzähligen Worterklärungen aufgemachten Heft. »Sie hatten viele Besucher?«, fragte er.

»Sehr viele.« Die junge Frau nickte. »Auch wenn wir es ganz anders gestalten wollten«, erklärte sie.

Loose bemerkte das kleine Grübchen in ihrer linken Wange. Je länger sie sprach, je mehr sie sich ereiferte, desto ausgeprägter kam es zum Vorschein.

»Niemand im Dorf wollte diese schnulzigen Heimattage mit all dem peinlichen Gelaber und Gedudel«, setzte sie hinzu.

Er hatte Mühe, sich vom Anblick ihres Grübchens zu lösen, wartete auf weitere Erklärungen.

»Das war die typische One-Man-Show eines öffentlichkeitsgeilen Egomanen.«

Loose schüttelte den Kopf. Er begriff nicht, worauf sie anspielte.

»Der Halbdackel ufm Berg«, fügte Carola Kawasamo an. Sie war fast lautlos zu ihrer Nichte getreten, deutete in die Höhe.

»Mackel?«, fragte er. Er wusste zwar nicht, was der »Halbdackel« bedeutete, ahnte aber, dass es sich nicht gerade um ein vorteilhaftes Substantiv handelte.

»Dem ging es nur darum, sich Seite an Seite mit dem Ministerpräsidenten sehen zu lassen«, bestätigte die junge Frau seine Vermutung, »und das vor möglichst vielen Kameras. Damit ja etwas vom Licht und dem Ruhm des allseits beliebten Landesvaters auf ihn abfällt. Deshalb mussten die Heimattage bei uns stattfinden.«

»Aber das war doch ein schöner Rahmen für die Eröffnung Ihres Museums?«, überlegte Loose. »Hatten Sie nicht sogar den Ministerpräsidenten als Ehrengast?«

»Wir hätten ihn gerne empfangen. Aber zu unseren Bedingungen, nicht in der Form, die Mackel uns aufzwang«, antwortete die Ärztin. »Das wusste der Politschleimer zu verhindern. Wir wollten selbst auftreten, unsere dorfeigene Musikband, nicht das Geplärre irgendwelcher TV-Clowns anhören müssen. Es ging auch nicht darum, unser Museum zu präsentieren, sondern unser Dorf. Als Gemeinschaft verantwortungsbewusster, ökologisch nachhaltig wirtschaftender Leute, die einen eigenständigen Weg in die Zukunft entwickelt haben. Das konnte Mackel nicht dulden. Weil ihm unser Modell nicht passt. Da fällt für ihn und seine Kumpane kein Profit ab. Die haben eigene Pläne, was unsere Zukunft angeht. Pläne, die nur ihren Profitinteressen dienen.«

»Das neue Schlüpfingen?«, zitierte Loose die Überschrift der Plakatwände am Ortseingang.

»So nennt die Lügenbande das, ja«, bestätigte Dr. Kawasamo. »Schlüpfingen verfügt über einen großen Trumpf: Seine natürliche Lage, das haben Sie sicher bemerkt. Ein weitgehend intakter, kleiner Ort in einer außergewöhnlich reizvollen Umgebung – und das nicht allzu weit vom dicht besiedelten Großraum Stuttgart entfernt. Das stand schon vor drei Jahren, als ich nach langem Aufenthalt im Ausland hierher zurückkehrte, auf dem Spiel. Man wollte dem Dorf zu moderner Entwicklung verhelfen, wie das umschrieben wurde. Muss ich erklären, wer dahintersteckt und wie das aussehen soll?«

»Mackel.« Loose musste nicht lange überlegen.

»Der und seine Kumpane, genau. Baugebiete ohne Ende, Sportplätze, Versammlungshalle, eine breite, möglichst geradlinig in die Landschaft geschlagene Durchgangsstraße, Abriss aller alten, nicht mehr benötigten Gebäude. Kein Stein würde auf dem anderen bleiben. Schlüpfingen würde in dem weitgehend gesichtslosen Siedlungsbrei untergehen, der immer größere Teile des Landes prägt. Das wollten wir nicht. Ich nicht und viele andere im Dorf ebenfalls nicht. Uns war aber von Anfang an klar, dass Schlüpfingen von der schönen Landschaft allein nicht leben kann. Wir benötigen neue wirtschaftliche Grundlagen für unsere Existenz. Deshalb bemühten wir uns um ein anderes Modell für die Zukunft des Dorfes.«

»Wie sieht es aus?«

»Wir wollen die Struktur des Ortes und die natürliche Einbettung in die reizvolle Landschaft als charakteristisches Merkmal Schlüpfingens erhalten und sie als Grundlage für neue Chancen zum Broterwerb nutzen. Die Umstellung der meisten landwirtschaftlichen Betriebe auf biologisches Wirtschaften war ohnehin schon eingeleitet. Als Nächstes streben wir Energie-Autarkie an. Wir haben eine Genossenschaft gegründet, die eine Biogasanlage zur Verwertung organischer Reststoffe betreiben soll. Außerdem statten wir anderweitig nicht nutzbare Flächen mit Solarmodulen aus und errichten oben über dem Wald zwei Windräder. Die Dorfstraßen werden zu verkehrsberuhigten Zonen, sodass die Kinder hier unbesorgt spielen und Spaziergänger sich ungestört bewegen können. Die öffentlichen Flächen werden begrünt und mit Sitzgelegenheiten ausgestattet. Den Radweg zum etwa einen Kilometer entfernten Bahnhof lassen wir asphaltieren und auf seiner gesamten Länge mit Beleuchtung versehen. Und zu jeder Ankunft und Abfahrt der Züge verkehrt ein von der Dorfgemeinschaft betriebenes Ruftaxi, sodass auch Besucher und Touristen bequem an- und abreisen können. Blieb nur die Frage, wie wir es schaffen, die Produkte des Dorfes so zu vermarkten, dass die Leute auch davon leben können.«

Loose nickte, wartete auf die Erklärung.

»Uns war klar, dass wir ein ausgeklügeltes Konzept benötigen, um Schlüpfingen ein Alleinstellungsmerkmal zu verleihen, das es von allen anderen Orten unterscheidet. Weil viele von uns musikalisch engagiert sind, war es naheliegend, sich in diesem Metier umzuschauen. Miriam Stein, Hans Jörg Brägele, Bernd Greile, Janni und ich spielen seit zwei Jahren gemeinsam in einer Band. Folk, Klassik, Pop, auch Rock, von allem etwas. Und dann lernte Hans Jörg Brägele, der seit Jahren Kühe und Schafe hält und eigenen Käse herstellt, in der Schweiz ein im ersten Moment völlig verrückt klingendes Modell der Lebensmittelproduktion kennen: Ein Landwirt im Appenzeller Land ließ seinen Käse seit Jahren schon unter der Beschallung verschiedener Musikstile reifen und verlieh ihm auf diese spektakuläre Weise verschiedene Geschmacksrichtungen. So kamen wir auf die Idee mit dem Musikdorf.« Die Ärztin hielt inne, weil sie Looses skeptischen Gesichtsausdruck bemerkte. »Sie glauben mir nicht?«

Er schaute vorsichtig von einer der Frauen zur anderen, bestätigte mit vorsichtigem Kopfnicken ihre Vermutung.

»Dann geht es Ihnen wie mir damals. Ich hielt es anfangs auch für Spinnerei. Käse mit Musikbeschallung, was für ein Esoterik-Quark, dachte ich. Bis Brägele mich vom Gegenteil überzeugte.«

Loose wusste nicht, wie er die Aussage der Ärztin einordnen sollte, wandte seinen Blick von ihr ab.

»Besuchen Sie unseren Nachbarn«, empfahl ihm die junge Frau. »Er freut sich über jeden, der sich für seine Arbeit interessiert.«

Er fokussierte sich auf ihr faszinierendes Grübchen, erkundigte sich nach den Betrieben Miriam Steins und Greiles.

»Die produzieren nach demselben Prinzip«, bestätigte Carola Kawasamo. »Mit großem Erfolg. Sie sollten von ihrem Wein, den Nudeln und dem Bier kosten. Die Geschmacksunterschiede sind verblüffend.«

Loose blieb skeptisch.

»Trotzdem bleibt noch viel Arbeit«, fuhr die Ärztin fort. »Um dauerhaft existieren zu können, muss unser Dorf bekannter werden. Wir müssen noch mehr Menschen auf die Erzeugnisse unserer Betriebe und den hohen Freizeit- und Erholungswert unserer Gemeinde aufmerksam machen. So kamen wir auf die Idee mit den schwäbischen Schimpfworten und der gläsernen Kondom-Produktion. In Heubach, einer Stadt am Rand der Alb, gibt es das Miedermuseum. Mitten im Ort im Schloss. BHs, Mieder und andere Unterwäsche werden dort gezeigt. Damals und heute. Warum nicht so was Ähnliches mit Kondomen, dachten wir. Pariser damals und heute. Und dazu die gläserne Produktion. Das erregt Aufsehen, bringt Neugierige ins Dorf und schafft Arbeitsplätze.« Sie wies nach draußen, grinste. »Und die Figuren der Musikanten, die sich mehr und mehr entblättern, haben Sie wohl auch bemerkt. Von Bernd Greile selbst angefertigt. Alles mit dem Ziel, mehr Leute zu uns zu locken. Unser Fest sollte dazu beitragen.«

»Die Skulpturen stammen von Herrn Greile?«

»Schnitzen ist sein Hobby. Hervorragend gearbeitet, oder? Er hat Talent.«

Loose nickte.

»Die Idee mit dem Entblättern und den Farben kommt von meiner Tante«, warf die junge Frau ein. »So fallen sie noch mehr auf.«

Er vertiefte sich in den Anblick ihres Grübchens, stimmte ihr zu.

»Ist wohl nur eine Frage der Zeit, bis sich wieder jemand an ihnen stört und sie erneut attackiert.«

Loose musterte sie fragend.

»Der nackte Mann.« Dr. Kawasamo grinste über beide Ohren. »Sein männlichstes Teil. Seit ein paar Tagen ...«

Er wusste sofort, was sie meinte, hatte selbst darüber spekuliert. »Wer?«

»Keine Ahnung«, antwortete die Ärztin. »Nur eine Vermutung.«

Loose besann sich wieder auf sein zentrales Thema. »Herr Mackel hat seine ursprünglichen Pläne, das Dorf zu erweitern, aufgegeben?«

»Sie kennen ihn nicht«, erklärte die Ärztin mit verbitterter Miene. »Wissen Sie, wie viel Profit sich mit dem Bau von Straßen und Neubaugebieten erzielen lässt? Der kennt nichts anderes. Profit ist seine Religion. Deshalb ging er auch in die Politik: Um die Weichen in die Richtung zu stellen, die er für die Realisierung seiner Profiterwartungen benötigt. Mackel ist der Prototyp des korrupten Polithalunken.«

»Ist der Mann überall so beliebt?«, scherzte Loose.

»Je nachdem, wo Sie sich umhören«, konterte Carola Kawasamo. »Seine Kumpane der Bau- und Immobilienmafia werden Ihnen das ganz anders erzählen. Korrupten Politschleimern haben die ihre größten Profite zu verdanken.«

»Aber dass er in irgendeiner Weise ...«, Loose zögerte, sprach erst nach kurzem Überlegen weiter, »mit der Entführung am Sonntag ...« Er hatte den Satz noch nicht vollendet, als beide Frauen ihm ins Wort fielen.

»Wenn es ihm Vorteile bringt, ist er zu allem fähig.«

»Zu allem«, betonte Carola Kawasamo. »Ohne Wenn und Aber.« Sie verstummte, weil ihr Handy läutete, warf einen Blick aufs Display. »Moment«, entschuldigte sie sich dann, nahm das Gespräch an.

Loose fühlte sich von den Worten der beiden Frauen völlig überrumpelt. »Er ist zu allem fähig. Ohne Wenn und Aber.« Ihr Urteil war eindeutig. Sie schilderten den Mann in den schwärzesten Farben, trauten ihm alles zu. Ihm blieb wohl nichts übrig, als den Makler genauer zu überprüfen.

»Janni steht neben mir.« Carola Kawasamos Stimme riss ihn aus seinen Gedanken. »Wir unterhalten uns mit dem Kommissar.« Er sah, wie sie ihr Handy an ihre Nichte weiterreichte, verfiel erneut der Faszination des kleinen Grübchens.

»Ich komme gern, das will ich mir anschauen«, erklärte die junge Frau voller Begeisterung, fügte dann kurz darauf hinzu: »Ob der Herr Kommissar das auch miterleben will?«

Loose löste sich überrascht vom Anblick ihrer Wange, musterte sie fragend.

»Herr Brägele lädt uns ein, seine Musik-Käse-Produktion zu besichtigen. Er hat neue Lautsprecher installiert.«

»Mich?«

»Uns beide. Er hat es mir schon länger versprochen. Haben Sie Lust?«

»Heute Mittag?«

»Jetzt gleich«, antwortete sie, vor Freude strahlend. »Und er hat auch einen kleinen Imbiss vorbereitet.«

Loose fixierte ihr Grübchen, nickte instinktiv. Bis er sich darüber im Klaren war, dass ihm angesichts seiner bisher weitgehend erfolglosen Ermittlungen für derlei folkloristische Darbietungen keine Zeit zur Verfügung stand, hatte sie sein Einverständnis längst telefonisch weitergegeben.

»Er freut sich, uns zu sehen«, sagte sie.

Loose fügte sich in sein Schicksal. Dann würde er sich diesen Bronnhuber eben erst nach dem Besuch Brägeles vornehmen. Hauptsache, er konnte sich noch eine Weile in der Gesellschaft dieses entzückenden Grübchens aufhalten.

10. Kapitel

Wenige Minuten später waren sie vor Brägeles Anwesen angelangt. Loose hatte sich bei der jungen Frau noch nach ihrer Arbeit am vergangenen Sonntag erkundigt und erfahren, dass sie ebenso wie die Ärztin den ganzen Nachmittag damit beschäftigt gewesen war, Festbesucher zu betreuen und zu verarzten, die sich eine Verletzung oder Magenverstimmung zugezogen hatten.

»Sie glauben nicht, was bei solchen Festen alles passiert«, hatte sie ihm versichert. »Vom Autounfall angetrunkener Rowdys bis zu gebrochenen Fingern und Nasen nach Schlägereien. Aber darüber wird natürlich nicht gesprochen, das soll unter dem Mantel der Verschwiegenheit bleiben.«

Zeit, sich dem Geschehen auf dem Festgelände unten im Tal zu widmen, sei ihr deshalb leider nicht geblieben.

»Auch nicht ein zufälliger Blick?«, hatte er gefragt.

»Hin und wieder mal, doch. Aber leider nicht in dem Moment, als die Toilette verschwand. Da kann ich Ihnen nicht helfen, wirklich.«

Hans Jörg Brägele hatte bereits eine kleine Gruppe älterer Leute um sich versammelt, als sie seinen Laden betraten. Er begrüßte sie freundlich, eilte auf die junge Frau zu, nahm sie in den Arm und herzte sie, als handelte es sich um seine Tochter. »Mir kennet os scho seit bald dreißig Jahr«, rechtfertigte er sich seinen Besuchern gegenüber. »Ond i han d'Janni in mei Herz gschlosse, als wär sie mei oige. Stimmt's, Janni?«

Sie nickte lächelnd.

»Ond dann war se über zwoi Jahr im Ausland ond i han scho denkt, sie macht's grad wie ihr Tante ond bleibt mindestens zehn Jahr fort. Aber jetzt isch se doch wieder hoim kemme ond will bei os bleibe ond in oserem Musik-Dorf mitschaffe. Ond des gfreit mi ganz bsonders!«

Loose spürte einen Anflug von Eifersucht, hatte Mühe, ruhig zu bleiben. Die Vertrautheit der beiden war nicht zu übersehen. Ob sie wirklich nur auf jahrzehntelanger Nachbarschaft beruhte? Der kräftige Mann war zwar um einiges älter als die junge Frau, aber was besagte das schon …

Eine Wolke intensiven Käse-Aromas riss ihn aus seinen Gedanken. Er sah, dass Brägele die Tür an der Rückwand des Ladens geöffnet hatte und mit glänzenden Augen in die angrenzenden Räume wies.

»Jetzt wellet mir uns aber der überaus reichen Vielfalt wunderbarer Gaumenfreuden hingeben. Ich hoffe, Sie haben Hunger mitgebracht. Hunger auf musikalische und auf kulinarische Genüsse. So verrückt das jetzt klingen mag, aber wir haben beides zu bieten. Lassen Sie sich überraschen«, begrüßte der Mann die Gruppe in blumiger, teilweise dialektgeprägter Sprache. »Herzlich willkommen in unserem Musik-Käse-Paradies.«

Er gab einen kurzen Überblick über die Entstehung und die Arbeitsweise seines Betriebes, bat die Besucher dann, ihm zu folgen. Der nur matt beleuchtete Raum, den sie betraten, war genau in der Mitte von einer vom Fußboden bis zur Decke reichenden Glasscheibe geteilt. Die eine Hälfte diente den Besuchern, in der anderen waren neben einem mit Käsebruch gefüllten, großen Bottich mehrere Regale voll reifender Käselaibe zu erkennen. Zarte Klänge klassischer Musik verzauberten die Atmosphäre.

Loose sah das Schild mit der Aufschrift: *Hier reift unser beliebter Beethoven-Käse. Reifezeit ca. 3 Monate,* hörte Brägeles gedämpft gesprochene Aufforderung, sich an der Seite des Raumes zu bedienen. Er wandte sich den dort aufgestellten, schmalen Holztischen zu, griff nach einer der Kostproben, die dort verteilt lagen. Kleine Portionen von Käse und Weißbrot, dazu mit Wasser gefüllte Karaffen und Gläser. Loose folgte der Empfehlung des Mannes, den Käse eine Zeitlang im Mund wirken zu lassen und ihn erst danach langsam mit kleinen Bissen zu zerkauen, hatte das angenehme Aroma sofort auf der Zunge. Würzig und doch mild, ein leichter Eindruck von Kräutern, aber keinesfalls bitter. Eine rundum wohlschmeckende Delikatesse, ging es ihm durch den Kopf. Er bemerkte das Augenzwinkern seiner Begleiterin, hörte ihr begeistert vorgetragenes Lob.

»Ich finde es wunderbar. Der Geschmack und auch die Musik.«

Loose musterte ihr Grübchen, schloss sich ihrem Urteil an.

»Und die Musik läuft wirklich Tag und Nacht?«, erkundigte sich eine Frau. »Immer nur Beethoven?«

»Tag und Nacht«, bestätigte Brägele. »Hier nur Beethoven. Und nebenan Friedrich Silcher. Wenn Sie so weit sind, gehen wir weiter.«

Er öffnete eine schwere Metalltür, wartete, bis ihm alle gefolgt waren, schloss sie hinter sich. Der Raum wartete mit der gleichen Einrichtung auf; allerdings mit deutlich weniger Käselaiben und einem nur halb gefüllten Bottich. *Hier reift unser Friedrich-Silcher-Taler. Reifezeit etwa 6 Wochen*, las Loose. Sanfte Klänge getragener Chorgesänge lagen in der Luft. Er hörte Brägeles Worte, der Silcher als schwäbischen, aus Schnait im Remstal stammenden Liederdichter des 19. Jahrhunderts vorstellte, hörte eine ihm bekannte Melodie. Ännchen von Tharau, von einem Männergesangverein vorgetragen.

»Schon probiert?«, fragte die junge Frau, auf die Tische an der Seite weisend.

Er folgte ihr, wartete, bis sie sich bedient hatte, schob sich dann selbst einen kleinen Happen in den Mund. Ihr überraschter Gesichtsausdruck sprach Bände: Der Käse schmeckte sehr mild, weitaus cremiger als sein Vorgänger, erinnerte an einen sahnigen Naturjoghurt.

Loose sah Brägele an den Tisch treten, bemerkte seine erwartungsvolle Miene. »Und, was moint ihr zum Silcher?«

»Wunderbar«, antwortete sie. »Der ist sehr cremig. Viel süßer, ohne jeden herben Beigeschmack. Prima.«

»Sehr gut«, pflichtete Loose ihr bei. »Jeder auf seine Art.«

»Das schaffst du aber nicht nur mit der Musik«, meinte sie, dem Gastgeber mit der Faust in die Seite stoßend. »Da gibt's garantiert noch andere Zutaten.«

Brägele lachte laut. »I woiß net, worauf Sie do aspielet, Madame«, schäkerte er. »Betriebsgeheimnisse sind nix für fremde Ohre.«

Loose musste insgeheim grinsen. Er war der Sache von Anfang an skeptisch gegenübergetreten. Geschmacksveränderung durch Musikberieselung. Das schrie doch geradezu nach esoterischem Quark statt nach wissenschaftlich nachvollziehbarer Methodik. Andererseits …

Er hatte längst begriffen, worum es hier wirklich ging. Den Ausführungen der beiden Frauen nach versuchten die Dörfler, sich eigene, kreative Erwerbsgrundlagen aufzubauen, die es ihnen ermöglichten, dem Schicksal vieler anderer Orte zu entgehen. Schlüpfingen sollte nach ihrem Willen keine dieser langweilig-gesichtslosen, beliebig austauschbaren Schlafsiedlungen werden, die sich in immer größerer Anzahl überall ausbreiteten. Das Dorf mit seiner landschaftlich einzigartig reizvollen Lage in seiner ursprünglichen Struktur zu erhalten und den Bewohnern dennoch sinnvolle Erwerbsmöglichkeiten zu verschaffen, erforderte ohne Zweifel außergewöhnliche und Aufsehen erregende Wege. Und die hatten sie eingeschlagen, offensichtlich erfolgreich und mit der dafür notwendigen Portion Mut und Humor.

Sie folgten der Gruppe von Raum zu Raum, stellten erstaunt fest, dass sich nicht nur die Musik, sondern auch der Geschmack der dargebotenen Kostproben fundamental veränderten. Bitterstoffe prägten den Techno-Dammer, würzige Noten den Blaskapellen-Roller.

Die Panikattacke ereilte Loose vor der letzten Verkostung. Seine Begleiterin vor Augen betrat er den Raum, sah sich augenblicklich dem widerlichen Sprechgekotze ausgesetzt. *Hier reift unser Rap-Damer. Reifezeit etwa 8 Wochen.* Er kam gerade noch dazu, den Text zu überfliegen, sah sich plötzlich der traumatischen Erinnerung ausgeliefert.

»Wird's bald?«, bellte die Stimme des Teufels. Den Gettoblaster fast bis zum Anschlag aufgedreht, hatten sie ihn in der Toilette unter der Anleitung der Bestie dazu gezwungen, den Kopf in die Schüssel zu stecken und dann von allen Seiten her auf ihn uriniert. Er hasste den Sound, spürte den Würgereiz tief in seinem Inneren schon bei den ersten Klängen. Das Lieblingsgeröhre des Teufels. Nie hatte er sich derart erniedrigt gefühlt wie in diesen Momenten.

Mit letzter Kraft rannte er aus dem Raum.

* * *

Nicht einen Käsehappen hatte er probiert. Er war zur Toilette gerannt, hatte sich darin eingeschlossen. So vielen Therapien er sich in den vergangenen Jahren auch unterzogen hatte, bei den ersten Klängen dieses Sprechgekotzes tauchten die Erinnerungen aus der Tiefe auf. Die Assoziationen, die sie in ihm hervorriefen, waren einfach nicht auszulöschen.

Mehrere Minuten lang kaltes Wasser ins Gesicht, an den Hals und in den Nacken – es dauerte, die Dämonen der Vergangenheit zu vertreiben. Als er die Toilette verließ, war die Gruppe bereits wieder in den Laden zurückgekehrt, um sich dort an einem reichhaltigen Käsebüffet zu laben. Er gesellte sich zu den ungezwungen miteinander plaudernden und immer neue Käseproben naschenden Leuten, sah die junge Frau auf sich zutreten.

»Was war mit Ihnen los?«, fragte sie. »Sie haben auf einmal jede Farbe verloren.«

Überrascht nahm er ihre Besorgnis wahr. »Unterzucker«, versuchte er zu beschwichtigen. »Ab und an …«

»Sie sollten sich untersuchen lassen. Meine Tante ist wirklich kompetent. Sie war über zehn Jahre für Ärzte ohne Grenzen an den Brennpunkten dieser Welt. Sie wissen, wo die Praxis liegt. Jederzeit«, erklärte sie.

»Ärzte ohne Grenzen«, wiederholte er verwundert. Er sah ihre Grübchen, fühlte das Leben in sich zurückkehren. »Und dann Schlüpfingen«, rutschte es ihm von der Zunge.

Die junge Frau lachte laut. »Und dann Schlüpfingen«, trällerte sie. »Genau. Zurück zu den Wurzeln.« Sie reagierte auf den Signalton ihres Handys, warf einen Blick aufs Display. »Oh, beinahe hätte ich vergessen, wie spät es ist. Ich muss gehen, leider. Gerade haben wir von meiner Tante gesprochen, da meldet sie sich. Die Praxis ist heute Mittag geöffnet, ich assistiere.« Sie reichte ihm die Hand. »Wenn Sie wieder nach Schlüpfingen kommen …«

Loose spürte ihren Händedruck, fühlte sich augenblicklich besser. Er wusste nicht, auf wessen Veranlassung hin sein Arm entgegen aller Gewohnheit zur Verabschiedung nach vorne geschnellt war, wunderte sich über sich selbst. Es war im Reflex, ohne jede bewusste Steuerung passiert. Er folgte ihr mit seinem Blick, sah, wie sie Brägele umarmte und herzte, dann ihm noch einmal zuwinkend aus dem Laden trat.

»A wunderbares Mädle. Des hat der Halbdackel überhaupt net verdient!« Der Käseproduzent stand vor ihm, zwei randvoll mit Käse, Brot und Tomatenscheiben beladene Teller in den Händen. Er stellte sie vor ihm ab. »Die Janni dät Ihne gfalle, Herr Kommissar, seh' i des richtig?« Er wies auf die Teller. »Aber jetzt lasset Se sich's schmecke! Der Tag isch no lang.«

Loose war zu überrascht, um sich zu wehren. Er fühlte sich ausgelaugt und hungrig, als hätte er seit Tagen keine ordentliche Mahlzeit mehr zu sich genommen, griff ohne langes Überlegen zu. Der Käse schmeckte hervorragend, gleich um welche Sorte es sich handelte. Würzig nach verschiedenen Kräutern der eine, cremig und mild der andere. *Beethoven-Käse* und *Silcher-Taler*, überlegte er. Oder hatte er das falsch in Erinnerung? Auch wenn er den angeblichen Einfluss der Musikberieselung bezweifelte, dieser Brägele war auf jeden Fall ein Meister seines Faches. Wie auch immer er die Reifung seiner Käsesorten bewerkstelligen mochte.

Loose bedankte sich bei dem Mann, verabschiedete sich dann. Er sah, dass ihm noch knapp dreißig Minuten bis zu seinem Treffen mit Mackel blieben, beschloss, die Zeit für einen Besuch Bronnhubers zu nutzen. Das Anwesen des Mannes liege etwa zweihundert Meter von seiner Käserei entfernt und sei aufgrund seines Zustandes sofort zu erkennen, hatte Brägele ihm erklärt.

Loose folgte der Straße abwärts, sah den Hof schon von Weitem. Er bestand aus mehreren Scheunen, Stallungen und dem Wohntrakt und wirkte in der Tat deutlich weniger gepflegt als die Nachbargebäude. Die Glocke neben der Eingangstür ließ ein nervtötend schrilles Kreischen hören, wohl um die Besitzer auch beim Aufenthalt in einem der Nebengebäude zu alarmieren, zeigte aber dennoch keine Wirkung. Er drückte ein zweites Mal auf den Knopf, wieder ohne Erfolg. Die Leute waren im Moment wohl auf einem ihrer Felder oder Weinberge zugange. Dann musste er es eben später, nach der Unterhaltung mit Mackel, noch einmal versuchen.

Loose hatte das Anwesen Bronnhubers gerade verlassen, als ihn der Anruf Millers erreichte. »Dreizehn-zweiundvierzig. Loose. LKA.«

»Entschuldigen Sie, ich möchte Sie nicht in Ihrer Arbeit stören«, eröffnete der Musiker das Gespräch, »aber mir ist vorhin etwas eingefallen, das ich Ihnen mitteilen wollte. So schnell als möglich.«

»Ja?«

»Sie fragten mich, ob mir an dem Nachmittag auf dem Festgelände Leute auffielen, deren Verhalten, sagen wir mal, seltsam oder in irgendeiner Weise auffällig vorkam. Besonders in der Zeit vor meinem Toilettenbesuch.«

»Das ist richtig.«

»Und dann unterhielten wir uns über diesen Politiker. Mackel. Sie erinnern sich?«

»Allerdings«, bestätigte Loose.

»Vielleicht hat es überhaupt nichts zu bedeuten und möglicherweise interpretiere ich auch etwas in eine Beobachtung, die völlig belanglos ist. Aber vor ein paar Minuten hatte ich plötzlich eine kurze Szene vor Augen, die mir jetzt im Nachhinein doch seltsam vorkommt.«

»Wovon sprechen Sie?«

»Ich war auf dem Weg zu den Toiletten. Irgendwann schaute ich mich um, einfach so, ohne Anlass. Da sah ich die Augen des Mannes auf mich gerichtet. Er war mindestens fünfzig Meter von mir entfernt, aber er hatte mich im Visier. So kam es mir jedenfalls vor.«

»Wer?«

»Na, Mackel. Und direkt neben ihm stand so ein Muskelmann. Von der Sorte, der man lieber nicht im Dunkeln begegnet, wenn Sie verstehen, was ich meine.«

»Direkt neben Mackel?«

»Direkt daneben. Die sprachen miteinander, das habe ich gesehen. Und beide schauten mir hinterher.«

»Ihnen?«, vergewisserte sich Loose. »Oder nur in Ihre Richtung?«

»Mir. Ihre Blicke galten eindeutig mir. Nicht nur meiner Richtung.«

»Der Muskelmann. Können Sie ihn genauer beschreiben?«

»Oje.« Miller pfiff leise vor sich hin. »Das wird schwer. Ich war auf dem Weg zu den Toiletten kurz vor meinem Auftritt und drehte mich nur einen Moment um, verstehen Sie? Der Typ hatte ...« Er verstummte, schien zu überlegen. »Dunkle Haare. Aber ob kurz oder lang? Keine Ahnung. Und sonst? Wie so ein Türsteher, ein Security oder so. Wenn ich den genauer beschreiben soll ... Das muss ich mir erst mal eine Weile durch den Kopf gehen lassen, wenn überhaupt.«

Loose bat den Musiker, sich die Szene im Verlauf des Tages noch einmal genau zu vergegenwärtigen, bedankte sich für den Hinweis. Die Integrität Mackels schien immer problematischer: Hatte sich der Makler wirklich einen oder gar mehrere Handlanger organisiert, um Miller kurz vor dessen Auftritt zu entführen? Der Hinweis auf den Muskelmann in seiner Nähe sprach ebenso dafür wie seine angebliche Aussage dem Musiker gegenüber, es sei höchste Zeit, den Rädelsführern in Schlüpfingen einen Schlag zu versetzen, von dem sie sich nicht mehr so schnell erholen würden. Ganz zu schweigen von dem, was er – Loose – im Dorf nicht allein von diesen *Rädelsführern* zum Charakter des Mannes gehört hatte: Alle, ausschließlich alle hatten es Mackel zugetraut, mit der Entführung zu tun zu haben … Höchste Zeit, den Makler darauf anzusprechen.

Er steckte das Handy weg, machte sich auf den Weg den Berg hoch. Er passierte Brägeles Anwesen, kam an der Praxis Dr. Kawasamos, an Miriam Steins Weingut und Greiles Nudel- und Bier-Lokal vorbei. Die Sonne verschwand heute zwar immer wieder hinter einem dünnen Vorhang meist kleinerer Wolken, die Landschaft hatte jedoch nichts von ihrem Reiz verloren. Der Festplatz unten im Tal lag im Schatten, die Obstbaumwiesen und Weinreben an den Hängen dagegen leuchteten bereits wieder in den Strahlen der Sonne.

Loose folgte der weit geschwungenen Serpentine, sah Mackels weiß glänzende Villa vor sich liegen. Zwei Autos, ein Kombi und ein Lieferwagen, der Aufschrift nach Eigentum von Handwerkern, parkten am Rand des Rasens. Er stoppte unmittelbar dahinter, lief auf die Männer zu, die mit der Reparatur des Fensterflügels der Laube beschäftigt waren. Der durchdringende Alkoholgestank lag immer noch betäubend stark in der Luft, vermischt allerdings mit dem Aroma eines scharfen Reinigungsmittels.

Loose näherte sich den Arbeitern, sah, dass sie dabei waren, das defekte Fenster zu entfernen. Er nickte ihnen zu, bemerkte, dass das Sofa im Innenraum fehlte. Es war bei der Attacke heute Morgen wohl so stark beschädigt worden, dass es jetzt einer Reinigung oder gar Reparatur unterzogen werden musste – falls das überhaupt möglich war. Der Boden der Laube dagegen glänzte frisch geputzt, nirgends waren mehr Reste des Alkohols zu erkennen.

Mackel hatte seinen Entschluss, die Schäden beheben zu lassen, offensichtlich sofort realisiert. Ein tatkräftiger Mann, überlegte Loose, wenn der Makler ein Ziel vor Augen hatte, setzte er alles daran, es zu verwirklichen. Hatte er das auch mit seiner Ankündigung getan, den *Rädelsführern* einen entscheidenden Schlag versetzen zu wollen?

Loose querte den Rasen, drückte auf die Glocke neben der Haustür, die mit einer bunten Kachel mit der Aufschrift *Hier wohnt Familie Mackel* illustriert war. Er glaubte zwar, den Signalton aus dem weitläufigen Inneren des Gebäudes vernommen zu haben, bemerkte aber keinerlei Reaktion. Auch sein zweiter Versuch blieb ergebnislos. Loose zog sein Handy aus der Tasche. 13.55 Uhr. Fünf Minuten zu früh. Wahrscheinlich war der Makler noch beruflich unterwegs. Er beschloss, zu warten, beobachtete die Arbeit der Handwerker. Sie schienen mit äußerster Sorgfalt vorzugehen, hatten wohl die

Instruktion, die Laube auf keinen Fall noch mehr zu beschädigen. Er verfolgte, wie sie den defekten Fensterflügel vorsichtig aus seiner Verankerung lösten und zu dem Lieferwagen schleppten. Anschließend machten sie sich daran, die Glasscherben einzusammeln und dann den Rest mit einem großen Staubsauger vollends zu entfernen. Mehrere Minuten vergingen, bis sie unter vielem Hin und Her endlich so weit waren.

Loose schaute erneut nach der Uhr – zehn nach zwei, gab Mackels Handynummer ein. Keine Reaktion. Er versuchte es ein zweites Mal, wieder vergeblich. Das Gerät des Mannes war ausgeschaltet. Nicht gerade die feine Art. Er sah, dass die Handwerker ihre Arbeitsutensilien zusammenpackten, lief zu ihnen hin.

»Herr Mackel«, begann er unvermittelt. »Haben Sie ihn gesehen?«

Der ältere der beiden, ein wohlbeleibter, mit einer dunklen Latzhose bekleideter Mann um die sechzig, richtete sich schwer atmend auf. »Koi Ahnung, wo der sich rumtreibt. Mir hent's au probiert, wie mir komme send«, er deutete zur Haustür, »aber nix war's. Net amol sei Alte isch dahoim. Aber do, mei Kollege, hat gmoint, sei Tochter davofahre zu sehe, wie er komme isch. Vor einer halbe Stunde etwa.«

»I woiß net, ob des wirklich dem Mackel seine Tochter war«, ergänzte der andere Handwerker. »I han's net richtig gsehe.«

Loose hatte die Männer bruchstückhaft verstanden, erkundigte sich nach der Tochter. »Sie wohnt hier?«

»I woiß net«, antwortete der Mann. »War die net längere Zeit weg?«

Sein Kollege zuckte unwissend mit der Schulter.

Der Kommissar wandte sich ab, nahm sich den Büroanschluss des Maklers vor. Eine männliche Stimme war in der Leitung, stellte sich als Kaiser oder Deiser vor. Loose erinnerte sich an die auffallend dünne, blasse Gestalt in dem mausgrauen Anzug, die ihn zwei Tage zuvor empfangen hatte.

»Herr Maakel«, der Mann sprach den Namen wieder mit einem gedehnten A und einem schwachen K aus, »ist zurzeit leider außer Haus. Er hat heute mehrere wichtige Termine und ist erst morgen wieder zu sprechen.«

»Im Moment hat er einen Termin mit mir«, schimpfte Loose. »Er ist aber nicht hier!« Er hörte das leise Klackern einer Tastatur, hatte Deiser dann wieder am Ohr.

»Richtig. Um 14 Uhr hat er ein Gespräch mit Ihnen eingetragen. In seinem Haus.«

»Hier ist er aber nicht«, wiederholte er.

»Das tut mir leid«, entschuldigte sich der Mann. »Moment, ich versuche es auf seinem Mobiltelefon.«

»Das können Sie sich sparen«, maulte Loose. Er sah, wie die Handwerker die Kunststoffplanen, mit denen sie den Rasen abgedeckt hatten, zusammenklaubten, hörte Deisers zögernd vorgetragene Worte.

»Seltsam. Das Handy ist abgeschaltet. Das hat er noch nie gemacht. Ich weiß wirklich nicht …«

Loose trug dem Mann auf, ihn sofort zu verständigen, sobald er seinen Chef erreichte. »Und machen Sie ihm klar: Ich möchte ihn heute Nachmittag noch sprechen. Heute Nachmittag noch! Sonst schicke ich ein paar uniformierte Beamte bei Ihnen vorbei und lasse ihn in mein

Büro eskortieren! Ist das klar?« Er hörte das verzagte Stammeln Deisers, brach die Verbindung ab.

Die beiden Handwerker musterten ihn mit neugierigen Mienen, als er ein letztes Mal zur Haustür lief und an der Glocke läutete.

»Mei liaba Freind, Sie trauet sich aber was!«, bekundete der wohlbeleibte Mann lauthals seinen Respekt. »So dem Mackel gegeüber uftrete!« Er untermalte seine Worte mit nachhaltigem Kopfnicken. »Aber noch mal zu klingle, könnet Sie sich spare. Do isch niemand dahoim. Gwiss net.«

Loose hob abwehrend beide Hände, wartete, bis die beiden Handwerker ihre Arbeit fotografisch dokumentiert hatten und in ihre Fahrzeuge stiegen, machte sich dann ebenfalls auf den Weg. Er hatte keine Ahnung, was Mackels seltsames Verhalten zu bedeuten hatte. Gleich, welchen Reichtum oder welche gesellschaftliche Position der Mann erreicht haben mochte, den offiziell vereinbarten Termin mit einem Polizeibeamten ohne jede Entschuldigung fallen zu lassen, kündete von einer dreisten Missachtung staatlicher Autorität – noch dazu, wo er, Loose, bereits heute Morgen hier vor Ort gewesen war und das Gespräch in Anbetracht der widrigen Umstände auf den Mittag verlegt hatte. Oder hatte das Abtauchen des Maklers gar mehr zu bedeuten? Die Angst vor der Entlarvung als Drahtzieher der Entführung des Musikers etwa?

Loose wusste nicht, wie er das Verhalten des Mannes beurteilen sollte, sah, dass er bereits seit mehr als einer halben Stunde auf ihn wartete. 14.35 Uhr. Er beschloss, im Dorf zu bleiben und es noch einmal bei Bronnhuber zu versuchen. Falls Mackel doch noch auftauchte, konnte er ihn dann schnell erreichen.

Er folgte der Straße abwärts, sah einen älteren Mann ins Haus Dr. Kawasamos treten. Die Praxis war offenbar inzwischen geöffnet. Augenblicklich hatte er die junge Frau vor Augen. Er sah ihr strahlendes Lachen, die schmalen Wangen, das kleine Grübchen, bemerkte erst in letzter Sekunde den dunklen Sprinter, der ihm entgegenkommend plötzlich vor ihm ausscherte und in den Hof unmittelbar rechts von ihm bog. Loose stieg abrupt auf die Bremse, brachte seinen Wagen einen halben Meter vor dem hoch aufragenden Ungetüm zum Stehen. Ihm war sofort klar, was das bedeutete: Hätte er das Fahrzeug nicht gerade noch bemerkt, wäre er wohl unter dem rückwärtigen Teil des Lastwagens zerquetscht worden.

Zitternd vor Schreck und Wut stürmte er aus seinem Auto, baute sich vor dem mit ohrenbetäubendem Quietschen abbremsenden Ungetüm auf. Alles an dem Fahrzeug wirkte vorsintflutlichen Ursprungs: Die von Rost und abgeblättertem Lack gezeichneten Seitenwände, die von einem heftigen Aufprall gezeichnete Beifahrertür wie auch die verwitterte Gestalt am Steuer. Loose musterte den Mann durch die von Schlieren überzogene Scheibe, schätzte ihn auf jenseits der sechzig. Weder er selbst noch das Gefährt schienen verkehrstüchtig. Er winkte, bemerkte den überraschten Blick des Fahrers. Der Mann machte sich an der Kupplung zu schaffen, lenkte den Sprinter im spitzen Winkel in eine Ecke des Anwesens. Es handelte sich um Bronnhubers Hof, wie Loose erst jetzt bemerkte. Das dem ersten Anschein nach wenig gepflegte Ensemble, das er vor einer knappen Stunde vergeblich aufgesucht hatte. Er näherte sich dem Lastwagen, musste an sich halten, ruhig zu bleiben.

»Haben Sie einen Führerschein?«, brüllte er, an die Beifahrertür trommelnd.

Der Mann am Steuer wandte sich ihm zu, kurbelte die Scheibe einen Spaltbreit nach unten. »Heilandsakrament, was bisch denn du für an Schparafantel? Dir ka's net schnell genug gange, wie?«

Loose hatte kein Wort verstanden, betrachtete die rot angelaufene Miene und die wohl seit Tagen ungekämmten, völlig zerzausten Haare des Mannes. Jetzt aus der Nähe schien er jünger, vielleicht Anfang fünfzig. Er wirkte etwas außer Puste, schien sich nicht weiter um seinen ungebetenen Besucher kümmern zu wollen. Loose sprang zur Seite, weil der Mann das Gefährt erneut in Bewegung setzte und ohne auf ihn zu achten mehrere Meter weiter zum Rand des Hofes fuhr. Vor einem großen Holzschuppen blieb er schließlich stehen. Er beugte sich zur Seite, musterte die Entfernung zu dem Schuppen, stellte den Motor ab. Erst beim Absteigen von seinem Führerhaus schien er Looses Anwesenheit wieder wahrzunehmen.

»Bisch immer noch do, du Pfengschtochs?«, maulte er, das Gesicht zu einer missmutigen Grimasse verzogen.

Loose nahm mitten vor dem Mann Aufstellung, hinderte ihn daran weiterzugehen. »Polizei«, erklärte er in scharfem Tonfall. »Ihr Name?«

Sein Gegenüber schien in keiner Weise beeindruckt. »Du bisch von der Polizei?« Er schüttelte den Kopf. »Die nehmet heit au jeden Bohnestecke, wie?«

»Ihr Name?«, wiederholte Loose. Der intensive Gestank nach abgestandenem Schweiß, der den Mann umgab, ließ ihn nach Luft schnappen; dennoch zwang er sich dazu, keinen Millimeter von der Stelle zu weichen.

»Auauauau«, bellte der Mann. »Du bisch a bsonderer Horaff!« Er versuchte, sich an Loose vorbeizudrücken, blieb überrascht stehen, als der seinen Ton verschärfte.

»Ihr Name! Wird's bald!«

Der Mann seufzte laut auf, rang sich dann zu einem kräftigen »Bronnhuber, Micha« durch.

»Mit Ihnen muss ich sprechen.« Loose versuchte, sich zu beruhigen, trat zwei Schritte zurück, um dem penetranten Schweißgeruch auszuweichen.

»Du siehsch doch, dass i koi Zeit han.«

»Jetzt! Sofort!«, konterte der Kommissar. Seine Worte waren wahrscheinlich im halben Dorf zu hören. Er musterte den an allen Ecken und Enden lädierten Sprinter, überlegte, ob das Fahrzeug überhaupt noch verkehrstauglich war. Selbst jetzt bei Stillstand saß der Aufbau schief auf dem Fahrgestell, vom Dach hingen Fetzen abgeblätterten Lacks, und die Türen an der Rückseite lommelten viel zu locker in ihrer Halterung. Loose schritt die Seite des Wagens ab, warf einen Blick auf das Nummernschild. Das Fahrzeug schien tatsächlich noch zugelassen. Er machte sich an der rückwärtigen Tür zu schaffen, spürte, dass sie ohne großen Kraftaufwand nachgab. Unter schrillem Quietschen ließ sich der rechte Flügel öffnen, gab den Blick ins Innere frei. In der Mitte des Wagens waren zwei Reihen von Sitzbänken eingebaut, dahinter erstreckte sich ein aus mehreren Decken bestehendes Matratzenlager.

»Wozu benutzen Sie den Wagen?«, fragte Loose. »Transportieren Sie damit etwa Menschen?«

Bronnhuber strich sich nervös durch die Haare. »Mach no koin Krangel. I ka jetzt älles brauche, bloß koi Kugelfuhr wege dem Karre.« Er zeigte auf den Eingang zum Wohngebäude. »Du willsch doch mit mir schwätze. I woiß zwar net, um was es goht, aber bitte … I han net viel Zeit, i bin mitte im Schaffe.«

Loose merkte, dass er es eilig hatte, von dem Fahrzeug wegzukommen, folgte ihm zum Haus. Möglicherweise waren die Nummernschilder manipuliert und der Karren längst für den Verkehr gesperrt, er hatte keine Ahnung. Ihm fehlte aber die Zeit, sich jetzt darauf einzulassen, war er doch dringend darauf angewiesen, endlich Fortschritte in seiner Ermittlung zu erzielen. Er wollte den Mann zu seiner Auseinandersetzung mit Mackel befragen und zugleich eruieren, ob er oder der Makler mit der Entführung Millers zu tun hatten, alles andere war im Moment sekundär.

Loose sah, dass Bronnhuber die Eingangstür öffnete, nahm überrascht wahr, dass sie nicht verschlossen war. Er wartete, bis der Mann ins Innere wies, verfolgte erstaunt, wie er im Vorraum seine Schuhe von den Füßen streifte.

»Soll ich …«, fragte er, auf seine Schuhe deutend.

Der Mann musterte sie mit scharfem Blick, schüttelte dann den Kopf. »Noi, isch net nötig. Mei Weib isch a Putznärre, do musch vorsichtig sei. Aber so an Poussierschtengel wie du hot do koi Problem.« Er griff nach einer dicken Decke, die auf der Anrichte lag, führte ihn in einen großen, überraschend sauber und modern eingerichteten Wohnraum. Zwei helle Mehrsitzer-Sofas samt Glastisch, eine Sitzecke mit grünen Schwingerstühlen, dazu ein schmales Sidebord.

»Was hasch ufm Herz?«, fragte Bronnhuber, die Decke sorgsam über einen der Schwingerstühle breitend. Er zupfte sie so lange zurecht, bis der komplette Stuhl bedeckt war, nahm darauf Platz. »Mei Weib«, erklärte er, seinem Besucher zugewandt, »i sei a Schmotzjockel, moint se. Mit meine Arbeitsklamotte hätt i hier drin nix verlore.«

Loose hatte nur einen Teil der Ausführungen verstanden. Er ließ sich seinem Gastgeber gegenüber nieder, beschloss, direkt zum Thema zu kommen. »Herr Mackel«, sagte er. »Heute Morgen wurde sein Gartenhaus zerstört.«

Bronnhuber lachte laut auf. »Zerstört? Du bisch gut! An kloine Kratzer hat's abkriegt, des merkt der Kimmichspalter doch gar net!«

»Warum haben Sie das …«

Bronnhuber fiel ihm mitten ins Wort. »Hot er di gschickt? Oder sei alte Ragall?« Er donnerte mit seiner Faust auf den Tisch.

Loose verzichtete auf eine Antwort, wiederholte nur das: »Warum?«

Sein Gegenüber streckte den Kopf nach vorne, quer über den halben Tisch. »Sag bloß, du woisch es net. Des halbe Dorf zerreißt sich doch scho s' Maul.«

Der Kommissar sah die blutige Schramme auf der Wange Bronnhubers, bemerkte aus der Nähe, dass er besser aussah, als er es anfangs wahrgenommen hatte. Hätte der Mann sich nicht so sehr gehen lassen, hätte er sich einen Hauch Pflege gegönnt – man hätte ihn als attraktiv einschätzen können. So aber … Kein Wunder, dass seine Frau angeblich fremd gegangen war. »Sie geben also zu, das Gartenhaus Herrn Mackels zerstört zu haben?«

»Des goht di nix a«, beharrte Bronnhuber. »Des isch a Sach zwische dem Mackel ond mir. Der Häfelesgucker woiß genau, wie granatemäßig sei alte Schadull an dem Ding hängt. Des hat die sich verdient.«

Loose hörte sein Handy läuten, sah, dass der Anruf aus dem Amt kam, entschuldigte sich.

»Mhm, es geht um diesen Herrn Mackel«, meldete sich Stöhr zu Wort. »Sie hatten doch einen Termin mit ihm. Ist Ihr Gespräch noch nicht beendet?«

»Hat er sich bei Ihnen gemeldet?«

»Mhm.« Stöhr verfiel ins Stottern. »Also, seine Kollegen … Herr Mackel müsste dringend …«

»Was?«

»Die Kreistagssitzung. Sie hat um 15 Uhr begonnen. Er ist noch nicht erschienen.«

»Da kann ich nicht helfen. Ich habe ihn heute Mittag nicht gesehen. Er war nicht zu erreichen.«

»Sie haben ihn nicht …« Stöhr wusste nicht mehr weiter. »Seine Parteifreunde. Die sind sehr nervös. In zehn Minuten sei die Abstimmung.«

»Was für eine Abstimmung?«, fragte Loose.

»Der Bau einer Straße und einer neuen Siedlung. Herr Mackel soll sich sehr dafür engagiert haben. Sie hätten nur die Mehrheit einer einzigen Stimme. Wenn er nicht teilnehme …«

»Da kann ich nicht helfen. Ich weiß nicht, wo er sich aufhält.« Loose beendete das Gespräch, bemerkte Bronnhubers neugierige Miene.

»Was han i ghört? Der Mackel isch verschwunde? Ausgrechnet heut bei der Abstimmung?« Er begann lauthals zu lachen.

»Was ist das für eine Straße und was für eine neue Siedlung?«, fragte Loose. »Das neue Schlüpfingen?«

»Du bisch gut! Woisch du net, was der Huatsimpel mit oserem Dorf vorhat? Dem ghört dr Dibbl bohrt, dem daube Siach.«

Loose sah sich außerstande, die Worte ins Deutsche zu übersetzen, wartete schweigend auf eine Erklärung.

»I bin doch s'größte Rindviech im ganze Land«, gestand Bronnhuber.

»Sie?«, fragte Loose. Diesen Satz hatte er auf Anhieb verstanden.

»I han's als allerletschter kapiert, was des für a elender Saukaib ischd. Der hat mi doch derart an de Nas romgführt ...« Er verstummte kopfschüttelnd, schlug sich zwei Mal mit der rechten Faust an die Schläfe. »Dabei hent mi die andere glei gwarnt. Aber i han's eahne net glaubt, i han's oifach net höre wolle.«

»Wovon sprechen Sie?«

»Er hat a Initiative gründet für oser Dorf ond die Ortschäftle in der Umgebung. ›Für die Bewahrung unserer Heimat und eine sichere Zukunft für uns alle‹, wie der Luagabeitel des großkotzig verkündet hat. Mit der Parole isch er hausiere gange. Ond damit jeder kapiert, dass des was für die oifache Leut ischd, hat er so Granatedackel gsucht wie mi. ›Menschen mitten aus dem Volk stehen hinter unserer Initiative‹, hat er palavert. Ond i war ois von dene Rindviecher. Der hat mi überall na karrt, wo a Reporter oder a Fernsehkamera onderwegs war. Hat sich mit älle troffe, die in dem Land was zu sage hent. Fast jeden Tag war er in der Zeitung, immer mit Bild. Ond i war der Depp aus dem oifache Volk, zum Vorzeige für die Reporter ond Fotografe. Hauptsache, die hent was über ihn bracht. So hat er bei de Wahle immer an Haufe Stimme kriagt. Oiner, der fürs oifache Volk kämpft ond zugleich für die Bewahrung der Heimat und die Zukunft für uns älle, des muss ja a herzensguter Dinger sei! Deshalb han i dem Saukaib vertraut, obwohl mi der Brägele ond die andere gwarnt hent. I han dem gholfe, Land zu kaufe, Stück für Stück, weil i glaubt han, dass oser Dorf davo profitiert ond in Wirklichkeit … S' goht bloß um dem sein Geldbeutel und die von seine Kumpane. Makler, Bauunternehmer, Autohändler. Hauptsache, 's wird baut ond planiert, egal was ond wozu, des bringt Profit. Alles andere zählt net uf dieser Welt. Die wellet riesige Neubaugebiete in oser Dorf klotze ond a breite Durchgangsstraß mitte durchschlage – des nennet die ›Bewahrung der Heimat‹. Dabei goht' s nur um ihre Geldbeutel. Die werdet älle Multimillionär, wenn des kommt. Ond oser Dorf isch beim Deifel. Samt seiner Umgebung. Ond i Granatedackel han mi von dene jahrelang für ihre hinterfotzige Gschäfte eispanne lasse. Noi, der Luagabeitel ond seine Halunke hent os älle granatemäßig ufs Kreuz g'legt!«

Loose hatte zwar nur einen Teil verstanden, sah sich jetzt aber endgültig imstande, Bronnhubers Motiv für die Attacke auf Mackels Gartenlaube zu erkennen. »Deswegen schieben Sie so eine Wut auf ihn. Zuerst benutzt er Sie für seine schmutzigen Geschäfte und dann erwischen Sie ihn auch noch mit Ihrer Frau. Wann war das? Letzte Woche? Deshalb haben Sie heute Morgen die Laube zerstört. Und das mit der Entführung des Musikers: Waren Sie das auch? Um Mackels Fest zu sabotieren?« Loose hielt inne, sah die weit aufgerissenen Augen seines Gegenübers.

»Ja, Herrschaftsdonderwetter, was schwätzsch denn do für an Luggeleskäs! Warum hätt i den komische Musiker entführe solle?«

»Um Mackels Fest zu stören. Weil Sie ihn mit Ihrer Frau erwischt haben. Wo war das, hier in Ihrem Haus?«

»Doch net den Mackel!« Bronnhuber war von seinem Stuhl aufgesprungen, starrte mit wütendem Blick zu ihm hinunter.

Loose hörte den Signalton seines Mobiltelefons, nahm erstaunt die Worte des Mannes wahr. »Nicht Herrn Mackel?«, wunderte er sich, das Handy am Ohr.

»Mhm, das ist eine üble Sache«, stotterte Stöhr. »Dieser Herr Mackel …«

»Ja?«

»Er wurde entführt.«

»Wie bitte?«

»Mhm, das behaupten seine Parteifreunde. Soeben war die Abstimmung. Sie haben sie verloren. Weil seine Stimme fehlte. Die Straße und die Siedlung können jetzt nicht gebaut werden.«

»Wer soll ihn entführt haben?«

»Mhm, das ist nicht bekannt. Einer der Leute, die den Bau der Projekte verhindern wollten.«

»Aha.«

Bronnhuber mischte sich mitten in das Gespräch. »Der Mackel doch net! Sei Weib han i erwischt! Des woiß doch scho's ganze Dorf!«

Loose schaute verwirrt auf. »Sein …?«

»Dem Mackel sei Weib«, brüllte sein Gegenüber. »Die ischd bi! So nennt man des heutzutag. Die stoht uf Männer ond Weiber. Ond mei Alte jetzt anscheinend au!«

* * *

Loose war wie versteinert sitzen geblieben, die wütende Grimasse Bronnhubers über sich. Er hatte mehrere Sekunden benötigt, den Sachverhalt voll und ganz zu verstehen. Nicht Mackel hatte der Mann in flagranti mit seiner Frau ertappt, sondern dessen Partnerin. Hier in Schlüpfingen, diesem abgelegenen Kaff am Rand der Zivilisation. Die Schwaben, ging es ihm durch den Kopf, waren vielleicht doch nicht so weit vom realen Weltgeschehen entfernt, wie er geglaubt hatte. Zumindest nicht die Frauen …

»Sollen wir die Fahndung nach ihm einleiten?«, riss Stöhrs Stimme ihn aus seinen Gedanken.

»Die Fahndung?«, nahm er dessen Worte auf. »Wir wissen doch überhaupt nicht …«

»Mhm, der Mann soll seit Monaten auf diesen Termin hingearbeitet haben. Er müsse entführt worden sein, freiwillig hätte er niemals auf die Teilnahme an der Abstimmung verzichtet, behaupten seine Parteikollegen. Und er sei nicht erreichbar. Weder im Büro noch zu Hause, auch nicht über sein Handy. Das widerspreche vollkommen seiner Gewohnheit. Herr Mackel sei für politische und geschäftliche Belange immer zu erreichen, Tag und Nacht. Höre ich jedenfalls die ganze Zeit. Die sind außer sich. Und bei der Staatsanwaltschaft ist man auch schon nervös. Die haben ebenfalls schon angerufen. Herr Oberstaatsanwalt Söderhofer …«

»Holen Sie sich von dem Mann die Erlaubnis, Mackels Handy zu orten«, überlegte Loose. »Vielleicht finden wir ihn so schneller als gedacht. Ich kümmere mich derweil noch mal um sein Haus. Möglicherweise ist er nur überarbeitet und hat verschlafen.« Er hörte die Zusage des Kollegen, brach die Verbindung ab.

Bronnhuber starrte mit erwartungsvollem Blick zu ihm herunter. Die Miene des Mannes hatte jeden Anflug von Wut und Zorn verloren, war von purer Neugier geprägt. »Han i des richtig ghört: Die hent die Abstimmung verlore?«, schnaufte der Mann. »Der Scheißdreck wird net baut?«

Loose zuckte mit der Schulter. »Das würde Ihnen gefallen, ja?«

Bronnhuber zog sich zurück, nahm wieder auf dem Stuhl Platz. »Des fragsch du noch? No hätt sich des älles ja doch noch glohnt!«, bekannte er. Sein Gesicht überzog sich mit strahlendem Grinsen.

»Was?«

»Älles, was mir unternomme hent.«

»Wovon sprechen Sie?« Loose musterte sein Gegenüber, hatte plötzlich wieder den Innenraum des vergammelten Sprinters vor Augen. Bronnhuber war mit einem Affenzahn nach Hause gerast, er hatte es derart eilig gehabt, das Auto in seinen Hof zu stellen, dass er ihn beinahe … »Wo waren Sie?«, fragte er.

»Wann?«

»Vor unserem Gespräch. Als Sie verkehrswidrig in Ihren Hof einbogen.«

»Uf'm Feld.«

»Mit dem Lastwagen?«

»Des isch an Sprinter, koin Lastwage.«

Loose verschärfte den Ton seiner Stimme. »Wo Sie waren, will ich wissen!«

»Du bisch vielleicht an neugieriger Gischpel«, maulte Bronnhuber. »Moin Schlepper isch am Arsch, no han i halt den Karre gnomme.«

»Um auf das Feld zu fahren? Für wie dumm halten Sie mich?«

»Dich? Überhaupt net.«

»Die Sitzbänke und die Decken in Ihrem Laderaum. Wozu benutzen Sie die?«

»Zom Zudecke. Wenn i Obscht glade han oder Erdäpfel. Ond die Bänk sind noch drin, von früher. So han i den Karre kauft.«

»Das glauben Sie doch selbst nicht.« Loose erhob sich, forderte seinen Gesprächspartner auf, ihm zu folgen. Er wartete, bis der Mann zu ihm aufgeschlossen hatte, begleitete ihn zur Haustür und forderte ihn auf, seine Schuhe anzuziehen.

»Was willsch jetzt no?«, schimpfte Bronnhuber.

Loose wies zu dem Sprinter. »Öffnen Sie die Türen zum Laderaum und zeigen Sie mir die Decken. Aber vorsichtig.«

»Also mit dir isch wirklich net gut Kirsche esse!«

Er ließ sich vom Gemaule des Mannes nicht beeindrucken, verfolgte voller Ungeduld, mit welch stoischer

Gelassenheit er die erbärmlich quietschenden rückwärtigen Türen des Lastwagens öffnete und die Ladefläche bestieg. »Sie bleiben oben«, forderte er ihn auf, als er ihm zwei Decken reichte. Loose musterte den Stoff, faltete ihn vollends auf. Ein schmales Stück Kunststoff flutschte auf den Boden. Er bückte sich, nahm es auf. Eine große Einlegesohle. Mindestens Größe 45. Vom Schuh eines Mannes. »Sie tragen Einlegesohlen«, erklärte er.

»I? Wozu denn?«

Loose zog sein Handy vor, gab Stöhrs Nummer ein. »Die Spurensicherung«, forderte er ihn auf. »Jetzt sofort.« Er nannte ihm die Adresse. »Und zwei Kollegen vom örtlichen Revier. Zur vorübergehenden Festnahme eines Verdächtigen.«

»Feschtnahme?«, maulte es von oben. »Was schwätzsch denn do für an Mischt?«

Loose steckte das Handy weg. »In diesem Laderaum wurde ein Mensch transportiert. Garantiert nicht freiwillig«, erklärte er.

»Net freiwillig? Sakrament, was isch denn des für a Lättagschwätz! Wer soll denn do net freiwillig …«

»Herr Mackel. Heute Mittag.«

Bronnhuber schien es die Sprache verschlagen zu haben. Er riss seinen Mund weit auf, starrte mit ungläubiger Miene zu dem Kommissar.

»Wohin haben Sie ihn gebracht?« Loose bemerkte, dass sich die blutige Schramme auf der Wange seines Gesprächspartners bis unter dessen Kinn fortsetzte. Relikt einer handgreiflichen Auseinandersetzung?

»Du bisch doch a donderschlächticher Bredeler! I kriag noch a gottsallmächtichs Ranzawaih, wenn i dei Gschwätz noch a Weile ahöre muss!« Bronnhuber machte Anstalten, von der Ladefläche zu springen, hörte Loose schreien.

»Sie bleiben da oben! So lange, bis meine Kollegen vor Ort sind!«

Der Mann hielt augenblicklich inne, brabbelte wütend irgendwelche Verwünschungen vor sich hin.

»Oder Sie teilen mir endlich mit, was Sie mit Herrn Mackel gemacht haben.« Loose zeigte auf die Decken. »Heute Morgen die Gartenlaube und anschließend ...«

»Doch net den Mackel«, kreischte Bronnhuber. »Mit dem hot des doch nix zom do!«

»Mit wem dann?«

Der Mann wandte sich zur Seite, kratzte sich unter dem Kinn.

»Mit wem?«

»Warum willsch denn des obedingt wisse? I verlier mein Job, wenn i dir des verzähl.«

»Ihren Job?« So viel hatte Loose verstanden. »Was für einen Job?«

»Ja, glaubsch du, von de Landwirtschaft alloi könnt mr heut no lebe?« Er kratzte sich erneut. »Die Zeite sind vorbei!«

»Was für einen Job?«

»Der jagt mi zom Deifel«, zeterte der Mann, »wenn i net mei Gosche halt.«

Loose schaute zur Straße, weil sich ein Polizeifahrzeug näherte, wartete, bis es in den Hof einbog. Zwei uniformierte Beamte stiegen aus dem Wagen, kamen auf ihn zu. Er sah, dass es sich um Feuster und einen ihm unbekannten Kollegen handelte.

»Haben Sie den Entführer erwischt?«, fragte der Mann.

»Eich ghört doch dr Dibbl bohrt«, keifte Bronnhuber, bevor Loose reagieren konnte. »Sottiche Grasdackel in Uniform, do bisch bstraft genug!«

»Oioioi«, konterte Feuster. »Schon mal was von Beamtenbeleidigung gehört?«

Von der Ladefläche kam nur ein müdes Winken.

»In diesem Fahrzeug wurden ein oder mehrere Menschen transportiert«, erklärte Loose. »Herr Bronnhuber weigert sich, mitzuteilen, um wen es sich handelt. Deshalb bin ich gezwungen ...«

»Des hat nix mit dem Mackel zom do«, maulte der Mann. »Die Transporte ghöret zu meinem Gschäft. Der schmeißt mi raus, wenn i euch des erzähl.«

»Wer?«, fragten Loose und Feuster gleichzeitig.

»Des isch mein Job, ob i will oder net.«

»Dann erklären Sie mir endlich, worum es sich handelt.«

»Des ka i doch net! Wieso goht denn des net in dein Schädel nei?«

»Dann nehmen wir Sie mit. So lange bis ...« Loose hielt inne, weil er lautes Rufen hörte, wandte sich um. Eine heftig schnaufende Gestalt kam im Dauerlauf auf sie zu, mit den Händen durch die Luft rudernd. Er erkannte ihn kaum wieder. Brägele. Sein Gesicht war rot angelaufen, Schweiß tropfte ihm von der Stirn.

»Was isch denn da los, Herr Kommissar?« Der Mann beugte sich nach vorne, kämpfte um Luft. »Polizei? Aber doch net wege oserem Bronni?«

Loose hatte schon das obligatorische: Halten Sie sich fern. Das geht Sie nichts an!, auf der Zunge, besann sich in letzter Sekunde. Der Mann hatte ihm heute Mittag voller Enthusiasmus einen Einblick in seinen Betrieb mitsamt reichhaltiger Kostproben seiner außergewöhnlichen Erzeugnisse gegeben, sodass er ihm jetzt nicht derart unkonziliant begegnen durfte.

»I bin der Bürgermeister von Schlüpfinge, verstandet Se, deswege woiß i, dass oser Bronni nix mit dere Sach mit dem Musiker zu tun hat«, erklärte Brägele den Grund seines Erscheinens.

Loose musterte ihn fragend.

»Der Bronni isch a viel zu großes Rindvieh. Der hätt des net gschafft, des Scheißhäusle wegzufahre. Des hätt des halbe Dorf mitkriegt, wenn der Bronni des versucht hätt. Stimmt's, Bronni?«

Der Angesprochene verzog etwas gequält sein Gesicht, nickte.

»Außerdem, Herr Kommissar.« Brägele packte Loose am Arm, ließ ihn erschrocken wieder los, als der sich heftig wehrte. »Nix für ogut, aber … Dem Bronni goht's im Moment net bsonders. Der hat grad vor a paar Däg sei bessere Hälfte … Also, Sie werdet's ghört han. Dem Mackel sei Zuttel … Des hot oser Bronni net verdient!«

Loose ließ sich nicht beeindrucken. »In diesem Fahrzeug wurden Menschen transportiert«, beharrte er. »Im Laderaum. Herr Mackel ist verschwunden. Ich will wissen, ob es einen Zusammenhang gibt.«

Brägele reagierte anders, als er erwartet hatte. Er wies auf den Sprinter, schüttelte den Kopf. »Der Mackel isch verschwunde? Des dürfet Se net ernscht nehme. Der isch garantiert wieder mit oim von seine Kunde beschäftigt ond taucht bald wieder uf. Und was der Bronni mit dem Karre do macht, wisset älle in Schlüpfinge.«

»Sie auch?«

»Ja, nadierlich. Der unternimmt Kurierfahrte für den Mitsch. Den kennet Se net? Der isch Bauunternehmer in Hinterboihinge. Wann immer die uf dene Baustelle schnell was brauchet, rufet se den Bronni. Stoiner, Bauholz, Fenschter, Bauarbeiter, älles.«

»Bauarbeiter?«, hakte Loose nach. Illegale, überlegte er.

»Älles«, antwortete Brägele.

»Wie heißt der Mann?«

»Mitsch«, erklärte der Bürgermeister. »Oiner von dene, die de Hals net genug vollkriege könnet. Wenn Sie den treffe wellet: Der isch jetzt garantiert dahoim. Der beißt sich heut Mittag granatemäßig in sein Arsch, weil se die Abstimmung verlore hent. Jetzt schaufelt der nämlich a paar Millione weniger in sein Geldbeutel!«

11. Kapitel

Gerald Mitschs auffällige Gestalt fiel Loose schon von Weitem ins Auge. Der durchtrainierte, mit einem hellen Muskel-T-Shirt bekleidete Mann unterhielt sich gerade mit einem smarten Anzugträger, als der Kommissar die mitten in ein weitläufiges Grüngelände gebettete Villa in Hinterboihingen erreichte, die ihm sein GPS als gesuchte Adresse avisierte. *Gerald Mitsch – Bauunternehmung*, verkündete ein großes Schild neben der Gartentür.

Loose parkte seinen Wagen, lief auf die beiden Männer zu. Das Anwesen kündete vom Wohlstand seines Besitzers. Das verschachtelte, im Toskana-Stil mit ockerfarbenen Wänden errichtete Haus war über einen breiten Säulengang mit dem Zugang und dem benachbarten luxuriösen Swimmingpool verbunden. Unzählige Palmen, blühende Oleanderbüsche sowie überlebensgroße Statuen in der Form nackter weiblicher Körper säumten das Umfeld. Loose hatte augenblicklich die mithilfe langjähriger krimineller Beutezüge erworbenen Besitztümer halbseidener Clans im Sinn.

Er trat auf die Männer zu, bemerkte an ihrer Körperhaltung und den verbissenen Gesichtszügen, dass es sich bei ihrem Treffen weniger um eine freundliche Unterhaltung als vielmehr um eine hitzige Diskussion gehandelt haben musste. Ihr Gespräch verstummte augenblicklich, sobald sie auf ihn aufmerksam wurden. Er glaubte irgendetwas von »Abstimmung« und »Das wird nicht ohne Konsequenzen bleiben« gehört zu haben, sah, wie sie sich ohne große Gesten voneinander verabschiedeten. Der Anzugträger nickte ihm mit verkniffener Miene zu, beeilte sich dann, zu einem an der Seite geparkten Fahrzeug zu kommen.

»Herr Mitsch?«, fragte Loose, die durchtrainierte Gestalt im Blick.

Der Mann nickte. »Was kann ich für Sie tun?« Er bemühte sich, eine freundliche Miene aufzusetzen, konnte seine Verstimmung dennoch nicht völlig verbergen.

Der Kommissar musterte sein Gegenüber, fühlte sich unvermittelt an Millers Anruf erinnert, in dem der Musiker auf einen Türsteher oder Security-Typ zu sprechen gekommen war, der sich kurz vor seiner Entführung in Mackels Nähe aufgehalten und Miller beobachtet hatte. Besser hätte er den Mann hier nicht beschreiben können. »Loose. Landeskriminalamt. Herr Bronnhuber arbeitet für Sie.« Er formulierte den Satz im feststellenden, nicht im fragenden Tonfall.

Mitsch schien überrascht. »Bronni?« Sein Gesichtsausdruck spiegelte aufkommendes Misstrauen. »Was wollen Sie mit dem?«

»Kurierfahrten«, präzisierte Loose. »Von Baustelle zu Baustelle.« Er bemerkte die Tätowierung auf dem rechten Oberarm des Mannes, glaubte den Kopf eines Hundes zu erkennen.

Der Bauunternehmer zögerte. »In Notfällen. Wenn wir den Transport der Steine und Arbeitsgeräte nicht selbst bewältigen.«

»Arbeitsgeräte?« Loose schenkte ihm ein süffisantes Grinsen. Die Tätowierung schien den Kopf eines Schäferhundes darzustellen. »Arbeitskräfte. Illegale«, korrigierte er.

»Wer behauptet das?« Mitsch legte seine Stirn in Falten, schob seinen muskulösen Brustkorb nach vorn.

»Behauptungen interessieren mich nicht«, erklärte Loose unbeeindruckt. »Es geht um Beweise.« Er sah das nervöse Zucken der Hautpartie unter der rechten Schläfe des Mannes, fühlte sich bestätigt. »Landeskriminalamt«, fügte er hinzu. »Verstehen Sie?«

»Was für Beweise?«, bellte sein Gegenüber. Mitsch streckte seinen Körper durch, schien noch einmal um mehrere Zentimeter zu wachsen.

»Die Decken aus Bronnhubers Lastwagen sind gerade in unserem Labor. In wenigen Stunden wissen wir endgültig Bescheid.«

»Bronni's Sprinter, ach was! Den benutzen wir nicht nur für Kurierfahrten, sondern auch zum Übernachten. Auf abgelegenen Baustellen, wenn es sonst keine Schlafplätze gibt.«

»Das müssen Sie meinen Kollegen erklären«, sagte Loose. »Mir geht es um Herrn Mackel.«

»Mackel?« Mitschs Körperhaltung veränderte sich schlagartig. Er trat einen Schritt zurück, musterte seinen Gesprächspartner mit verwundertem Blick.

»Sonntagmittag. Das Fest in Schlüpfingen. Hat es Ihnen gefallen?«

»Dieses Schlagerfuzzigejaule? Glauben Sie, ich habe nichts Besseres zu tun?«

»Warum sonst waren Sie dort?«

»Wer? Ich?«

Loose verzichtete auf eine Antwort, konzentrierte sich auf die Tätowierung. Der Gesichtsausdruck des Hundes wirkte nicht gerade fröhlich, sofern man das von einem Tier behaupten konnte. Entweder der Vierbeiner litt unter Depressionen oder der Künstler hatte es nicht besser hinbekommen.

»Ich war nicht bei dem Fest.«

Loose bemerkte die leichte Unruhe, die den Mann überkommen hatte, beschloss zu pokern. »Bei diesen Festen wird ständig fotografiert. Von Veranstaltern, Besuchern, Fans. Wenn der Ministerpräsident erscheint, sogar von Journalisten und vom Fernsehen. Da wird ohne Ende gefilmt. Was glauben Sie, auf wie vielen Aufnahmen Ihre Anwesenheit dokumentiert ist?«

Mitsch stampfte vor Wut auf den Boden. »Ja, leck mich doch am Arsch! Das war alles Mackels Idee!«

»Jetzt wollen Sie ihm alles in die Schuhe schieben?«

»So war es! Er wollte das unbedingt, ich nicht. Der und sein Scheißkaff!«

Loose blieb ruhig. »Alles der Reihe nach. Wie haben Sie es getan?«

»Wie wohl?« Mitsch wandte den Kopf zur Seite, spuckte auf den Boden. »Damit natürlich.« Er streckte Loose beide Arme entgegen, ballte seine Hände zu Fäusten. »Das sind Argumente, oder?«

»Argumente?« Der Kommissar schüttelte den Kopf. »Drohungen. Strafrechtlich relevant.«

»Strafrechtlich? Mackel wollte es. Und es hat ja auch funktioniert, wie Sie sehen«, polterte der Bauunternehmer. »Jedenfalls am Sonntag.«

»Deshalb bin ich hier. Sie haben es also auf Herrn Mackels Initiative hin getan, behaupten Sie.«

»Nicht auf seine Initiative hin. Er hatte den Plan, er drängte darauf, ihn in die Tat umzusetzen. Wochenlang vorher hing er am Telefon und rückte mir ständig persönlich auf die Pelle, um mich weichzukochen. Als ich mich immer noch dagegen wehrte, drohte er mir, Aufträge an die Konkurrenz zu vergeben. Der Kerl meint es ernst, das können Sie mir glauben. Da versteht der keinen Spaß, nicht mit seinen Geschäften. Da ist der knüppelhart.«

»Aufträge?«

»Häuser, Straßen, Zweckbauten. Haben Sie eine Ahnung, was der mit seinem neuen Schlüpfingen plant? Wir hätten ausgesorgt, fürs ganze Leben. Er und ich. Und noch ein paar andere. Aber jetzt ...« Mitsch stampfte erneut voller Wut auf den Boden, schüttelte den Kopf. »Lässt die Abstimmung sausen, dieses Arschloch. Wofür dann die ganze Scheiße am Sonntag?«

»Das hätten Sie sich früher überlegen sollen. Also, wie lief es ab?«

»Ach du Scheiße, wie läuft so was wohl ab? Ab und zu mal die Muskeln spielen lassen, mehr nicht.« Mitsch fuchtelte mit ausgestreckten Armen vor Loose durch die Luft. »Da kapiert der letzte Depp, was läuft und was nicht.« Er reckte seinen Kopf nach vorne, schenkte seinem Gesprächspartner ein hämisches Grinsen. »Und es ist nicht mal strafbar.«

»Sie haben Humor!«, konterte der Kommissar. Er zeigte auf die Villa, den Swimmingpool und die Grünfläche. »Das werden Sie die nächsten zwei, drei Jahre nicht mehr sehen. Dafür reicht es auf jeden Fall.«

»Sind Sie verrückt?«, bellte der Bauunternehmer. »Kurz mal die Muskeln zeigen, was soll daran so schlimm sein?«

»Drohung, gewaltsame Entführung, Freiheitsberaubung …« Loose kam nicht dazu, weiterzusprechen, weil ihn der Mann lauthals unterbrach.

»Freiheitsberaubung? Was soll denn der Scheiß? Wem habe ich denn …«

»Herrn Miller.«

»Miller? Wer soll das sein?«

»Heinzi. Unter dem Namen ist er bekannter.«

»Dieser Schlagerfuzzi? Was soll ich …« Mitsch verstummte mitten im Satz, schien zu begreifen. »Diese Heulboje, die entführt wurde? Das wollen Sie mir jetzt in die Schuhe schieben?« Er streckte seinen rechten Arm nach vorne, machte Anstalten, sein Gegenüber gewaltsam anzugehen. »Mit mir nicht …«

»Hände weg!«, schrie Loose. Er schnellte einen Schritt zurück, zog seine Waffe. »Wir können auch in einer Zelle weitersprechen.«

Der Bauunternehmer hatte Mühe, ruhig zu bleiben. »Was soll der Scheiß mit dem Sänger?«, keuchte er. »Damit habe ich nichts zu tun. Die Typen im Dorf bedroht, okay, weil sie die Straße und die Neubaugebiete unbedingt verhindern und den Ministerpräsidenten und die Journalisten in ihre Pläne einweihen wollten, ja. Ich spielte sozusagen einen zusätzlichen Bodyguard der

Prominenz, damit wirklich keiner von der Bande mit dem Ziel, unsere Geschäfte zu sabotieren, an die rankam. Aber mit der Sache mit dem Schlagerfuzzi habe ich nichts zu tun.« Sein Gesicht war hochrot angelaufen, er winkte mit seiner Rechten heftig ab.

Loose steckte seine Waffe wieder weg, blieb ruhig.

»Wieso hätte ich den Kerl überhaupt an seinem Auftritt hindern sollen? Der Ministerpräsident war zu dem Zeitpunkt längst weg, keiner von der verschrobenen Bande aus dem Dorf war dazu gekommen, ihm ihre eigenen hirnrissigen Pläne von ihrem Musikdorf vorzutragen, alles hatte zu unserer Zufriedenheit geklappt. Diese Entführung, oder wie immer Sie das nennen wollen, war weder in Mackels noch in meinem Sinn. Uns ging es bei dem Fest allein um unsere Geschäfte, den Bau der Durchgangsstraße und die Neubaugebiete – das hatten wir der versammelten Prominenz in den schönsten Farben präsentiert und waren dafür in den höchsten Tönen gelobt worden. Wozu also den Schlagerfuzzi attackieren?«

So plausibel die Worte klangen, Loose war nicht zufrieden. »Herr Bronnhuber war heute Mittag für Sie tätig?«

»Wenn Sie sonst keine Sorgen haben, ja.«

»Genau in dem Moment, als Herr Mackel plötzlich verschwand.«

»Was wollen Sie damit …?« Der Bauunternehmer stöhnte laut auf. »Das hat doch damit nichts zu tun!«

»Sondern?«

»Arbeiter«, bellte Mitsch. »Ich benötigte fünf Mann auf einer anderen Baustelle in Waiblingen. Das pressierte, deshalb musste Bronni kurzfristig einspringen.« Er hatte Mühe, sich zu beruhigen, kratzte sich unter dem rechten Arm.

Loose fixierte den Hundekopf, sah, wie das Gesicht des Tieres unter den Bewegungen des Mannes völlig zerknautscht wurde. »Illegale«, sagte er.

Sein Gesprächspartner winkte nur noch ab.

»Wieso ist Herr Mackel heute Mittag verschwunden?«

»Das fragen Sie mich?« Mitschs Stimme drohte sich zu überschlagen. Er machte zwei Schritte nach vorne, näherte sich Loose bis auf wenige Zentimeter. »Was weiß ich, was mit dem Kerl los ist. Heute war die alles entscheidende Abstimmung. Der endgültige Durchbruch zu unserem Erfolg. Es geht um Millionen, ach, was sage ich, um zig-, vielleicht sogar hundert Millionen. Wir hatten schon die Sektflaschen kaltgestellt. Und dann verpennt der Idiot die entscheidende Sitzung. Ich kann es nicht fassen.« Er schlug sich mit der flachen Hand gegen die Stirn, musterte sein Gegenüber mit aggressiver Miene. »Wieso er verschwunden ist? Warum fragen Sie das mich, warum fragen Sie das nicht die Leute, die ein Interesse daran hatten, dass die Abstimmung in ihrem Sinn verlief?«

»Zum Beispiel?«

»Die ganze verkommene Bande in diesem Schlüpfingen, die unbedingt verhindern will, dass endlich etwas frische Luft ihr zurückgebliebenes, versifftes Kaff aufmischt? Die glauben doch echt, sie könnten sich von der Welt abschotten und noch länger im Mittelalter vegetieren.« Mitsch bemerkte die gleichgültige Miene seines Gesprächspartners, sah sich zu ausführlicheren Erläuterungen veranlasst. »Der bekloppte Bürgermeister zum Beispiel mit seinem vergammelten Musik-Käse. Schon mal davon gehört? Der Kerl spinnt, ist völlig verrückt. Oder der Nudel- und Bierfritze und die Weintussi. Musik verändere den Geschmack. So ein Schwachsinn! Die sind total hinüber. Und am allerschlimmsten …« Er stutzte, weil er Looses Handy läuten hörte, sah, wie sein Gegenüber das Gerät aus der Tasche zog und aufs Display starrte. »Am allerschlimmsten ist Mackels Schwester. Mit der ist nicht zu spaßen. Der traue ich alles zu.«

Der Kommissar merkte, dass der Anruf aus dem Amt kam, entschuldigte sich.

»Mhm, das Handy des Verschwundenen«, hörte er Stöhrs Stimme, »dieser Herr Mackel.«

»Ja?«

»Es wurde geortet.«

»Und?«

»Mhm, in Schlüpfingen. Das Dorf, in dem er lebt. Sie sind doch gerade dort, oder?«

»Wo genau?«

»Mitten im Ort. Ich schicke Ihnen den Plan. Sie kümmern sich darum?«

»Ja.« Loose beendete das Gespräch, wartete auf die Mail. »Mackels Schwester?«, fragte er, an die Ausführungen seines Gegenübers anknüpfend.

»Die ist derart verpeilt«, betonte Mitsch. »Die Tussi ist schlimmer als die ganze übrige Bande zusammen. Die hasst ihren eigenen Bruder.«

»Weshalb?«

»Was weiß ich. Die lebt total im Vorgestern, will überhaupt keinen Fortschritt. Die versucht, alles zu verhindern, womit ihr Bruder das Dorf aus seiner Versenkung holen will. Ein durchtriebenes Luder.«

»Wo finde ich die Frau?«

»Mittendrin. Die wohnt mitten in dem Kaff.«

Loose sah, dass die Information eingegangen war, konzentrierte sich auf sein Smartphone. Der Dorfplan von Schlüpfingen, mit einem kleinen, immer wieder aufleuchtenden Punkt. Der Ort, wo Mackels Handy im Moment zu finden war. Wirklich mittendrin. Wenn er das richtig kombinierte, musste es sich um die Arztpraxis handeln. Oder deren unmittelbare Nähe.

»Die hat dort ihren eigenen Laden«, erklärte der Bauunternehmer.

Loose sah kurz auf. »Was für einen Laden?«

»Eine Praxis.«

»Was für eine …«

»Die ist Ärztin. War lange im Ausland, ist erst seit ein paar Jahren wieder zurück. Hat das Elternhaus ausgebaut.«

»Die Schwester von Herrn Mackel praktiziert als Ärztin in Schlüpfingen?« Loose hatte Mühe, den Überblick zu behalten.

»Jaaaa!«, stöhnte Mitsch. »Und dazu produziert sie noch Kondome. In dem winzigen Kaff!«

»Sie sprechen aber nicht von Frau Dr. …« Loose versuchte, sich an den Namen zu erinnern, geriet ins Stottern. »Kasawamo oder …«

»Harakiri. Ich rede bei dem tollwütigen Biest immer von der Harakiri. Das passt auf jeden Fall. Die ist total irre.«

»Frau Dr. Kawasamo.« Der Kommissar hatte den Namen mit einem Blick auf sein Smartphone korrekt ausgesprochen. »Sie ist die Schwester von Herrn Mackel?«

»Was erzähle ich Ihnen denn die ganze Zeit? Die heiratete irgendeinen japanischen Fuzzi, angeblich in Afrika. Nur, um unter einem anderen Namen leben und ihren Bruder damit schikanieren zu können, heißt es. Wenn irgendjemand dafür infrage kommt, diesen Schnulzenheini am Sonntag entführt zu haben, dann die. Aus lauter Wut, weil sie nicht an den Ministerpräsidenten rankam, um vor der ganzen Prominenz die Pläne ihres Bruders madigzumachen. Und weil das nicht klappte, zog sie heute die Notbremse. Das durchtriebene Luder entführte ihren eigenen Bruder, damit er nicht an der entscheidenden Abstimmung teilnehmen konnte. Fahren Sie hin und nehmen Sie sie fest, dann haben Sie Ihren Täter. Vom Sonntag und von heute. Frau Dr. Harakiri.«

* * *

Loose hatte Gerald Mitsch erst wenige Minuten verlassen, als plötzlich ein wolkenbruchartiger Regen einsetzte. Binnen weniger Augenblicke verwandelte sich die Fahrbahn in ein zentimeterhoch von Wassermassen überflutetes Asphaltbett. Nasse Fontänen spritzten nach allen Seiten. Er reduzierte seine Geschwindigkeit, sah die Sonnenstrahlen am Horizont. Es konnte sich nur um einen kurzzeitigen Sommerregen handeln, den die ausgetrocknete Erde dringend benötigte. Als er sich der Ortseinfahrt Schlüpfingens näherte, leuchtete ein riesiger Regenbogen hoch über dem Ort auf. Er präsentierte sich in selten erlebter Pracht.

Loose verschwendete keinen Gedanken mehr an Bronnhuber und dessen seltsame Kurierfahrten für

Mitsch, hatte die Kollegen des Wirtschaftsdezernats beauftragt, sich um den Bauunternehmer und die mögliche Beschäftigung Illegaler in seinem Betrieb zu kümmern. Was Konsequenzen für das Verhalten des Mannes während des Festes in Schlüpfingen betraf, waren Loose die Hände gebunden: Noch gab es keine konkret gegen Mitsch erstattete Anzeige, die seine gesonderte Vorladung zur Folge gehabt hätte.

Der Kommissar steuerte die Praxis Dr. Kawasamos an, spurtete zur Eingangstür. Die Aussage des Bauunternehmers, bei der Ärztin handle es sich um die Schwester Mackels, machte ihm immer noch zu schaffen. Er hatte die angeblichen Geschwister als derart verschiedenartige Persönlichkeiten kennengelernt, dass ihm deren familiäre Verbindung nur schwer nachvollziehbar war. Sie, die Ärztin, war jahrelang in Afrika beruflich unterwegs gewesen, zeitweise sogar im sicher unendlich aufreibenden und gefährlichen Dienst der Ärzte ohne Grenzen und war anschließend wieder in ihrem Elternhaus in diesem zwar landschaftlich reizvollen, aber doch recht provinziellen Dorf sesshaft geworden – er dagegen war in der Heimat geblieben, um geschäftlich und politisch Karriere zu machen und sich eine seinen neu erworbenen Wohlstand demonstrierende Villa zuzulegen. Ihrer familiären Zusammengehörigkeit hatte die Rückkehr der Ärztin nicht gedient – im Gegenteil. Beide waren vor ihm und anderen Leuten so abfällig übereinander hergezogen, dass er außer Abneigung und Hass keine andere Emotion in ihrer Beziehung erkennen konnte. Und jetzt, im Moment einer angeblichen Entführung des Bruders, wurde dessen Handy ausgerechnet im Haus seiner verhassten Schwester geortet. Was hatte das zu bedeuten?

Eine weitere Überlegung schwirrte Loose durch den Kopf. Eine Überlegung, die für seine Ermittlungen zwar sekundär war, ihn privat aber umso mehr beschäftigte. Janine, die junge Krankenschwester an der Seite der Ärztin. Seit er ihr am Mittag zum ersten Mal begegnet war, tauchte sie immer wieder in seinen Gedanken auf. Ihr strahlendes Lachen, das kleine Grübchen in ihrer linken Wange. »Janine, meine Nichte«, hatte Dr. Kawasamo sie vorgestellt. »Sie war beruflich bedingt ein paar Jahre weg, jetzt ist sie wieder zurück und unterstützt mich in meiner Praxis.« Janine, mehr hatte sie ihm nicht verraten. Er wusste nicht einmal ihren Nachnamen. *Meine Nichte*. Was genau besagte diese Verwandtschaftsbezeichnung? Gab es neben der Ärztin und dem Makler eine weitere Schwester oder einen weiteren Bruder in der Familie? Oder …

Loose schob das Oder von sich weg. Das konnte nicht sein. Unmöglich. »Er ist zu allem fähig. Ohne Wenn und Aber.« Er erinnerte sich noch gut an die Worte beider Frauen, Mackel charakterisierend.

Sie konnte nicht seine Tochter sein. Unmöglich.

Der Kommissar öffnete die Eingangstür der Praxis, sah sich einer älteren Frau gegenüber, die gerade dabei war, das Haus zu verlassen. Sie bemerkte, dass es regnete, musterte ihn mit kritischer Miene.

»Oh, Sie send oiner von de Frau Dokter ihre bsondere Liebling«, maulte sie. »Uf de letschde Drücker uftauche, wenn die Praxis scho geschlosse ischd!«

Loose war es nicht gelungen, ihre Worte für sich zu übersetzen, schloss aber aus dem kaum freundlich anmutenden Blick der Frau, dass es sich dabei nicht gerade um Komplimente handelte. Er verzichtete deshalb auf Konversation, schob sich stattdessen schnellstmöglich an ihrem voluminösen Körper vorbei und betrat den großen Raum, in dem die schwäbischen Schimpfwörter präsentiert wurden. Er lag im leichten Dämmer, weil die Fenster angesichts der dicken Wolken draußen kaum Licht spendeten, ließ ihn erst im letzten Moment die Person erkennen, die in der geöffneten Tür am anderen Ende stand. »Frau Doktor«, begnügte er sich mit einem kurzen Gruß. Er hatte sie fast erreicht, als sie sich ihm zuwandte und lächelnd willkommen hieß.

»Herr Kommissar, schön, Sie zu sehen. Sie kommen als Patient? Ich hörte, Sie haben gesundheitliche Probleme.«

Loose fühlte sich augenblicklich unwohl. Er hatte seinen kurzen Aussetzer am Mittag längst verdrängt und keine Lust, die Sache zu thematisieren. »Nein, das war nur, also …« Er kam ins Stottern, wischte die Erinnerung mit einer unwirschen Handbewegung weg. »Kein größeres Problem. Es geht um Herrn Mackel. Er ist bei Ihnen?«

»Leider, ja. Er hatte einen Schwächeanfall. Ähnlich wie Sie«, antwortete Dr. Kawasamo. »Sie sollten auf Ihre Gesundheit achten. Er kam nicht so glimpflich davon wie Sie. Wir mussten ihn in unseren Notfallraum holen und ihn betreuen. Jetzt geht es ihm aber bereits wesentlich besser.«

»Wann war das?«

»Heute Mittag. Janni war gerade wieder von Ihrem gemeinsamen Besuch bei Herrn Brägele zurück. Erst klappten Sie zusammen, kurz darauf er. Nicht gerade der Tag der starken Männer heute, was meinen Sie?«

Er sah ihr strahlendes Lächeln, versuchte, sich selbst aus dem Spiel zu nehmen. »Wo ist Herr Mackel jetzt?«

»Hier«, antwortete sie. »Nebenan. Möchten Sie zu ihm?«

Loose nickte. »Er ist Ihr Bruder«, flocht er ein.

Carola Kawasamo zeigte keinerlei Anzeichen von Überraschung. Wahrscheinlich hatte sie längst damit gerechnet, dass er ihr verwandtschaftliches Verhältnis im Dorf erfahren würde. »Sein Glück, dass ich wieder zurück bin. Wer weiß, wie es ihm heute Mittag ergangen wäre, hätte er erst einen Arzt irgendwo aus der Nachbarschaft rufen müssen.« Sie bat ihn, ihr in die Praxisräume zu folgen, lief ihm voran. Eine großzügige Diele mit einer Garderobe und mehreren Stühlen, dahinter zwei Behandlungszimmer mit den typischen Gerätschaften einer Arztpraxis. Maximilian Mackel saß stocksteif auf einem der beiden Patientenstühle, durch die geöffnete Tür in den Nachbarraum starrend. Loose wagte einen Blick um die Ecke, sah die junge Frau in angespannter Haltung auf einer Pritsche sitzen. Die beiden schienen in ein ernstes Gespräch vertieft.

»Dann solltest du dich endlich fragen, wieso«, hörte er ihre Aufforderung.

Loose fühlt sich augenblicklich elektrisiert. Er schenkte dem Mann nur einen kurzen Blick, konzentrierte sich auf dessen Gesprächspartnerin. Das Grübchen auf ihrer linken Wange trat deutlich zutage.

»Ich muss mich überhaupt nichts fragen!«, schimpfte der Makler. »Ihr habt mich erpresst! Meine Schwester und meine eigene Tochter!« Er schaute auf, musterte den Fremden mit genervter Miene. »Sie schon wieder!«

»Zwei Männer mit gesundheitlichen Problemen«, versuchte Dr. Kawasamo, die Situation zu entschärfen. »Erst klappt der eine zusammen. Dann der andere. Zum Glück gibt es in Schlüpfingen zwei tüchtige Medizinerinnen, da ist alles halb so schlimm!«

»Sie?«, fragte Mackel, den Kommissar im Blick. »Gesundheitliche Probleme?«

Loose räusperte sich. »So würde ich das nicht beschreiben.«

»Sie sollten es nicht auf die leichte Schulter nehmen«, beharrte die Ärztin. »Janni pflegt nicht zu übertreiben.«

Die junge Frau nickte. »Am Käse lag es nicht«, meinte sie. »Ich fand ihn sehr wohlschmeckend. Und ich habe ihn gut vertragen.«

Loose merkte, wie sie sichtbar entspannte. Ihre Haltung wurde zunehmend lockerer, sie baumelte mit den Beinen hin und her. Ein sanftes Lächeln verzauberte ihr Gesicht.

»Ihr habt vielleicht Probleme!« Mackel erhob sich von dem Stuhl, schob sich an seiner Schwester vorbei.

»Sie wurden als vermisst gemeldet.« Loose stellte sich dem Mann in den Weg.

»Vermisst? Von wem?«

»Ihre Parteikollegen. Wir haben Ihr Handy orten lassen.«

»Er kann nichts dafür«, erklärte die Ärztin. »Ein Schwächeanfall. Von uns behandelt und dokumentiert.« Sie wies auf ihre Nichte, reichte Loose ein Papier. »Hier. Eine Kopie. Falls Sie ein Dokument für den Vorfall benötigen.«

Loose sah Mackels heftiges Abwinken.

»Ein Schwächeanfall«, maulte der Politiker. »Eine bessere Ausrede fällt euch nicht ein. Ausgerechnet im Moment der entscheidenden Abstimmung.«

»Wir sind eben Menschen, keine Maschinen«, kommentierte Dr. Kawasamo. »Da kann es schon mal passieren, dass der eine oder andere zusammenklappt. Nicht wahr, Herr Kommissar?«

Loose war vollkommen klar, was hier gespielt wurde. Die beiden Frauen hatten den Mann, ihren Vater beziehungsweise Bruder, davon abgehalten, seinen politischen Verpflichtungen nachzukommen, wie auch immer. Vielleicht, indem sie ihm gut zugeredet hatten, sein Vorhaben doch noch aufzugeben?

Loose spürte instinktiv, dass es so nicht abgelaufen sein konnte. Er hatte Mackel in den Tagen zuvor zur Genüge erlebt, seine Aggressivität, die Durchsetzungskraft, den unbeugsamen Willen, seine Interessen zu realisieren, koste es, was es wolle. Nein, von gutem Zureden allein hatte sich Mackel nicht aufhalten lassen, niemals. So einfach hatte er es den beiden Frauen nicht gemacht. Sie waren gezwungen gewesen, zu anderen Mitteln zu greifen. Hatten sie ihn gewaltsam daran gehindert, an der Abstimmung teilzunehmen? Ihn etwa mit Medikamenten, Schlaftabletten oder Ähnlichem betäubt, für ein paar Stunden aus dem Verkehr gezogen?

Er musterte die Miene des Mannes, konnte keine Anzeichen dafür erkennen. Das musste jedoch nichts bedeuten. Die Frauen waren medizinisch versiert, sie wussten garantiert, welche Arznei schnell und ohne allzu lange Folgen wirkte. Wenn sie diesen Weg gewählt hatten, dann mit einer so raffinierten Methode, dass er es ihnen im Nachhinein nicht beweisen konnte.

Oder es war weit weniger kompliziert verlaufen. Als Tochter und Schwester dieses macht- und bedeutungsversessenen Mannes waren sie garantiert über so manches pikante Ereignis informiert, das Mackel lieber nicht im Licht der Öffentlichkeit wusste. Hatten sie ihn damit erpresst, ihn ganz ohne physische Gewalt dazu gebracht, auf die Teilnahme an der Abstimmung zu verzichten, weil sie sich sonst genötigt sahen, sein Geheimnis zu verraten? Dem kurzen Disput nach, den er vorhin gehört hatte, lief es wohl in diese Richtung.

Wie dem auch war, das mussten die Drei unter sich ausmachen. Das war ihre Sache, nicht die der Polizei. Familiäre Angelegenheiten mussten im Kreis der Angehörigen gelöst werden.

»Ein Schwächeanfall?«, vergewisserte er sich deshalb, Mackel im Visier. »Oder …?«

Der Makler wandte sich zur Seite, traktierte die beiden Frauen mit giftigen Blicken. »Himmeldonnerwetter, ja«, bellte er dann.

»Hätten wir gewusst, dass Sie ihn suchen, hätten wir seinen Verbleib natürlich sofort gemeldet«, erklärte Dr. Kawasamo. Ihr spitzbübisches Grinsen war nicht zu übersehen.

»Die Entführung des Musikers.« Loose beschloss, die Gelegenheit zu nutzen. »Ihre Schwester meinte, Sie …«

Mackel schnappte nach Luft. »Ich?« Er prustete laut, fixierte die Ärztin mit seinen Augen. »Nur meine Schwester oder auch meine Tochter?«

Loose verzichtete auf die Antwort.

»Danke, das ist deutlich genug! Meine eigene Schwester! Und meine Tochter, die sich von ihrer ach so lieben Tante gegen den eigenen Vater aufhetzen lässt!«

»So ist das nicht«, erklärte Janine Mackel in schneidendem Ton. »Das weißt du genau!«

Loose musterte sie mit großen Augen.

»Ich dachte die ganze Zeit, ihr steckt dahinter«, schimpfte Mackel. Er wirkte völlig überrascht. »Ihr mit euren Dorftrotteln. Brägele, Stein, Greile. Ihr wolltet doch unbedingt selbst mit eurer Band auftreten, deshalb habt ihr ihn vor seinem Auftritt entführt. Um meinen Plan zu sabotieren.«

»Da siehst du, wie dein eigener Vater über dich denkt«, konterte Dr. Kawasamo. »Wieso sollten wir den armen Kerl entführen lassen? Zu dem Zeitpunkt war das Fest doch weitgehend gelaufen!«

»Wer dann?«, warf Loose ein.

»Sie wissen es immer noch nicht?« Der Makler schüttelte den Kopf. »Ich dachte, Sie kommen vom LKA?«

»Wer?«, wiederholte der Kommissar. Er merkte, wie der Mann plötzlich innehielt, ihn dann eindringlich betrachtete.

»Also für mich war völlig klar, dass die Dorftrottel dafür verantwortlich sind. Mitsamt meiner Schwester und meiner Tochter«, bekannte Mackel. »Deshalb habe ich mir darüber keine weiteren Gedanken gemacht. Aber jetzt, wenn ich mir das überlege …«

»Ja?«

»Heinzi, der Schnulzensänger, er war in eurer Scheiß-Kondom-Vorführung. Am Nachmittag. Lange vor seinem Auftritt. Und ließ sich dabei auch noch filmen und fotografieren. Von irgendwelchen Fernsehfuzzis und Journalisten. Und dann postierte er sich auch noch vor eure widerlichen Nackten, oben bei Greile. Die Bilder gingen garantiert um die halbe Welt. Der Schnulzenstar im frivolen Musikdorf. Da habt ihr euer Ziel ja erreicht. Aber das hat nicht allen gefallen. Irgendwelche Idioten haben sich mordsmäßig darüber echauffiert. Dass er sich für diese Sauerei hergibt und sich dabei noch fotografieren lässt. Er als weithin bekannter Star und als Vorbild für viele. Das dürfe man doch nicht einfach so hinnehmen.«

»Kondom-Vorführung?«, erkundigte sich Loose.

»Ja, haben Sie das nicht mitbekommen? Meine Schwester und meine Tochter haben nichts Besseres zu tun, als mitten in diesem gottverlassenen Kaff eine Kondom-Fabrikation samt gläserner Produktion aufzubauen. Noch dazu unter meinem Namen.«

»Unter meinem Namen«, korrigierte Janine Mackel. »Ich kann nichts dafür, denselben Namen tragen zu müssen wie du. Du weißt, wie engagiert sich Caro jahrelang bei Ärzte ohne Grenzen für die Verbreitung von Kondomen eingesetzt hat.«

»In Afrika, ja. Aber nicht in Schlüpfingen!«

»Kondome werden bei uns genauso benötigt wie dort«, beharrte die junge Frau. »Aber ja, für engstirnige Kleingeister und ewig gestrige Intelligenzabstinenzler mag das provozierend wirken. Ist mir gerade recht. Wir wollen schließlich mit unserer gläsernen Pariser-Produktion Schlüpfingen und unsere Manufakturen bekannt machen. Um Arbeitsplätze zu schaffen und zu erhalten. Und du weißt, dass uns das gelingt. Die Pariser und die Nackten haben uns zu weitaus größerer Bekanntheit verholfen als alles andere. Wenn ich nur an all die scheinheiligen Hohlköpfe in deiner Partei denke, die sich darüber aufregen. Labern die ganze Zeit von heiler Familie und praktizieren selbst das Gegenteil. Sind wahrscheinlich unsere besten Kunden. Insgeheim. Kurz bevor sie zu ihrer Geliebten gehen oder in den Puff.«

»Die Typen gibt es nicht nur in meiner Partei«, gab Mackel kleinlaut zu. Er sah den interessierten Blick Looses auf sich gerichtet, nickte mit dem Kopf. »Ich wurde schon mehrfach angegiftet deswegen. Kondome in Schlüpfingen, noch dazu unter meinem Namen. Und die Figuren mit den Nackten. Ich sei unfähig, mich gegen meine eigene Tochter durchzusetzen, wurde mir vorgeworfen. In einigen Dörfern der Umgebung kann ich mich nicht mehr blicken lassen, da hetzen sie bei jeder Parteiversammlung. So viele Drohmails habe ich noch nie erhalten wie in dieser Sache. Und einmal wurden sie sogar handgreiflich. Ich konnte gerade noch in meinen Wagen springen …«

»Wo war das?«

»In Pfuhlbach. Keine fünf Kilometer von hier entfernt.«

»Und am Sonntag echauffierten sich Leute, weil der Musiker an der Kondom-Vorführung teilnahm?«

»Ja«, antwortete Mackel. »Die wurden ganz schön laut. Standen im Kreis und droschen wüste Parolen. Dass das nicht ausartete …«

»Vielleicht doch. Die Entführung …«

»Puh.« Der Makler stöhnte laut, fuhr sich durch die Haare. »Wie gesagt, für mich kamen nur Brägele und Co. infrage. Aber wenn ich jetzt darüber nachdenke …«

»Kennen Sie die Leute?«

»Fragen Sie mich nicht, wer da alles dabei war. So genau habe ich nicht hingeschaut. Ich kam nur zufällig auf dem Rückweg von meinem Haus vorbei. Aber ein paar Leute habe ich erkannt, ja.« Mackel nickte. »Bis auf einen stammen die aus Pfuhlbach.«

Loose zog sein Handy aus der Tasche. »Die Namen«, forderte er den Mann auf.

Mackel musterte ihn nachdenklich. »Aber die dürfen nicht erfahren, dass ich …« Er sah die abweisende Geste seines Gesprächspartners, zählte die Namen auf. »Richard Fuhr, Robert Pantel, Reiner Knöpfle. Die hörte ich am lautesten schreien. Von wegen ›Saukerl‹ und ›öffentlicher Auftritt‹ und ›Vorbildfunktion‹. Führten sich auf wie Sittenwächter im Mittelalter. Und wenn ich darüber nachdenke … Ausschließen würde ich es nicht, dass die ihre Hände im Spiel hatten. Pantel weniger, der ist zu clever, aber Fuhr und Knöpfle, doch, ja. Zwei hemdsärmelige Typen, wenn Sie verstehen.«

12. Kapitel

Wie es dazu kam, dass er, anstatt nach einem langen, anstrengenden Tag nach Hause zu fahren, den Abend im Kreis der Personen verbrachte, die dreißig Stunden vorher noch zum engsten Kreis der Tatverdächtigen gehört hatten, konnte er selbst nicht erklären.

Mitten in ihrem Gespräch stürmte plötzlich Bernd Greile mit einem großen Topf frisch zubereiteten Essens ins Haus der Ärztin, um angesichts des aus seiner Sicht erfreulichen Verlaufs des Tages zu einer gemeinsamen Mahlzeit einzuladen. »Mei Weib will au no vorbeigucke, sobalds eahre langt.« Er wurde zwar auffallend ruhiger, als er Mackels Anwesenheit bemerkte, ließ sich seine gute Laune aber nicht verderben. »Herrschaftsdonderwetter, Mackel, jetzt blos bloß koi Driabsal! Des war die oinzig richtige Entscheidung! Du hasch doch selber gmerkt, dass du des oserem Dorf net ado kasch, des hent mir doch älle gschpürt! Sei deine Fraue dankbar, dass se di uf de richtige Weg brocht hent!«, versuchte er den Makler aufzumuntern.

»Du hasch doch de Arsch offe, Greile!« Mackel konterte zu Looses Überraschung in derselben dialektgeprägten Sprache wie sein Nachbar. »Was schwätzsch denn do für an Scheißdreck? Moinsch du, die Sach isch so oifach?« Kopfschüttelnd marschierte er zur Tür. »Ihr hent jo koi Ahnung, wer älles hinter dene Plän steckt. Dass ihr mi mit eurer Erpressung ruinieret, isch ja scho widerlich gnug, aber des isch net der entscheidende Punkt. Ihr hent me ganze Stall voller Leut die Gschäfte versaut, glaubet bloß net, dass die sich des grad so biete lasset! Do send genug von dene Aasgeier dabei, die sich riesige Profite versproche hent. I bin der Arsch, net ihr, des werd i bald zu spüre kriege. Die machet mi fertig, des isch so sicher wies Amen in de Kirch!« Mackel kümmerte sich nicht um die Anwesenheit des Fremden, verschwand ohne jeden Gruß aus dem Raum.

»Wird scho net so schlimm werde«, erklärte Dr. Kawasamo. »I kenn doch mein Bruder. Dem war selbscht scho längst klar, wie verrückt diese absurde Plän sind. Mir hättet den nie so schnell rumkriegt, wenn dem der Wahnsinn net selbscht scho lang vor Auge gstande wär.« Sie wies zur Tür. »Jetzt aber Schluss damit! Kommet, mir ganget ins Stüble.«

Loose wollte die Gelegenheit nutzen, sich zu verabschieden, als er die Ärztin plötzlich abwinken sah.

»Noi, noi, Herr Kommissar. Sie waret de halbe Dag bei os mit lauter oappettitlichem Zeugs beschäftigt, ond jetzt, wos endlich was Erfreuliches geit, dätet se gange. Des kommt überhaupt net infrog. Sie bleibet do ond esset ond drinket mit! Sie hent inzwische doch bestimmt au en gewaltige Hunger, stimmts?«

Loose sah ihre entschlossene Miene, schaltete dennoch instinktiv auf Abwehr. »Ich, äh, kann leider …«, setzte er an, wurde aber schon während der ersten Worte unterbrochen.

»Keine Ausreden.« Janine Mackel hatte sich ihm kopfschüttelnd in den Weg gestellt. »Sie haben die einmalige Chance, Bernd Greiles wunderbare Nudelkreationen zu probieren. Das dürfen Sie sich nicht entgehen lassen. So gut wie Bernd kann das keiner. Sie hätten die Leute sehen sollen, die am Sonntag vor seinem Lokal Schlange standen, um einen Platz zu ergattern. Von morgens bis abends. Wie ich Bernd kenne, hat er wieder viel zu viel mitgebracht, das reicht für ein halbes Orchester!«

Loose wagte kaum, die junge Frau ins Visier zu nehmen, geschweige denn, ihr ihren Wunsch abzuschlagen. Stattdessen konzentrierte er sich auf ihre linke Wange, richtete seine Augen auf ihr faszinierendes Grübchen.

»Außerdem«, fügte sie mit einschmeichelnder Stimme hinzu, »gehören Sie doch inzwischen dazu. Heute Mittag gemeinsames Käse-Verkosten, heute Abend Einführung ins schwäbische Teigwarenwunder. Fehlen nur noch die passenden schwäbischen Schimpfworte, aber das kriegen wir auch noch hin.«

Loose spürte die sanfte Berührung, als sie ihm lachend über die rechte Schulter strich, fand keine Kraft mehr zu einer Erwiderung.

»Okay?«, fragte sie.

»Okay«, sagte er ohne jede weitere Überlegung.

»Sie send net von hier, han i ghört.« Greile nahm seinen Topf auf, folgte den beiden Frauen in den Wohnraum der Ärztin.

Loose sah die kräftig grünen Wiesen der Umgebung in den Strahlen der schräg stehenden Sonne liegen, bewunderte die intensiven Farben, in der die Landschaft draußen nach dem kurzen Regenguss aufleuchtete. Die Wolken waren bis auf einen kleinen Rest verflogen, fast überall blauer Himmel am Firmament. »Ich komme aus Berlin«, bestätigte er.

»Aus der Hauptstadt zu den Schwaben«, frotzelte Dr. Kawasamo. »Aber doch nicht freiwillig!« Sie musterte ihn mit lächelnder Miene.

»Das ist …« Loose suchte nach einer akzeptablen Antwort, beobachtete Greile, der den großen Topf in die benachbarte Küche schleppte und dort auf dem Herd platzierte. »Ich wollte Abwechslung. Weg von Berlin, für drei Jahre.«

»Aber nicht nach Stuttgart.«

»Also …«

»Nicht zu den Schwaben.«

»Nein.« Looses Antwort wurde von lautem Gelächter begleitet. Zwei Frauen und ein Mann, die sich vor Lachen schüttelten.

»Nach London, Paris oder Hamburg«, formulierte die Ärztin in gewusst gestelztem Hochdeutsch, »aber doch net zu dene kleigeistige Stäffelesrutscher! Des wellet mir Schlüpfinger doch au net!«

Loose hatte Mühe, ruhig zu bleiben. Die drei Leute um ihn herum schienen zu keinem Wort mehr fähig, schlugen sich lachend gegenseitig auf den Rücken.

»Und seit wann leben Sie hier?«, fragte Janine Mackel nach einer Weile.

»Seit diesem Wochenende«, antwortete er.

Die beiden Frauen schnappten gleichzeitig nach Luft. »Oh Gott! Und dann sofort nach Schlüpfingen! Sie tun mir leid!«, riefen sie unisono.

»No müsset mr aber hochdeitsch schwätze heit obed«, meinte Greile.

»Des kasch du doch gar net«, erwiderte die Ärztin.

Loose konnte nicht länger an sich halten, lachte mit. Zum ersten Mal hatte er zwei im Dialekt gesprochene Sätze komplett verstanden.

»No geits heit Obed zom wunderbare schwäbische Esse en Sprachkurs für den Herrn Kommissar«, schlug die Ärztin vor. »Zumindescht eine Einführung.«

»Was hosch du überhaupt mitbrocht?«, fragte Janine Mackel, den Blick in die Küche gewandt.

»Mauldäschle«, antwortete Greile. »Vegetarische mit oigenem Spinat aus oserem Garte.«

»Ui, do kennet Se gspannt sei, Herr Kommissar. Des isch was bsonders Gutes!«, meinte die Ärztin. Sie war dabei, den Tisch zu decken, stellte Teller, Gläser, Karaffen und Flaschen bereit, ergänzte sie mit Gabeln, Messern und Löffeln. »Übers Esse lernt ma d'Leut schnell kenne. Oder, Bernd?«

»Os Schwoabe uf jeden Fall.« Greile nahm den Topf vom Herd, trug ihn zum Tisch. »Do geits a paar, die send so verkomme, die deand Budder onders Gsälz!«, rief er laut.

Die Frauen lachten. »Paragraph Eins des schwäbischen Grundgesetzes«, scherzte die Ärztin, Looses deutlich Unverständnis spiegelnde Miene im Blick. »Offiziell ischd jeder Genuss värbodn. Das Läbn beschdäht allein aus Schaffe ond Mühsal!«

»Wenn du aber trotzdem was genieße willsch, musch es hälinge mache«, ergänzte Greile. »So isch mr au uf die Mauldäschle komme.« Er nahm den Deckel vom Topf, griff zum Schöpflöffel. »Herrgottsbscheißerle nennt mr se deswege. Net amol der Herrgott soll merke, was die Luagabeitel do hälinge en d'Gosche nei schiebet.«

»Hälinge?«, fragte Loose.

»Heimlich«, erklärte Janine Mackel. »Sich das Leben angenehm machen, ist verboten. Weil ein paar Fromme aber am Karfreitag das Fleischverbot dieses heiligen Tages nicht einhalten wollten, verbargen sie es in Nudelteig, um ihren obersten Chef zu täuschen. So sollen dem Volksmund nach die Herrgottsbscheißerle«, sie wies auf den Tisch, »entstanden sein.«

Greile nahm einen Teller, schöpfte ihn bis zum Rand voll, reichte ihn dem Gast.

»Das gilt aber nicht nur fürs Essen«, erklärte Dr. Kawasamo. »Das gilt fürs ganze Leben. Offiziell gönnt man sich nix. Und wenn doch, no schwätzt mr net drüber.«

»Mir genießet ond machet s'Beschde aus em Lebe, hänget's aber net an die große Glock«, bekräftigte Greile, die restlichen Teller füllend. »Genau wie jetzt hier: Des sind nämlich vegetarische Mauldäschle.«

Loose nahm überrascht wahr, dass die Teigstücke in einer Art klarer Suppe serviert wurden, nickte.

»S geit greeschde Mauldäschle, Mauldäschle mit Grombirasalad oder, so wie heit, Mauldäschle en der Brie. Aber basset Se uf, die sind gut warm, net dass Se Ihr Gosche verbrennet, Herr Kommissar.«

»Ond da sind mir scho bei Paragraph Zwoi des schwäbischen Grundgesetzes«, erklärte Dr. Kawasamo. »Mir schwätzet, wie os s Maul gwachse ischd. Grad frei raus, net so großartig verschwurbelt wie die feine Herre en der Stadt. Des verlogene Getue goht os grad am Arsch vorbei. Fremde moinet deshalb manchmal, mir seiet net so freindlich. Des sehnt die aber falsch: Mir sent bloß net so hälinge wie die andere, sondern ehrlich ond direkt. In Berlin saget Se zu re uffällig gschminkte Frau vielleicht: ›Mein Kompliment, heute sehen Sie aber aufregend aus!‹ Mir send do a bissle gradliniger: ›Heit hent Se Ihrn Riassel aber saumäßig vollgschmiert!‹«

»Mir schleimet au net groß rum, wenn mir überraschend uf a widerliche Person treffet«, ergänzte Greile. »›Ach, wie schön, Sie endlich mal wieder zu sehen, lieber Herr Kackhuber!‹ Mir begnüget os stattdesse mit: ›Au onderwegs?‹ Damit isch genug gschwätzt, mehr brauchts net. Wenn mir aber jemand sehnt, über den mir os wirklich freuet, bringet mir des au deutlich zum Ausdruck: ›Ja, Herrschaftsdonderwetter aber au, jetzt leck mi doch am Arsch, s Kevinle!‹«

Loose hatte zwar nur einen Teil der Worte verstanden, stimmte dennoch ins Gelächter mit ein.

»In diesem Sinn«, erklärte Greile, den letzten gefüllten Teller vor sich selbst platzierend. »Ja, Herrschaftsdonderwetter aber au, jetzt leck mi doch am Arsch, mi gfreuts ja so, dass Se do send, Herr Kommissar. An Guate! Aber basset Se uf, dass Se net Ihre Gosche verbrennet!«

Loose griff zu Messer und Gabel, begann, eine Maultasche zu verkleinern.

»Net so vornehm, Herr Kommissar. De Löffel tuts au«, hörte er Greiles Stimme, »so lang Se net die Finger nehmet, isch älles erlaubt.« Er zerschnitt den Teig demonstrativ mit der Kante seines Löffels, wartete, bis der Gast es ihm nachmachte. »So ischs recht! Hauptsach, s schmeckt!«

Loose schob sich den Teigling in den Mund, begann zu kauen. Angenehm würziger Geschmack, mit einer ausgewogenen Mischung herber, aber auch milder Töne.

»Ond?«, fragte Greile.

»Gut«, bekannte Loose. »Sehr gut.«

»Sie müsset sich net mit Komplimente überschlage«, mischte sich die Ärztin wieder ins Gespräch. »Paragraph Drei des schwäbischen Grundgesetzes besagt: No net übertreibe! Wenn Se in Berlin das Esse so halbwegs erträglich gfunde hent, saget Se wahrscheinlich: ›Det war Weltklasse! Einfach grandios! Sie sind ein Genie, Mann!‹ Bei os klingt des a bissle andersch. Wenn Se bei gude Freind eiglade waret ond die hent Eahne a wirklich sensationell gude Mahlzeit uftischt, von der Se ehrlich noch johrelang träume werdet, schenket Se dene s'gröschde Kompliment, des mir überhaupt kennet: ›Ma ka's esse.‹ Mehr brauchet Se net, des isch das Höchschde der Gefühle.« Sie nahm sich einen Löffel von der Brühe, fuhr dann fort.

»Wo mr grad bei de Gfühle send: I woiß ja net, wie's bei Eahne schtoht, aber wenn Se sich jemals bei os in a nette Frau vergucke solltet, no gilt au do: No net übertreibe! In Berlin leget Se Eahrer Agebetete wahrscheinlich die halbe Welt zu Füß, mit me Blumeschtrauß so groß wie a klois Häusle und de schönschte Komplimente. Wie Sie des bei os mache wellet, woiß i net. Aber die allerheißblütigschte Schwobe, die vor Liebe total entbrannt send ond sich beim Ablick ihrer Liebschten überhaupt net mehr in de Gewalt hent, die verschteiget sich dann vielleicht scho in eahrer wildeschten Schtund zum: ›I mog di.‹ Des isch aber wirklich die allerheißblütigschte Äußerung, die Se von me Verliebte bei os erwarte könnet.«

»Diese Charaktereigenschaft isch bei os net bekannt«, lachte Greile. »Heißblütig sind Italiener, d'Franzose oder d'Gelbfüaßler, mir aber net. Und wenn doch, dann gilt das als schlimme Krankheit.«

Loose hielt im Kauen inne, versuchte, den Sinn der Worte zu verstehen. »Gelbfüaßler?«

»Osere Nachbarn, d' Badenser«, erklärte Dr. Kawasamo. »D'Gelbfüaßler sind scho eher mal zu extreme Gefühlsausbrüch fähig. Die lebet ja direkt an de französische Grenz, drum hat's bei dene scho a bissle abgfärbt. Scho 1848 hent die sich als die eifrigste Revolutionäre zeigt. Bei os dagege hoißts ›ruhig sei, d'Gosche net zu weit ufreiße, die Andere schwätzet scho genug Mischd.‹«

»Damit wäret mr au scho beim Paragraph Vier«, meinte Greile. Er nahm einen Löffel mit Brühe, fuhr dann fort. »Net so laut schreie, lieber de Luggeleskäs für sich behalte, für die laute Tön sorget scho die ganze Dackel om ons rom. Bescheidenheit ist eine Zier – doch weiter kommt man ohne ihr – das praktizieret scho so viele Nachbarn, dem müsset mir net au no nocheifern. I geb Eahne a Beispiel: Wenn a Münchner a anderthalbstündige Schifffahrt über de Starnberger See unternimmt, dann dokumentiert der das mit mindeschtens zweitausendfünfhundert Bildern von dem Sekt, den er uf der Nussschale trunke hat bis zum Mini-Bikini von dem Luder, das mit an Bord war. Ond noch während der Tour stellt der älle Ufnahme in sämtliche Portale ins Netz, damit au s'letschde Rindvieh in Alaska mitkriegt, was der feine Herr aus München sich Wunderbares leischdet und in welchem Wohlstand der schwelgt. En Schwob dagege, der mit seiner bessere Hälfte a dreimonatige Kreuzfahrt mit dem neuschde Luxusliner rund um die halbe Welt unternomme und sich dabei au no die teuerschde Kabine gleischdet hat, wird Eahne erzähle: ›Mir sind a paar Däg am Wasser gwä.‹ Und wenn Sie des dann genauer wisse wellet ond fraget: ›Am Neckar oder am Bodesee?‹, wird er antworte: ›A klois bissle weiter flussabwärts.‹«

»Die große Uftritt überlasset mir liaber de andere«, fuhr die Ärztin fort. »D'Gosche ufreiße ond aus re Mucke an Elefant mache – des ufgsetzte Getue äschtümieret mir net. Des könnet die woanderscht viel besser.«

»Äschtümieren?«, hakte Loose nach.

»Des möget mir net«, erklärte Dr. Kawasamo. »Hondsliadriche Hennedreckschwätzer. Ufblosene Bachstelzaärsch. Osere Nachbarn rollet dene rote Teppiche aus. Mir net. Mir lebet eher nach der Devise: ›Em Scheißhaus kommt bei älle desselbe raus.‹ Drum findet Se bei os au net so viele Schauspieler oder sonschtige Wichtigtuer. Ond Politiker ond andere Selbschddarsteller sind bei os au net bsonders beliebt.« Sie hielt inne, schaute überrascht zu Greile, der auf seinen Löffel starrte und leise vor sich hin schimpfte. »Was isch dir für a Laus über d' Leber glaufe?«

Der Mann stöhnte laut auf. »A holziger Schbinatschtiel«, maulte er. »Des hätt net bassiere dürfe.«

»Ach was«, meinte die Ärztin. »Hauptsach, du hasch en em oigene Deller. Ond damit send mr scho bei Paragraph Fünf: Woran merket Se, dass Se en Schwob vor sich hent?« Sie musterte ihren Besucher mit fragendem Blick.

Loose wusste keine Antwort.

»Er bruddelt«, erklärte Janine Mackel.

»Bruddelt?«, fragte Loose.

»Die Lieblingsbeschäftigung, egal ob Sommer oder Winter, ob Tag oder Nacht. Irgendetwas läuft immer anders als gewünscht. Deshalb gibt es immer was zu schimpfen. Scheint die Sonne, ist es zu warm, sind Wolken am Himmel, zu kalt. Oder es verirrt sich ein holziger Spinatstiel in die Maultasche.«

»Net dass Sie jetzt aber moinet, Schwobe, die bruddlet, kämet uf die Idee, laut rumzuschreie ond ihren Ärger in die Welt zu krakeele, wie das andere tun«, ergänzte Greile. »Noi, au in dieser Sache bleibet mir os treu: Bruddelt wird meischtens nur in gedämpfter Tonlage, leise vor sich na. Viele glaubet deswege, mir seiet von Natur aus ofreundlich.«

»Solche Leute gibt es überall«, meinte Loose.

»Sie schmeisset heit aber mit Komplimente um sich!«, lachte Dr. Kawasamo, schaltete dann plötzlich auf schriftdeutsche Aussprache um. »So viel Lob ist ganz und gar nicht schwäbisch. Aber auch wenn manche die schwäbischen Bruddler in ein wenig erfreuliches Eck drängen wollen, sehe ich die Angelegenheit als Ärztin unter einem anderen Aspekt: Psychologisch ist es allemal besser, den Frust nicht in sich hineinzufressen, sondern ihn herauszulassen. Wohlwollend beurteilt, handelt es sich beim Bruddeln um genau diese psychische Befreiung.«

»Du musch aber fairerweise hinzufüge, dass es historisch koi Wunder isch, dass mir so stark ins Bruddle verfalle sind«, warf Greile ein.

»Du hasch recht. Württemberg war früher ois vo de ärmschte Länder überhaupt. Ofruchtbare Böde uf dr Alb mit nix als Schtoiner. Außer Salz so gut wie koi Bodeschätz. Viele hent wochelang ghungert. Ond dazu isch des Land viel zu oft ond viel zu lang vo derart kreizliadriche Siach regiert ond ausplündert worde, dass de Leit nix anderes bliebe isch, als Dag ond Nacht übers oigene Elend nachzudenke ond zu bruddle.«

»Aber des isch ja grad der Fehler«, konterte Greile. »Anstatt des Saugschmoiß zom Deifel zu jage, hent sich die Meischde duckt ond vor sich na bruddelt. Ond die paar, die ufgschdande sind ond sich gwehrt hent, sind von dene hondsliadriche Seckel verhaftet und uf em Aschperg weggschlosse worde.«

»Isch des heut etwa anderschd?«, fragte die Ärztin. »Wie laufts denn in Schdurget? Des hinterhältige Ziefer plündert oser Steuergelder für die Scheiß-Tunnel ond ruiniert die Bahn, bloß um für sich ond ihre Freind riesige Profite rauszuschlage. Ond wenn die Leit sich wehret, lasset Se se zammeschlage. Noi, wenn i oin vo dene Hennedreckschwätzer bloß von weitem seh, denk i scho: ›Do schmeckts abr gottsallmächtisch.‹«

Looses fragende Miene brachte deutlich zum Ausdruck, dass er nichts verstanden hatte.

»Hier stinkt es aber gewaltig«, erklärte Janine Mackel. »Neulich habe ich den Ausdruck gerade wieder gehört. Als ich jung war, gab es im Nachbarort einen kleinen See. Im Sommer fuhren wir manchmal mit den Fahrrädern hin zum Baden. Vor zwei oder drei Wochen war ich mit ein paar Freunden mal wieder dort. Von dem See war nicht mehr viel übrig. Der Neubau einer Straße hat den Zufluss versiegen lassen, erzählten die Leute. Wir standen vor einem winzigen, weitgehend verlandeten Tümpel. Es roch fürchterlich. ›Do schmeckts abr gottsallmächtisch‹, meinte einer meiner Freunde. ›Grad, als hätt do oiner jahrelang sein Boddschamber ausgschütt‹. Da stinkt es aber schrecklich. Als hätte hier jemand über Jahre hinweg seinen Nachttopf ausgeleert. Besser konnte man den Gestank nicht formulieren. Es war wirklich nicht zum Aushalten. Manchmal kann nichts die Realität so treffend beschreiben wie der Dialekt.«

Loose hatte gerade seinen zweiten Teller *Mauldäschle en der Brie* geleert, als Miriam Stein mit zwei Flaschen Rotwein ins Zimmer trat.

»*Schlüpfinger Lemberger Beethoven* und *Lemberger Blaskapelle,* oine von de Letschde. Mr send faschd ausverkauft«, erklärte sie freudestrahlend, als sie den Wein in Gläser füllte und verteilte. »Dies Jahr setzet mr die dreifache Meng Blaskapelle a. Au wenn mei Feli jetzt scho bruddelt. Scho wieder monatelang die grauenvolle Musik ond jetzt au no in drei Keller. Do muss se durch, mei Jonge.«

»Sie beschallen den Wein wirklich mit Musik? Wie Herr Brägele seinen Käse?«, fragte Loose.

»Ja, nadierlich, was denket denn Sie?«, antwortete die Frau. »Mr hent os extra Holzfässer bsorgt, weil die die Tön besser durchlasset. Physikalisch, wisset Se. Der Blaskapelle schmeckt ganz anderschd wie der Beethoven, obwohl 's beide Lemberger sind. Probieret Se, no verschdandet Se, was i moin.« Sie öffnete die zweite Flasche, reichte Loose ein weiteres Glas.

Er wischte seine Lippen trocken, nippte an der Blaskapelle. Ein fruchtiges, nach Kirschen, Pfirsichen und anderem Obst schmeckendes Bukett.

»Ond?«

»Gut«, nickte er zustimmend. »Sehr gut.«

»Ond jetzt?« Miriam Stein gab ihm eine hauchdünne Scheibe Brot, forderte ihn auf, seine Geschmacksnerven zu neutralisieren.

Kurz darauf kostete er vom Beethoven. Tatsächlich ein ganz anderes, weit herberes, eher nach Kräutern schmeckendes Aroma. Er sah überrascht auf. »Das ist …«

»Lemberger«, erklärte die Frau. »Genau wie d' Blaskapelle. Jetzt aber fünf Monate Beethoven. Ond?«

»Ich kann es nicht fassen.«

»Sehnt Se! Ond dabei hent se am Afang älle behauptet, des mit oserer Musik sei Lättagschwätz, mir seiet nix als Luagabeitel ond kreizliadrige Schpitz ond os ghört dr Dibbl bohrt. Jedem oizecht. Ond jetzt gucket se älle domm aus der Wäsch ond die Leut rennet os d'Bude ei!«

Es war schon kurz vor 23 Uhr, als sich Loose endlich verabschiedete. Nicht ohne der persönlichen Einladung

Janine Mackels zum Auftritt der Schlüpfinger Musiker am darauf folgenden Samstagabend fest zugesagt zu haben. Müde machte er sich auf den Weg nach Hause, die Vorfreude aufs Wochenende in allen Poren seines Körpers.

13. Kapitel

Am Donnerstagmorgen hatte Loose es allein dem Fleiß des Hausmeisters zu verdanken, dass er pünktlich ins Büro kam. Von den langen Stunden des Vortags noch leicht erschöpft, war er nach dem Läuten des Weckers noch einmal in den Schlaf getaucht und erst durch ein schrilles Quietschen in die Realität zurückgeholt worden. So sehr er sich dagegen gewehrt hatte, das nervtötende Geräusch war in seine Traumwelt gedrungen, die bezaubernde, junge Frau, die vor einem gewaltigen Käsebottich stehend in einer unverständlichen Sprache von »schlonzige Schofseggl ond liadriche Luagabeitel« erzählte, von einem undurchsichtigen Nebel verhüllt und seinem Zugriff entrissen worden. Mehrere Minuten lang hatte er gerätselt, worauf dieser Lärm am frühen Morgen kurz nach sieben Uhr zurückzuführen sei. Erst später, beim Verlassen des Hauses, war sein Blick auf die mit schrillem Getöse den Boden polierende Maschine des Hausmeisters gefallen. Der Mann hatte ihn nicht beachtet, stattdessen mit verbissenem Blick auf die Stufen unter sich gestarrt. Wie hatte ich nur vergessen können, war es Loose durch den Kopf gegangen, wo ich inzwischen lebe …

Zwanzig Minuten später war er im Amt angelangt. Stöhrs aufgeregtes Gehabe ließ erahnen, dass es Neuigkeiten bezüglich seiner Ermittlungen gab.

»Mhm, ich habe Ihnen die Informationen zu den Namen, die Sie mir gemailt haben, ausgedruckt und auf den Schreibtisch gelegt. Keine Kundschaft von uns dabei, wenn ich das so sagen darf. Die Männer finden sich jedenfalls auf keiner unserer Listen.«

Loose lief zu seinem Schreibtisch, nahm sich die Namensliste vor.

Richard Fuhr, Spediteur. Eigener Betrieb in Pfuhlbach.

Überrascht starrte er auf das Papier. Spediteur. Ein Mann, der davon lebte, Waren zu transportieren und deshalb garantiert über verschiedene Fahrzeuge verfügte. Fahrzeuge, mit denen man ohne großen Aufwand Anhänger jeder Art bewegen konnte. Auch solche mit mobilen Toiletten …

Ohne lange zu überlegen, gab er die Nummer des Mannes ein, kündigte seinen Besuch an. »Neun Uhr, heute Morgen. In Ihrem Büro.«

Fuhr brummte irgendetwas von »Beamteärsch« und »Die faule Säck wisset doch net, wie sie uf Steuerzahlerkoschde die Zeit totschlage sollet«, legte dann ohne weitere Bemerkung auf.

Bei Robert Pantel schien es sich um einen Parteikollegen Maximilian Mackels zu handeln. Der Mann wurde als Dozent für Betriebswirtschaft, Finanzberater sowie als Kreistagsabgeordneter vorgestellt, der in Hinterboihingen wohnte. Eine durch und durch seriöse Existenz, die es wie der Villenbesitzer in Schlüpfingen zu einigem Ansehen und Vermögen gebracht zu haben schien.

Über Reiner Knöpfle gaben die Unterlagen nur wenig her. Er arbeitete als selbstständiger Handwerker und war im Nebenerwerb als Weinbauer Mitglied einer Winzergenossenschaft, die schon mehrfach für ihre Qualitätserzeugnisse ausgezeichnet worden war.

Loose beschloss, sowohl Pantel als auch Knöpfle erst nach dem Besuch Fuhrs zu kontaktieren, falls es dann überhaupt noch notwendig war.

Um fünf Minuten nach neun hatte er das Unternehmen am Rand Pfuhlbachs erreicht. Es lag keine fünfhundert Meter von Hayers Haus entfernt, den er am Anfang der Woche aufgesucht hatte. Das Anwesen des Spediteurs wurde von einer hohen Mauer vor unbefugten Blicken geschützt, ließ sich nur vom Eingangsbereich von der stark befahrenen Straße her einsehen. Loose merkte, dass das Tor offenstand, lief auf das unmittelbar benachbarte Gebäude zu, an dem in verblichenen Lettern *Richard Fuhr Transporte aller Art* prangte. Er warf einen Blick in den schmalen Hof, konnte nur einen kleinen Lastwagen vom Format des Sprinters ausmachen, den er am Vortag bei Bronnhuber hatte untersuchen lassen. Das Fahrzeug hier befand sich dem Anschein nach allerdings in weit besserem Zustand. Was die Spedition anbelangte, schien es sich um kein großes Unternehmen zu handeln; sowohl dem Firmenareal als auch den Gebäuden nach hatte er es hier wohl eher mit einem kleinen Familienbetrieb zu tun.

Loose näherte sich der Tür, sah einen heftig schnaufenden, schwergewichtigen Mann mit Oberarmen wie Baumstämmen ins Freie treten. Er trug ein schmutzig graues Muskel-T-Shirt, das seinen Oberkörper gut zur Geltung brachte, hatte kurze Stoppelhaare und auffällig abstehende Ohren. Nicht gerade der Typ, dem man nach Einbruch der Dunkelheit in einer abgelegenen Seitenstraße begegnen wollte, überlegte Loose. Er schätzte ihn auf Anfang, Mitte vierzig, glaubte aus seinen Unterlagen den Spediteur zu erkennen. »Herr Fuhr?«, fragte er.

Die bullige Gestalt starrte überrascht zu ihm her, schien ihn mit seinen Blicken zu durchbohren.

»Loose. LKA. Wir haben telefoniert.«

Der Mann benötigte ein paar Sekunden, um zu begreifen. »Sie hent mr grad noch gfehlt«, donnerte er.

Loose musste an sich halten, nicht drei oder vier Schritte zurückzutreten. Schon wieder einer von der Sorte, die keine normale Lautstärke können, ging es ihm durch den Kopf, wurde aber mitten in seinen Gedanken von einem weiteren, nicht weniger lautstarken Wortschwall unterbrochen.

»Ihr Stäffelesrutscher wisset au net, wie ihr d'Zeit dotschlage sollet, oder?«

Loose versuchte erst gar nicht, der Aussage einen Sinn zu entlocken, kam sofort auf sein Anliegen zu sprechen. »Das Fest in Schlüpfingen. Sie waren dort.«

»Ja, leck mich doch am Arsch! Schlüpfinge! Was wellet Se jetzt damit?«

»Frau Dr. Kawa ...« Er kam nicht dazu, den Namen der Ärztin auszusprechen, weil ihm sein Gegenüber ins Wort fiel.

»Dem Mackel sei Schwästr, die alte Beißzang! Was soll i mit der?«

»Sie produziert Kondome. Gemeinsam mit …«

»Die alte Ragall! Pariser! Mitte im Ort! Do brauchsch nix mehr schwätze, do isch älles gsait!«

»Sie sind kein Freund davon.«

»Vom Mackel seiner Schwästr? Die wellt i net amol als Matratz!«

»Ich spreche von den Kondomen.«

Fuhr sah erstaunt auf, zupfte sich an seinem rechten Ohr. »Die Pariser moinet Sie?«

Loose konzentrierte sich auf das Ohr des Mannes, bemerkte das Haarbüschel, das dort wuchs. Ein kleiner Urwald, in verschiedenen Farbschattierungen. Kreuz und quer, in alle Richtungen, standen die Haare ab. »Und die Figuren mit den Musikern«, fügte er hinzu.

»Sie schwätzet von dene Näckediche.« Fuhr hatte sofort begriffen. »Oin oizechter Sauschtall, des ganze Dorf!«

Saustall, hatte Loose verstanden, das ganze Dorf. »Das gibt es hier in Pfuhlbach nicht«, knüpfte er an den Gedanken an. »Das würden Sie garantiert verhindern.«

»Ond ob! Dene dät i zeige, wo dr Bartl de Moschd holt!«

»So, wie Sie es denen in Schlüpfingen gezeigt haben.«

Fuhr hielt inne, reckte seinen Stiernacken nach vorne. »Was wellet Sie damit adeute?«

Loose starrte auf das linke Ohr des Mannes, sah, dass das dort sprießende Haarbüschel dem anderen in nichts nachstand. »Bei dem Fest am vergangenen Sonntag«, sagte er. »Heinzi, der Musiker, ließ sich ausgerechnet vor den Nackten filmen und fotografieren. Das wurde überall gesendet.«

»Herrschaftsdonderladdich, deswege machet ihr so a Kugelfuhr? I han des oifach nemmer länger mit agucke könne. Deswege han i zugschlage. Ja, ond? Moinet Se, i mach do lang Fisematenta?«

»Allein?«

»Ja, was send denn Sie für a jongr Soichr? Glaubet Se, i bin so an Lällebebbel, dass i des net alloi schaff?«

Loose trat einen Schritt zurück, musterte sein Gegenüber mit misstrauischem Blick. »Kein Komplize?«

Fuhr ballte seine rechte Hand zur Faust, donnerte sie in die geöffnete Linke. »Seh i aus, als bräucht i an Komplize?« Er wartete die Antwort nicht ab, sprach unvermittelt weiter. »Noi, net amol d'r Nachtkrabb hot mr gholfe. Des han i ganz alloi nakriegt.«

»Mit welchem Fahrzeug?«

»Fahrzeug?« Fuhr zog seinen Kopf zurück, richtete sich zu voller Größe auf. »Was wellet Se denn damit? En Stoi han i packt, vom Straßerand ond dann … I han bloß oin Schlag braucht ond scho war's bassiert. Ond wenn Sie jetzt komme send, weil die sich beschwert hent, Moment, Sie könnet's han.« Er wandte sich um, verschwand im Inneren des Hauses.

Loose hatte zwar Schwierigkeiten gehabt, dem Mann zu folgen, das Wesentliche glaubte er aber verstanden zu haben. Er nahm irritiert den Signalton seines Handys wahr. Er zog es vor, erkannte die Nummer des Amtes. »Neun-zweiundzwanzig. Loose«, meldete er sich.

»Neun Uhr zweiundzwanzig? Ja, das ist richtig. Stöhr hier. Gerade ging zum zweiten Mal ein Anruf des Sekretariats von Herrn Oberstaatsanwalt Söderhofer ein.«

»Ja?«

»Der Herr Oberstaatsanwalt möchte dringend …«

Loose sah den Spediteur mit ausgestreckter Hand ins Freie treten. »Do hent Se des Schnäpperle wieder«, polterte der Mann. »Bringet Se dene Schlüpfinger ihr wertvollschtes Schtück zurück, wenn die ohne des net lebe könnet.«

Loose betrachtete das grellgrün eingefärbte Holzstück, das ihm der Mann überreicht hatte, bemerkte, dass es sich um eine bis ins Detail ausgefeilte Schnitzerei handelte. Das Werk eines perfekt arbeitenden Künstlers. Was es darstellte, war nicht zu übersehen: ein in Lebensgröße angefertigtes, dem Ruhezustand deutlich entwachsenes, grellgrün angemaltes männliches Geschlechtsteil.

»Haben Sie Probleme mit Ihrem Schnäpperle?«, drang Stöhrs unüberhörbar irritierte Stimme ihm ins Ohr.

Im gleichen Augenblick begriff er, was der Ausdruck bedeutete und woher das auffällige Holzstück stammte.

* * *

Die Skulpturen in Schlüpfingen. Das nackte Paar vor Greiles Nudellokal. Der wertvollste Teil der männlichen Figur. Offensichtlich hatte sich der Sittenwächter aus dem Nachbardorf an der offenherzigen Darstellung gestört und kurz und in gewohnter Manier Abhilfe geschaffen. An der ebenso splitterfasernackten Frau daneben hatten sie nichts auszusetzen?, lag es ihm auf der Zunge. Oder fehlte ihnen bisher die Gelegenheit, ihr einen oder mehrere Körperteile zu amputieren? Er unterließ es aber, den Gedanken zu äußern, hatte er doch Stöhrs besorgt klingende Stimme am Ohr.

»Mit Ihnen ist wirklich alles okay?«

»Alles«, antwortete er.

»Dann kann ich Sie, mhm, über den wiederholten Anruf des Sekretariats des Herrn Oberstaatsanwalts informieren.«

Loose blieb auf weitere Erklärungen wartend stehen.

»Der Herr Oberstaatsanwalt Söderhofer möchte dringend informiert werden, wieso ihm in dieser Causa, also den Untersuchungen zum Kidnapping und der Geiselnahme des Volksmusikers Heinzi …«

»Kidnapping und Geiselnahme?«, fiel Loose ihm ins Wort.

»Mhm, so hat es die Dame aus dem Büro des Herrn Oberstaats…«

»Ja, ja. Was will er?«

»Er möchte, mhm, darüber informiert werden, wieso ihm, mhm«, Stöhr benötigte einen neuen Anlauf, »wieso ihm in dieser Causa immer noch keine Ermittlungserfolge präsentiert wurden.«

Loose versuchte, den aufkommenden Ärger zu unterdrücken, beendete das Gespräch ohne jeden weiteren Kommentar. Angesichts des langen Tages gestern war er noch nicht dazu gekommen, ein genaues Protokoll zu erstellen. Musste sich dieser Herr Oberstaatsanwalt eben gedulden, bis er ihm ausführliche Unterlagen präsentieren konnte. Im Moment hatte er wirklich anderes zu tun.

Er blickte auf, sah den missmutigen Blick Fuhrs auf das grellgrüne Holzstück in seiner Linken gerichtet. »Sie haben die Figur also zerstört. Kurz bevor Sie sich an die Toilette machten und sie mitsamt dem Musiker in den Wald schleppten.«

Fuhr reckte seinen Stiernacken wieder nach vorne. »Des Scheißhäusle? Jetzt pack i di aber glei am Schlawittich, wenn du weiter so an Schofscheiß schwätzsch!« Er war ins Du verfallen, fokussierte seinen Besucher mit vor Zorn verzerrter Miene. »Om die Zeit, wo die den Krangelmacher aus dem Verkehr zoge hent, war i scho lang onderwegs.«

»Wo?«

»Zwische Schdurget ond Ludwigsburg. Werbebeilage hole für die *Ludwigsburger Kreiszeitung*.«

Loose verstand erst nach mehrmaligem Nachfragen, wovon der Mann sprach. Fuhr war am Sonntag ab 17 Uhr mehrere Stunden damit beschäftigt gewesen, die Werbeprospekte eines Möbelhauses beim Auslieferungslager in Stuttgart abzuholen, um sie nach Ludwigsburg zu bringen. Dort waren die bunten Beilagen in der Nacht den frisch gedruckten Zeitungsausgaben des darauf folgenden Montags beigefügt worden.

Der Musiker war, wie Loose wusste, gegen 17.30 Uhr zum letzten Mal von Mackel gesehen worden, konnte also, falls Fuhr die Wahrheit gesagt hatte, nicht von ihm entführt worden sein.

»Zeugen?«

Fuhr verschwand im Inneren des Hauses, kehrte mit seinem Smartphone in der Hand zurück. »Do, fraget Se bei dene nach. Die werdet's Eahne bestätige. Älle.«

Loose überflog die auf dem Bildschirm angeführte Adresse, sah, dass es sich um das Auslieferungslager der Werbeprospekte in Stuttgart handelte. Er wählte die Nummer, hatte einen Angestellten des Unternehmens am Ohr.

»Am vergangenen Sonntag?«, fragte der Mann, nachdem er ihm sein Anliegen geschildert hatte. »Moment, i hol die Lina, die hot am Sonndich Dienscht ghett.«

Kurz darauf war er mit der Kollegin des Mannes verbunden, die ihm bestätigte, am besagten Sonntag die Prospekte an Fuhr übergeben zu haben.

»An Herrn Fuhr persönlich?«

»Des han i Eahne doch grad groß ond breit erklärt. Höret Se net zu? Ja, an den Richard persönlich. Laut Protokoll om 17.33 Uhr. Hent mr's jetzt?«

Loose verzichtete auf eine Antwort, reichte Fuhr das Handy zurück.

»Ond? Glücklich ond zufriede, Herr Oberbollizeirat?«

Er warf einen letzten Blick auf die Haarbüschel in den Ohren seines Gesprächspartners, wandte sich dann ohne ein weiteres Wort von ihm ab. Das Alibi des Spediteurs schien wasserdicht. Was nicht ausschloss, dass er eines seiner Fahrzeuge an die anderen von Mackel erwähnten Sittenwächter verliehen hatte.

Er nahm in seinem Wagen Platz, gab die Nummer Pantels ein. Der Mann erklärte ihm, er sei den ganzen Tag in Heilbronn und habe dort mehrere wichtige Termine wahrzunehmen. »Lediglich um 13 Uhr, im Anschluss an ein Gespräch mit einem Journalisten …«

»13 Uhr. Abgemacht«, fiel er dem Mann ins Wort. Er notierte sich die genaue Adresse des Treffpunkts, eines Lokals im Zentrum der Stadt, versuchte es dann bei der Dritten von Mackel erwähnten Person. Reiner Knöpfle. Diesmal blieb er bei der Mutter hängen.

»Mein Bua isch grad a paar Däg auswärts uf dr Arbeit ond erscht morge Nachmiddag wiedr dahoim. Der schafft als selbschdändiger Malermeischder, do muss mr heitzudag nehme, was kommt.«

»Morgen Nachmittag?«, überlegte Loose. »Wo hält er sich heute auf?«

»En Frankfurt«, antwortete die Frau. »En Großuftrag bei re Bank. Du isch er scho seit geschtern morge.«

»Wo kann ich ihn morgen Nachmittag erreichen?«

»Mein Reinr wohnt wiedr dahoim bei mir.«

»Das ist gut. Sie rufen mich an, sobald er wieder zu Hause ist, klar?«

»Nadierlich isch des guat, dass i den Bua wiedr onder meine Fiddich han. Des war höchschde Zeit, dass der sich von der Schnalle trennt hot. Des Lompemensch hot mein Bua die ganze Jahr bloß ausgnützt! Dass der ausgrechnet an dem Luder de Narre gfresse hot – i ka's heit no net verschdande!«

* * *

Kurz vor 13 Uhr hatte Loose den vereinbarten Treffpunkt im Zentrum Heilbronns erreicht. Das Lokal liege mitten in der Stadt am Uhlandplatz hinter dem Pressehaus und sei leicht zu finden, war er von Pantel instruiert worden. Große Glasfassade, zahlreiche Tische und Bänke auf dem Vorplatz, viele, meist junge Leute. Nach seinem Gespräch in Pfuhlbach war er ins Amt zurückgekehrt und hatte ein ausführliches Protokoll seiner Ermittlungen vom Vortag erstellt. Er hatte darauf verzichtet, es sofort an den Oberstaatsanwalt weiterzuleiten, vielmehr Stöhr darum gebeten, dies am Nachmittag zu erledigen. Vielleicht ersparte ihm diese Methode den direkten Kontakt zu dem Herrn. Er hatte ihn bisher noch nicht persönlich kennengelernt, sah sich auch in keiner Weise motiviert, das nachzuholen. *Kidnapping und Geiselnahme.* Wer angesichts des vorliegenden Sachverhalts zu dieser Formulierung griff, offenbarte mehr von seinem Charakter als ein noch so ausführliches Gespräch. Das waren Ausdrücke, die Boulevard-Medien, reaktionäre Politiker oder kleingeistige Internet-Schmierer auskotzten. Mit Leuten dieses Niveaus hatte er beruflich genug zu tun, freiwillige Begegnungen versuchte er sich zu ersparen.

So sehr ihm sein hungriger Magen zu schaffen gemacht hatte, er war nicht in der Kantine des Amtes eingekehrt, weil er den erneuten Ausbruch seiner traumatischen Erinnerung fürchtete. Stattdessen hatte er kurz einen Bäcker aufgesucht, um dem schlimmsten Hunger vorzubeugen. Vielleicht, so seine Hoffnung, fand er bei dem Treffen in Heilbronn Gelegenheit, das Gespräch mit einem Imbiss zu verbinden.

Das *Charivari* war schon von Weitem auszumachen. Scharen sommerlich gekleideter, offensichtlich gut gelaunter Leute hatten sich in und vor dem Lokal versammelt; der Vorplatz war von einer quirligen, von intensiver Unterhaltung und vielfältigem Gelächter dominierten Atmosphäre geprägt. Loose warf einen Blick über die bis auf den letzten Platz besetzten Tische und Bänke, versuchte sich an das Foto Pantels zu erinnern, das er sich im Internet angesehen hatte. Der Mann wurde dort als Manager eines internationalen Investmentfonds vorgestellt, der Kapitalanlagen mit einer Rendite von bis zu vierzehn Prozent anbot. Vierzehn Prozent! Loose hatte lange darüber nachgedacht, mit welchen Methoden in einer Zeit, in der Banken für Spareinlagen keine Zinsen mehr zahlten, solche Gewinne möglich sein sollten.

Als Beispiel für eines seiner Projekte präsentierte der Fond das Hochglanzfoto eines traumhaft schön gelegenen Ortes. *Wohnen im Paradies*, war es in goldenen Lettern überschrieben. Loose waren mehrere Motive von Anfang an bekannt vorgekommen. *Das neue Schlüpfingen*. Auf den Plakatwänden im Eingangsbereich des Dorfes hatte er sie gesehen. Es handelte sich um eine Fotomontage. Die Festwiese zu Füßen des Dorfes war verschwunden, an ihrer Stelle erstreckten sich Hallen und Bäder, als *Sportzentrum* deklariert. Der Hang, auf dem Brägeles Kühe weideten, wurde von einer breiten, geradlinig verlaufenden Straße durchschnitten, die beidseits von unzähligen Ein-, Zwei- und Mehrfamilienhäusern flankiert war. *Leben, wo andere Urlaub machen*, prangte über dem Bild der Siedlung. Sie zog sich den gesamten Berg hoch, endete erst unmittelbar vor der Serpentine, die zu Mackels Villa führte.

Mehrere Häuser wurden auf eigenen Fotos dokumentiert. Bilder, Texte und Darstellungen – alles wirkte verlockend. Leben, wo andere Urlaub machen, hatte Loose überlegt, besser ließ sich die Szenerie nicht beschreiben. Und mit der Realisierung dieser Pläne hatte der Fond bis zu vierzehn Prozent Rendite zu erzielen geplant. Geplatzte Träume, wie es jetzt aussah.

Er betrat den Innenraum des hell und einladend wirkenden, von großen Glasfassaden geprägten Lokals, sah, dass es in skandinavischem Design mit hellen Tischen und schwarzen Vitra-Stühlen eingerichtet war. Eine riesige, wellenförmig geschwungene Bar dominierte den linken Bereich. Loose merkte, dass fast alle Plätze besetzt waren, hatte den Mann plötzlich vor Augen. Um einiges älter als auf dem Foto der Website, dennoch gut zu erkennen. Beigefarbenes Poloshirt, helle Leinenjacke, einen großen Salatteller und ein Glas mit einer dunklen Flüssigkeit vor sich auf dem Tisch. Der smarte Anzugträger, den er am Vortag bei Gerald Mitsch in Hinterboihingen gesehen hatte. Er musterte ihn, merkte, dass er ihn ebenfalls wahrgenommen hatte.

Loose trat an den Tisch. »Herr Pantel?«

Der Angesprochene wischte sich mit einer Serviette über den Mund, erhob sich. »Robert Pantel«, bestätigte er. »Sie sind …«

»Loose.«

Pantel streckte ihm die Hand entgegen, registrierte mit verwunderter Miene, dass seine Geste nicht erwidert wurde. »Wir haben miteinander telefoniert?«, versuchte er sich zu vergewissern.

Loose nickte, nahm erleichtert wahr, dass der Mann neben Pantel Anstalten machte, seinen Platz zu räumen. Er trat einen Schritt zur Seite, beeilte sich, den Stuhl in Beschlag zu nehmen, bevor einer der zahlreichen Umstehenden auf dieselbe Idee verfiel.

»Sie haben das Lokal gut gefunden?«, fragte Pantel. Er hatte wieder Platz genommen, musterte den Besucher mit freundlicher Miene.

Loose rückte seinen Stuhl zurecht, lehnte sich zurück. »Sie haben die Lage gut beschrieben.«

»Ich komme gerne hierher, wenn ich in Heilbronn bin. Oder haben Sie etwas anderes erwartet, als Sie den Namen *Charivari* hörten?«

»Wieso?«

»Na, *charivari* kommt aus dem Französischen und bedeutet eigentlich Katzenmusik, aber auch Lärm, Radau und Durcheinander. Und in unserem Sprachgebrauch versteht man darunter auch noch die silbernen Ketten, an denen Münzen oder Tierzähne hängen und die am Hosenlatz von Trachtenlederhosen getragen werden.«

»An Trachtenlederhosen?«

»Sie scheinen nicht gerade auf volkstümliche Trachten zu stehen«, grinste Pantel.

Loose schüttelte den Kopf.

»Kein Problem. Hier gibt es ja auch weder Katzenmusik noch Lederhosen. Dafür schmeckt das Essen hervorragend. Vor allem die Salate kann ich Ihnen empfehlen. Der hier zum Beispiel.« Pantel stocherte mit der Gabel in seinem Teller. »*Oh-ja-Salat.* Absoluter Geheimtipp. Avocado, Falafel, Beluga-Linsen.«

Loose musterte die einzelnen Stücke, spürte seinen Hunger.

»Und das Getränk ebenso.« Pantel wies auf sein Glas. »*Kraftschorle*«, antwortete er. »Spezialität des Hauses. Ein Gemisch aus handgepflückten Kräutern. Löwenzahn, Giersch, Rotklee, Brennnessel. Schmeckt weit besser, als es klingt.« Er ließ ein lautes Lachen hören.

Loose nickte, beschloss, direkt zum Thema zu kommen. »Schlüpfingen«, sagte er. »Das Fest am vergangenen Sonntag.«

»Ja, da war ganz schön was los.« Pantel nahm die Gabel wieder auf, stocherte in seinem Teller.

»Sie waren dort.«

Der Mann nickte. »Als guter Nachbar, sozusagen. Ich wohne, wie Sie sicher wissen, in Hinterboihingen, keine vier Kilometer von Schlüpfingen entfernt.«

»Wie hat es Ihnen gefallen?«

»Gut.« Pantel führte seine Gabel zum Mund. »Sie gestatten?«

Der dezente Duft eines angenehm herben Rasierwassers strich Loose in die Nase. Er nickte.

»Ich mag die Atmosphäre bei solchen Veranstaltungen. Alle sind gut gelaunt, die Sorgen des Alltags verflogen. Und dann noch das gute Essen und, ja doch, zumindest teilweise, die fetzige Musik. Ganz nach meinem Geschmack, wenn Sie mich fragen.«

»Trotz der nackten Figuren.« Loose musterte die linke Wange seines Gesprächspartners, entdeckte einen kleinen Pickel, der sich dort breitmachte. Unmittelbar neben dem Nasenansatz. Er bemerkte die dunkle Einfärbung der winzigen Erhebung, überlegte, ob es sich nicht um einen Pickel, sondern eine Warze handelte.

»Die nackten Figuren.« Pantel hielt mitten im Kauen inne, lachte. »Ein hübscher Aufreger für die Biedermänner der Umgebung, was?« Er betrachtete Loose mit belustigter Miene, fuhr dann mit dem Essen fort.

»Und dann noch die Show mit den Kondomen«, fügte der Kommissar hinzu. »Ganz schön was los in diesem schwäbischen Dorf.« Er sah die Bedienung auf sich zu treten, bestellte *Oh-ja-Salat* und eine Cola.

»Sie trauen sich wohl nicht, was?« Der Mann deutete auf seine Schorle, lachte laut.

Loose zeigte keine Regung, musterte den Pickel.

»Die wollen Aufsehen erregen«, kommentierte Pantel zwischen zwei Bissen. »Aufsehen um jeden Preis.«

»Mit fragwürdigen Methoden.«

»Ach Gott, was heißt fragwürdig.« Der Mann nahm einen Schluck von seiner *Kraftschorle,* wandte sich seinem Besucher zu. »Heute ist doch alles erlaubt, oder?« Er zuckte mit der Schulter. »Fast alles«, fügte er dann hinzu.

»Nackte Skulpturen, die Produktion von Kondomen – mitten in einem kleinen Dorf?« Loose sah die Augen Pantels auf sich gerichtet, konzentrierte sich auf den Pickel. Er war sich immer noch nicht darüber im Klaren, ob es sich um eine Warze handelte oder nicht. »Und dann lässt sich der Volksmusikstar auch noch damit filmen. Mit den Nackten und beim Besuch der Kondom-Manufaktur.«

»Daran stören Sie sich jetzt aber nicht wirklich.« Pantel nahm eine Serviette zur Hand, wischte sich den Mund sauber. »Das ist heute doch gang und gäbe.«

»In einem Dorf wie Schlüpfingen?«, hakte Loose nach. Er wandte sich zur Seite, weil die Bedienung ein Glas Cola vor ihn auf den Tisch stellte, nickte der jungen Frau zu.

»Ja und? Wir leben im 21. Jahrhundert. Außerdem, ich erwähnte es schon, ist das reine Provokation. Die haben das bewusst inszeniert. Eine kleine Clique dort. Die wollen damit Geschäfte machen. Fragwürdige Geschäfte, zugegeben. Noch nichts von deren verrückten Musik-Produktion gehört?«

Loose nahm sein Glas an den Mund, trank. »Käse«, meinte er. »Und Wein. Die verkaufen gut.«

»Ach was!« Pantel rümpfte die Nase, ließ den Pickel für einen Moment in einer Hautfalte verschwinden. »Das ist nur Propaganda. Die verkaufen überhaupt nichts. Auch wenn sie sich noch so krampfhaft bemühen, ständig Schlagzeilen zu erzeugen. Die Leute sind nicht so dumm, auf deren Schwindel reinzufallen. Die angebliche Entführung dieses Schlagersängers oder wie immer Sie diesen Musiker bezeichnen wollen – Sie sehen doch, wie verzweifelt die schon sind, zu solchen Methoden greifen zu müssen.«

»Sie meinen, die stecken selbst dahinter?«

»Wer denn sonst?«

Loose sah die Bedienung erneut an den Tisch treten, wartete, bis die Frau den Teller und das Besteck vor ihm abgestellt hatte. Der Salat sah sehr einladend aus, duftete vielversprechend. Er griff zur Gabel, begann zu essen.

»Ich wünsche Ihnen einen guten Appetit«, meinte der Mann. Er nahm seine Gabel ebenfalls wieder auf, hielt einen Moment inne. »Aber das hilft ihnen auch nicht weiter. Die sind dabei, ihr Dorf völlig zu ruinieren.«

Loose musterte ihn fragend, den Pickel im Visier. Er war jetzt von einem kräftig dunkelroten Hof umgeben.

»Die Abstimmung gestern. Sie haben davon gehört?«

»Nur am Rand«, nuschelte Loose, kleine Avocadostücke auf der Zunge.

»Nur am Rand.« Pantels Miene spiegelte pures Misstrauen. »Die wären tatsächlich imstande, die Zukunft des ganzen Dorfes infrage zu stellen.«

»Wieso?«

»Weil sie alles, was Geld und Arbeitsplätze bringt, verhindern wollen. Gute Straßenanbindung, neue Wohnsiedlungen, Gewerbeflächen, Freizeitzentren, Sportanlagen, all das, was man heute braucht, um mithalten zu können. Die geraten gegenüber ihren Nachbarorten völlig ins Hintertreffen. Pfuhlbach etwa, ein anderer Nachbarort, da steppt der Bär. Dabei stehen die Investoren Schlange, sich in Schlüpfingen zu engagieren. Eine ganze Menge betuchter Investoren sogar.«

»Sie zum Beispiel«, sagte Loose. Er sah, wie sein Gesprächspartner seinen Teller betont gelassen leerte, die Gabel sorgsam ablegte und wieder zu der Serviette griff. Pantel wischte sich über die Lippen, fuhr dann zu seinem Nasenansatz hoch, rubbelte mehrfach an dem Pickel. Die kleine Erhebung war kräftig rot angelaufen, als er die Serviette wieder zur Seite legte.

»Ich bin nur ein kleiner Fisch«, meldete er sich wieder zu Wort. »Da gibt es andere Kaliber.«

»Die sich auch nicht scheuen, einen bekannten Musiker zu entführen, wenn sie ihren Konkurrenten damit schaden können.«

Pantel schenkte dem Kommissar ein kurzes Lächeln. »Oh Gott, was haben Sie für Vorstellungen. Glauben Sie wirklich, die hätten das nötig? Nein, wenn sich diese Leute gezwungen sehen, ihren Geschäften den Weg zu ebnen, greifen die zu anderen Methoden. Methoden, die garantiert zum Erfolg führen.«

* * *

Der Anruf erreichte ihn, als er gerade dabei war, seine Unterlagen zusammenzuräumen und das Büro zu verlassen. Nach dem Gespräch mit Pantel war er ins Amt zurückgefahren, hatte sein Ermittlungsprotokoll vervollständigt und Stöhr beauftragt, es an die Staatsanwaltschaft weiterzuleiten.

»Siebzehn-zwölf, Loose, LKA.«

Die Stimme am anderen Ende kam ihm sofort bekannt vor. Angenehm bekannt.

»Entschuldigen Sie bitte, dass ich Sie so spät noch belästige. Kawasamo hier. Sie haben sicher schon Dienstschluss.«

»Sie belästigen mich nicht«, beeilte er sich wahrheitsgemäß zu antworten, »in keiner Weise.«

»Es geht um Janine.« Die Ärztin zögerte, sprach erst nach kurzem Überlegen weiter. »Ich bin im Moment etwas ratlos. Da fiel mir Ihre Karte in die Hand.«

»Was ist mit Janine?«

»Um es kurz zu sagen: Sie ist verschwunden.«

Loose glaubte, nicht richtig zu hören. »Wie bitte?«

»Mir ist klar, wie seltsam das klingt. Aber ich weiß nicht, wie ich das sonst formulieren soll. Sie ist heute Mittag nicht bei mir aufgetaucht, obwohl die Praxis geöffnet ist, wie jeden Donnerstagmittag. Ich habe versucht, sie telefonisch zu erreichen, aber sie reagiert nicht. Irgendwas stimmt da nicht, das hat sie noch nie gemacht. Janni ist absolut zuverlässig. Sie weiß genau, dass ich die Arbeit ohne sie nicht schaffe. Und heute Abend haben wir Generalprobe für unser Konzert übermorgen. Die können wir nicht ausfallen lassen.«

»Wo wohnt sie? Soll ich …«

»Sie ist nicht zu Hause«, fiel Dr. Kawasamo ihm ins Wort. »Janni wohnt bei mir. In dem Anbau, Sie haben ihn gesehen. Unten befindet sich die Kondom-Manufaktur und oben ihre Wohnung. Wir haben die Zimmer gemeinsam renoviert, als sie vor einem halben Jahr von ihrem Auslandseinsatz zurückkam und bei mir einstieg. Ich habe die Schlüssel. Sie ist nicht da.«

»Wann haben Sie sie zum letzten Mal gesehen?«

»Gestern Abend, nachdem Sie weg waren. Sie wollte noch ein paar Schritte laufen.«

»Laufen?«, wunderte sich Loose. »Es war schon dunkel.«

»Das macht sie öfter. Manchmal auch mit mir oder Miriam Stein. Den Berg hoch und hinter dem Haus meines Bruders am Waldrand entlang in die Weinberge. Eine kleine Runde ums Dorf, ein oder zwei Kilometer, je nachdem. Bei uns ist das kein Problem, in Schlüpfingen passiert nichts.«

»Aber seither haben Sie sie nicht mehr gesehen und auch nichts mehr von ihr gehört?«

»Seit gestern Abend nicht mehr, nein.«

»Vielleicht ist sie bei ihren Eltern.«

»Nein. Ihre Mutter hockt wieder in München und mein Bruder … Er ist beruflich unterwegs. Mein Bruder …«

»Was ist mit ihm?«

»Ich kann ihn nicht erreichen. Der hat natürlich eine irre Wut wegen gestern, Sie wissen, wegen der Abstimmung. Aber ich habe ihm schon mehrfach auf Band gesprochen und auch seinem Sekretär schon drei oder vier Mal erklärt, dass mit Janni irgendwas nicht stimmt

– und trotzdem reagiert er nicht. Dabei ist sie sein Ein und Alles. Auch wenn er das niemals zugeben würde. Ich kenne ihn zur Genüge. Dass sie seine widerlichen Geschäftspraktiken verabscheut und deswegen zu Hause auszog und zweieinhalb Jahre ins Ausland ging, hat ihn schwer getroffen. Da kann er sich noch so verstellen, das nagt an ihm Tag und Nacht. All sein großkotziges Erfolgsgehabe kann nicht darüber hinwegtäuschen. Deshalb wundert es mich, dass er nicht reagiert.«

»Seine Wut wegen gestern. Sie haben es selbst erwähnt.«

»Das ist es nicht allein. Irgendwas stimmt da nicht. Wir sind Bruder und Schwester, trotz allem. Eine Hassliebe vielleicht, okay. Aber wen hat er sonst? Seine Frau? Vergessen Sie's. Außer Shoppen kennt die Dame nichts. Seine Parteifreunde? Oh Gott, diese korrupten, egomanischen Selbstdarsteller!«

»Was ist mit Jannis Handy?«

»Keine Ahnung. In ihrer Wohnung … Ich müsste noch mal rüber und danach suchen.«

»Wir können es orten lassen. Wenn Sie einen«, er zögerte, formulierte den Ausdruck langsam und mit Bedacht, »Vermisstenantrag stellen wollen. Normalerweise …«

»Einen Vermisstenantrag.«

»Ja, eigentlich ist es dazu noch zu früh, ich meine …«

»Ich gehe nachher noch mal in ihre Wohnung und schaue mich um. Sobald ich mit meinen Patienten durch bin. Und dann versuche ich es erneut bei meinem Bruder. Der weiß etwas, da bin ich mir sicher. Sonst würde er sich nicht so verstecken.«

»Geben Sie mir seine Privatnummer. Ich versuche es ebenfalls. Und wenn Sie es wünschen, komme ich bei Ihnen vorbei. Nach Dienstschluss, ich habe nichts mehr zu tun. Vielleicht finden wir sie gemeinsam schneller.«

Er hörte kein Nein, weder direkt noch verklausuliert. Im Gegenteil. Ihr dankbares: »Dazu sind Sie wirklich bereit? Dann könnten Sie die Handy-Ortung im Notfall direkt veranlassen«, offenbarte das Ausmaß ihrer Besorgnis. Die taffe, selbstbewusste Frau, deren starke Persönlichkeit er am Vortag über Stunden hinweg erlebt hatte, schien im Kern getroffen. Er durfte das bisher noch unerklärbare Verschwinden Janine Mackels nicht auf die leichte Schulter nehmen.

14. Kapitel

In der Nacht hatte er kaum ein Auge zugetan. Das seltsame Verschwinden Janine Mackels hatte ihm weit mehr zugesetzt als jede andere Ermittlung der vergangenen Monate. Bei der jungen Frau handelte es sich nicht einfach um irgendeine vermisste Person, die aufzufinden er sich beruflich verpflichtet fühlte, mit ihr kam eine persönliche Komponente ins Spiel, die ihn emotional mit Haut und Haaren forderte. Wann immer jemand Opfer eines Verbrechens wurde, er hatte die Sache rational, unbeeinflusst von Gefühlen zu untersuchen. Nicht nur seiner objektiven Urteilsfähigkeit, auch seiner eigenen seelischen Gesundheit wegen. Er durfte die Leiden der Opfer nicht zu nah an sich heranlassen, wollte er die oft unerträglichen Zumutungen seines Berufes auf Dauer ertragen, das war ihm längst klar geworden. Traf es in irgendeiner Weise eine ihm nahestehende Person, war dieser Grundsatz außer Kraft gesetzt und die gewohnte Arbeitsmethodik unmöglich. Und bei Janine Mackel handelte es sich – obwohl er sie erst zwei Tage zuvor kennengelernt hatte – um einen solchen Menschen, er spürte es mit jeder Faser seines Körpers.

Er hatte mehrfach versucht, sie über ihr Handy zu erreichen, den gesamten Abend bis kurz vor Mitternacht, vergeblich. Fünf oder sechs Mal hatte er auf ihre Mailbox gesprochen und sie gebeten, sich umgehend bei ihm zu melden, genau wie ihre Tante, zu der er kurz nach 18 Uhr noch aufgebrochen war. Dr. Kawasamo war es weder gelungen mit ihrer Nichte noch mit ihrem Bruder in Verbindung zu treten. Er hatte versucht, die Frau zu trösten, war selbst von einem immer stärkeren Gefühl nagender Unruhe gequält worden. Die Ärztin hatte ihn trotz aller Besorgnis gebeten, mit der offiziellen Vermisstenmeldung bis zum Morgen zu warten – in der stillen Hoffnung, ihre Nichte noch in der Nacht wieder in ihre Arme schließen zu können. Die Generalprobe für ihr Konzert hatten sie auf den Freitagabend verschoben – vorerst, falls Janine Mackel bis dahin wieder aufgetaucht sein sollte …

Mit einem Brummschädel, als hätte er am Vorabend die Alkoholvorräte der gesamten Umgebung konsumiert, torkelte er aus dem Bett. Heute benötigte er keinen krawalligen Hausmeister, dem Schlaf zu entfliehen. Er griff nach seinem Handy, hatte Dr. Kawasamo sofort am Ohr.

»Nein, sie ist nicht da. Ich war schon zwei Mal in ihrer Wohnung. Alles ist unverändert.«

»Dann …«

»Warten Sie bitte noch ein, zwei Stunden. Ich gebe Ihnen Bescheid.« Sie beendete das Gespräch, bevor er sich noch einmal zu Wort melden konnte.

Er suchte die Dusche auf, gab sich minutenlang heißen wie kalten Temperaturen hin, hatte trotzdem keine Chance, sich die tiefsitzende, unergründliche Angst vom Leib zu spülen.

Stöhr empfing ihn schon auf dem Gang, noch bevor er sein Büro betreten hatte. »Guten Morgen, mhm, wir haben ein neues Problem.« Der Mann schien trotz der frühen Stunde aufgeregt, fast außer Atem.

»Ja?«

»Gerade ging ein Anruf von Scheider, dem Manager dieses Heinzi, ein. Er ist in großer Sorge, um nicht zu sagen, Panik.«

So wie du, lag es Loose auf der Zunge. Er verzichtete aber darauf, den Gedanken auszusprechen, wartete stattdessen schweigend auf eine Erklärung. Stöhr berichtete mit stockenden Worten, dass der Manager den Erhalt mehrerer Drohmails, Miller betreffend, gemeldet habe. Drohmails eines Kalibers, die seiner Auffassung nach nicht einfach unbeachtet zur Seite geschoben werden könnten.

»Es geht um das Konzert Heinzis morgen Abend im Forum am Schlosspark in Ludwigsburg.«

»Morgen Abend?«

»Darauf hat er mich aufmerksam gemacht, ja.«

»Haben wir die Drohmails vorliegen?«

»Mhm, ja.« Stöhr zeigte in Looses Büro. »Ich habe sie Ihnen …«

»Gut.«

»Herrn Braig habe ich sie ebenfalls zukommen lassen. Er ist wieder im Amt und wird Sie unterstützen. Frau Kriminalrätin Schmeckenbecher hat ihn darum gebeten, um den Oberstaatsanwalt, ähm, zu beruhigen. Wir können nur hoffen, dass ihn das davon abhält, ständig wegen der Aufklärung des Kidnappings und der Geiselnahme bei uns nachzufragen. Herr Braig liest sich gerade Ihre Ermittlungsprotokolle durch. Er meldet sich bei Ihnen.«

Drohmails, ging es Loose auf dem Weg zu seinem Schreibtisch durch den Kopf, jetzt auch noch das. Der Täter, der den Musiker in die Toilette gesperrt hatte, war immer noch nicht gefasst, stattdessen als weit bedrohlichere Angelegenheit Janine Mackel spurlos verschwunden – und dann sollte er sich jetzt auch noch mit diesem Kram befassen. Zum Glück war ihm der Kollege zugeteilt worden. Vielleicht konnte der sich um die Drohmails kümmern.

Das Klopfen an seiner halb offenstehenden Tür riss ihn aus seinen Gedanken. Er drehte sich zur Seite, sah einen großen, schlanken Mann in sein Büro treten. Er trug dunkle Jeans und eine helle Sommerjacke, streckte ihm die Hand entgegen.

»Braig«, sagte er. »Ich wollte mich nur kurz vorstellen.«

Loose nickte, verzichtete auf den Händedruck.

»Sie sind an der Sache mit dem Musiker dran«, erklärte Braig, sein Gegenüber kritisch musternd. »Angesichts neuer Drohungen gegen seinen Auftritt morgen Abend wurde ich zur Mitarbeit aufgefordert. Zu Ihrer Unterstützung, nicht zur Kontrolle. Ich hoffe, Sie verstehen.«

»Die neuen Drohmails. Sie haben sie erhalten?«

»Ja. Ich hatte allerdings noch keine Zeit, sie mir vorzunehmen. Ich war damit beschäftigt, mich in die Ermittlung einzulesen. Sie haben fast alles hervorragend protokolliert, herzlichen Dank.« Braig sah die Andeutung eines Kopfnickens, wunderte sich, wie emotionslos der Kollege auf sein Lob reagierte. Er wies auf das grüne Holz auf dem Schreibtisch, grinste. »Sieht fast so aus, als hätten Sie einen wichtigen Teil einer Schlüpfinger Skulptur erbeutet. Sie haben die Figuren ausführlich beschrieben.«

»Richard Fuhr. Ein Spediteur aus dem Nachbarort. Er gab zu, die Figur beschädigt zu haben. Für die Zeit der Entführung hat er ein Alibi.«

»Die Schlüpfinger werden sich freuen, wenn das markante Stück ins Dorf zurückkehrt. Scheinen originelle Leute zu sein. Ich hatte leider noch keine Gelegenheit, sie kennenzulernen.« Er wies auf Looses Computermonitor, schlug ihm vor, sich die neuen Drohungen gegen den Musiker gemeinsam anzuschauen. »Wenn es Ihnen passt?«

Loose nickte. »Diese Mails sind nicht die einzige Neuigkeit. Es gibt ein anderes Problem. Janine Mackel ist verschwunden. Wenn sie nicht bald wieder auftaucht, werde ich die Vermisstenmeldung aufnehmen müssen.« Er schilderte Braig seinen Informationsstand, einigte sich mit ihm darauf, die Ermittlungen aufzuteilen, sofern sie die Suche nach der jungen Frau wirklich einleiten mussten. Braig sollte sich vorrangig um die Identifizierung und Festnahme der Verfasser der Mails kümmern, Loose sich Janine Mackels Wiederauffinden widmen.

»Dann schauen wir uns jetzt die Drohmails an«, schlug Loose vor. Er sah die zustimmende Geste des Kollegen, wandte sich seinem Computer zu.

Du elender Wichser wirst es noch bereuen, unser Land so zu beleidigen. Steck dir doch die Schwaben-Bruchbude sonst wo hin. Unser schönes Schloss ist und bleibt viel schöner!

Jetzt haben wir endlich die Gelegenheit, dir Saukerl eine Lehre zu erteilen, dafür, dass du unser wunderschönes Schloss in den Dreck ziehst und unseren Kini beleidigst. Deinen Auftritt morgen vergisst du nicht so schnell, das kannst du mir glauben! Du wirst um Gnade winseln, das wir dich auf die Bühne lassen!

Wer stopfd dir entlich die Fresse, du Blödarsch!!!

Scheißschwabenlutscher in Ludwigsburg kriegen wir dich, bevor du auf die Bühne kannst!

Wann verrecksch du Jodelscheiße endlich!

»Mit der Rechtschreibung haben sie es nicht so, diese Herren«, meinte Braig. »Mal *das* statt *dass*, mal umgekehrt. Und *d* und *t* machen auch Probleme. Aber die Drohungen gegen den Auftritt morgen Abend sind recht konkret. Ich denke, wir müssen was tun.« Er hörte sein Gegenüber eine kurze Bemerkung von sich geben, die einem »Hm« ähnelte, interpretierte es als Zustimmung. Besonders gesprächig schien der Kollege nicht zu sein.

»Was die Identifizierung der Hetzer über den Provider angeht – bis morgen Abend schaffen wir das kaum, das weiß ich aus Erfahrung. Es sei denn, der Musiker oder sein Manager kennen oder verdächtigen bestimmte Typen. Haben Sie sie daraufhin befragt? In Ihren Ausführungen war nichts davon zu lesen.«

»Sie nannten keine konkreten Namen«, erklärte Loose. »Wir müssen sie darauf ansprechen.«

»Was ist das für ein Schloss, das dieser Heinzi angeblich in den Dreck zieht? Und der Kini, den er beleidigt, wer soll das sein? Etwa dieser verrückte Bayernkönig Ludwig mit seinem Neuschwanstein?«

»Wenn ich mich richtig erinnere, kam das früher schon mal. Moment.« Loose wandte sich seinem Computer zu, holte seine Aufzeichnungen auf den Monitor. »Hier«, sagte er. »Drohmails der letzten Wochen. *Du beleidigst unseren Kini mit deinem blöden Song und ziehst unser wunderschönes Schloss in den Dreck, du Saukerl. Dafür soll dich der Teufel holen.*«

»Sie kennen diesen Song?«, fragte Braig.

Sein Gesprächspartner schüttelte den Kopf.

»Dann müssen wir uns bei dem Musiker danach erkundigen.« Er wies auf das Telefon. »Ich übernehme das. Okay?«

Braig lief in sein Büro, gab Millers Nummer ein. Er stellte sich vor, erklärte dem Mann, dass er die Ermittlungen gemeinsam mit Loose führte. »Die Drohungen gegen Ihren Auftritt morgen in Ludwigsburg. Haben Sie einen Verdacht?«

Statt einer Antwort bekam er einen langgezogenen Seufzer zu hören. »Ich wollte Sie nicht mit dem Müll belästigen«, meldete sich der Musiker schließlich zu Wort, »aber mein Manager, er ließ mir keine Ruhe. Und dann die Sache mit der Toilette. Das hängt mir immer noch in den Knochen. Deswegen habe ich seinem Drängen nachgegeben und Ihnen den Dreck zukommen lassen.«

»Sie haben einen Verdacht?«, wiederholte Braig.

»Wer dahintersteckt, meinen Sie?« Miller wartete vergeblich auf eine Antwort. »Ich kann Ihnen keine Namen nennen«, fuhr er nach einer Weile fort. »Wenn es das ist, worauf Sie hinauswollen. Nur …«

»Ja?«

»Ich weiß nicht, wie ich das sagen soll: Vielleicht hat das überhaupt nichts damit zu tun, aber …«

»Erzählen Sie mir bitte alles, was Sie wissen. Je mehr Informationen Sie mir geben, desto besser. Aussortieren kann ich später immer noch.«

»Es gibt ein kurzes Video.«

»Was für ein Video?«

»Stefan, mein Partner, war mit seinem Handy dabei. Er stand ein paar Schritte hinter mir, als die losbrüllten. Die waren so außer sich, die haben das, glaube ich, nicht mal bemerkt.«

»Leute, die Sie bedrohten?«

»Zwei Männer, ja. Kurz vor einem Konzert.«

»Wo war das? Wann?«

»In Sindelfingen, vor zwei Monaten etwa. Und seither kommen alle paar Tage diese Mails mit genau denselben Vorwürfen.«

»Welche?«

»*Du beleidigst unseren Kini und ziehst unser wunderschönes Schloss in den Dreck.*«

»Ein Kini und ein Schloss? Verstehen Sie das?«

»Ja, schon.« Miller ließ ein leichtes Stöhnen hören. »Einer meiner Songs. Er ist überhaupt nicht so gedacht.«

»Welcher Song?«, fragte Braig. »Wie lautet der Text?«

»Sie müssen wissen, mein Repertoire beinhaltet Titel speziell für ein schwäbisches Publikum. Das war Scheiders Idee. Songs, die ein bestimmtes regionales Umfeld bedienen. Sonst artikuliert sich Volksmusik traditionell ja fast ausschließlich in bayerischem oder österreichischem Dialekt. Da kam Scheider auf die

Masche, mal andere Akzente zu setzen. Um mir ein besonderes Merkmal zu verleihen, verstehen Sie. Seht her, der Heinzi ist nicht einer wie viele andere auch, sondern ein ganz besonderer Künstler. Vom Marketing her ein genialer Schachzug. Songs nicht nur in bayerischem, sondern auch schwäbischem Idiom. Je nachdem, wo ich auftrete. Offen gesagt, kommt es bei dem Idiotengejodel eh nicht auf den Text an. Man labert halt irgendwas von Liebe, Schmerz und Heimat. Wichtig ist nur, dass nichts Kritisches dabei ist und dass die Musik stimmt. Einfache harmonische Melodien, mal laut, mal leise, mehr braucht es nicht. Deshalb wundert es mich umso mehr, dass sich da irgendwelche Typen am Text stören.«

»Sie sind ganz schön selbstkritisch«, meinte Braig. »Wie lautet der Text?«

»Das ist verrückt«, jammerte der Musiker. »Stefan kam mit dem Vorschlag. Der Text stammt von ihm. Zwei, drei Tage nach einem Ausflug zum Schloss Lichtenstein fing er damit an. Wir waren beide derart begeistert von dem zauberhaften kleinen Bauwerk auf dem steilen Felsen der Schwäbischen Alb, dass wir es sofort vertonten. Wir wollten die Anmut des Schlösschens herausstellen, das Flair seiner Lage betonen und ja, wir ärgerten uns schon ein Stück weit darüber, wie lautstark dieses Neuschwanstein in Bayern vermarktet wird und welche Massen an Gaffern dorthin kommen, während kaum jemand den Charme des viel filigraneren, zarteren Gebäudes hoch droben am Steilabfall der Schwäbischen Alb besingt. In der breiten Öffentlichkeit geht Lichtenstein doch völlig unter, das hat es nicht verdient. Um dem ein kleines Stück entgegenzuwirken, kamen wir auf die Idee mit dem Song.«

»Der Text«, wiederholte Braig. »Und das Video.«

»Ich maile Ihnen den Song und den Text. Und dann noch das Video, okay?«

»Okay. Ich warte.«

Keine fünf Minuten später hatte er den Text vor sich auf dem Bildschirm.

Oh du mein Lichtenstein
Wie ein zarter kleiner Vogel
Schwebst hoch du auf dem Felsen
Anmutig über unserer Welt.
So unvergleichlich schöner
Als all der Kitsch von diesem Kini
In Neuwahnstein und sonst wo hingestellt.
Als hätten Engelscharen
Viele tausend an der Zahl
Dich dem Paradies entliehen
So wachst du über unserem Tal.

Der Text mochte ja gerade noch angehen, die gesungene Version jedoch sprengte alle Grenzen. Das muss ich mir nicht antun, überlegte Braig, schaltete ab. Er hörte das Klopfen an der Tür, sah Loose in sein Büro treten.

»Sie hatten Erfolg?«

Braig wies auf den Bildschirm, gab dem Kollegen Gelegenheit, den Text zu überfliegen.

»Haben die sonst keine Probleme?«, stöhnte Loose.

»Vielleicht gefällt Ihnen der Song besser.« Braig machte sich an der Tastatur zu schaffen, fuhr auf maximale

Lautstärke hoch. Die Musik setzte unmittelbar darauf ein. Laut kreischende Schlager-Rhythmen, alpenländisches Gejohle, tirilierendes Geschunkel.

Loose schüttelte den Kopf, gestikulierte mit seiner Linken, den Ton auszuschalten. Mit verkniffener Miene wartete er darauf, dass der Lärm endlich verstummte.

Braig holte tief Luft. »Wer tut sich das freiwillig an? Kein Wunder, dass der Typ entführt wurde. Die wollten sich das Gedudel ersparen.«

»Miller ist nicht so«, meinte Loose. »Er hat sich entschuldigt.«

»Für seine Musik?«

»Er war Konzertpianist. Ein Unfall unterbrach seine Karriere. Dieses Gejodel sollte nur eine einmalige Notlösung sein.«

»Und jetzt lebt er davon?«

Loose nickte.

»Er war auch mir gegenüber überraschend selbstkritisch«, gab Braig zu. »Was die Drohmails betrifft: Es gibt ein Video. Zwei Männer, die ihn bedrohten. Vor zwei Monaten, in Sindelfingen. Von seinem Partner aufgenommen. Seither kommen die Mails mit dem Schloss und dem Kini.« Er wies auf den Bildschirm, startete die Sequenz.

Die Aufnahme zeigte eine dicht gedrängte Menschenmenge. Heftig hin und her schwankend fokussierte sich die Kamera auf die vor Wut verzerrten Gesichter zweier Männer. Dem Anschein nach zwischen fünfzig und sechzig Jahre alt, versuchten sie mit aggressivem Gebrüll den Lärm der Umgebung zu übertönen. Ihre Worte waren nur schwer zu verstehen, allein die Rufe »Du Saukerl« und »Unsern Kini beleidigen« stachen deutlich hervor. So abrupt der Film eingesetzt hatte, so abrupt war er wieder zu Ende: Genau in dem Moment, als die Hand eines der beiden Typen in die Höhe schoss, dem Mann neben der Kamera mitten ins Gesicht.

»Um die sollten wir uns wirklich kümmern«, meinte Braig. Er schob seinen Stuhl ein Stück zurück, überlegte.

»Gibt es Hinweise auf ihre Identität?«, fragte Loose.

»Mir ist nichts bekannt. Aber ich will mir die Aufnahme noch mal anschauen.« Braig korrigierte sich. »Vor allem anhören. Ich habe nur ›Du Saukerl‹ und ›Unsern Kini beleidigen‹ verstanden. In, so kam es mir vor, bayerischem Akzent. Sie?«

»Ich habe es nicht so mit Dialekten«, erwiderte Loose.

Braig lachte laut auf. »Oachkatzlschwoaf«, sagte er.

Der Gesichtsausdruck seines Gesprächspartners war deutlich genug.

»Eichhörnchenschwanz«, erklärte er. »Auf Bayerisch.«

»Mir bereitet schon das Schwäbische Probleme.«

»Oje. Und dann sind Sie seit Tagen in Schlüpfingen unterwegs?«

»Es gab gewisse Schwierigkeiten.«

Braig musste an sich halten, nicht erneut laut loszulachen. Gewisse Schwierigkeiten. »Sie kamen sich zeitweise vor wie im Ausland«, frotzelte er. »Und weit und breit kein Dolmetscher zur Hand.«

Loose ersparte sich eine Antwort, reichte dem Kollegen ein kleines Buch, das er aus seinem Büro mitgebracht hatte. »Meine Übersetzungshilfe.«

Furzklemmer, Hinterschefirgockeler ond Idipfelesscheißer – waschechte Schwobe halt.

In Schlüpfinger, den Stäffelesrutschern gar net unähnlichem Schwäbisch.

Braig blätterte von Seite zu Seite. »*Der hat scho lang koi Sodele mä ghett*«, las er laut vor. »Ein lebenswichtiger Satz. Sie haben verstanden?«

Sein Kollege schien zu überlegen, schüttelte dann den Kopf.

»*Unerträglicher Mensch*«, zitierte Braig die Erklärung. »*Der hatte schon lang keinen Orgasmus mehr.*«

Loose wirkte aufrichtig überrascht. »Sodele?«, hakte er nach.

Braig holte tief Luft, stieß dann grinsend ein genussvolles »Soooooooooooodele« hervor.

Der Kollege entspannte zusehends. »Deshalb?«

»Deshalb«, bestätigte Braig.

»So viel Lebensfreude hätte ich den Schwaben nicht zugetraut«, bekannte Loose. »Obwohl … In Schlüpfingen sind einige ganz gut drauf. Sie erinnern sich an das grellgrüne Holz auf meinem Schreibtisch? Das würde wohl auch in Berlin nicht völlig unbeachtet bleiben.«

»Wie Peter Lenks Kunstwerk am alten Gebäude der *taz*«, meinte Braig. Er erinnerte sich an seinen wenige Jahre zurückliegenden Besuch der Hauptstadt, hatte die Scharen aufgeregter Gaffer im Sinn, die vor dem damaligen Sitz der *tageszeitung* auf und ab flanierten und den über die halbe Hausfassade reichenden Riesenpenis fotografierten.

»Eine der meistbesuchten Attraktionen Berlins«, grinste Loose.

»Von einem der bedeutendsten baden-württembergischen Künstler«, meinte Braig. »Anscheinend sind wir nicht ganz so schlimm wie unser Ruf.«

»Er kann ungestört arbeiten?«

»Soll ich die Kommentare einiger der im finstersten Mittelalter verbliebenen Tugendwächter herauskramen? Die Namen der Scheinheiligen kennen Sie aus der Politik.«

Loose winkte ab. »Das Video. Wir wollten es noch mal anschauen.« Er wartete, bis die kurze Sequenz wieder auf dem Bildschirm erschien. Wieder waren die Ausrufe »Du Saukerl« und »Unsern Kini beleidigen« deutlich zu hören.

»Aufgenommen in Sindelfingen«, überlegte Braig. »Und jetzt wieder konkrete Drohungen anlässlich des Konzerts in Ludwigsburg. Zwei Städte in unmittelbarer Nähe, keine zwanzig Kilometer voneinander entfernt. Leben die Typen hier in unserer Nähe? Oder zumindest einer der beiden?«

Er präsentierte das Video ein drittes Mal, lauschte den Stimmen. »Der Slang ist bayerisch. Das bedeutet aber nicht viel. Die können trotzdem hier leben. Beruflich oder familiär bedingt. Außerdem …« Braig warf einen Blick aus dem Fenster, sah den Württemberg mit der Grabkapelle der Königin Katharina idyllisch im vollen Licht der Sonne aufleuchten. »Der Kini, wie sie ihn nennen. Der bayerische König Ludwig II. Eine tragische Figur, wie ich mich erinnere. Zeit seines Lebens ein absonderlicher Einzelgänger und Träumer, von starken psychischen Problemen geplagt. Brachte das Land mit seinen vielen pompösen Bauten an den Rand des Ruins. Da gibt es garantiert Organisationen, die dessen Erbe pflegen. Fanclubs, wie man das heute nennt. Vielleicht finden wir die beiden Typen in einem dieser Fanclubs. Immerhin haben wir das Video. Wir wissen zwar nicht, ob die Drohmails wirklich von den beiden oder einem von ihnen stammen, können es aber nicht ausschließen. Ich werde auf jeden Fall diese Fanclubs überprüfen. Vielleicht kommen wir ihnen so auf die Spur. Mit etwas Glück.«

Stöhrs lautes Rufen ließ sie aufhorchen. »Herr Loose, ein Anruf für Sie. Eine Frau Casanova.«

Loose trat aus Braigs Büro. »Wo?«

»Mhm, bei Ihnen. Ich wusste nicht, dass Sie ...«

Er achtete nicht weiter auf die Worte des Kollegen, lief in sein Büro, nahm das Gespräch an. »Zehn-zwölf, Loose, LKA.«

»Kawasamo hier. Janni. Sie müssen nach ihr suchen. Ganz offiziell.«

»Sie haben nichts von ihr gehört?«

»Überhaupt nichts. Meinen Bruder kann ich ebenfalls nicht erreichen. Der geht nicht ran. Irgendwas stimmt da nicht. So absurd das klingt, ich habe ein schlechtes Gefühl. Deshalb rufe ich an. Ich weiß mir keinen anderen Rat mehr.«

»Das klingt nicht absurd. Sie stellen einen Vermisstenantrag. Der wird an alle Polizeidienststellen weitergeleitet. Und ich lasse sofort Jannis Handy orten.« Er notierte die Daten Janine Mackels, bat die Ärztin um ein aktuelles Foto.

»Das ist kein Problem«, erklärte Dr. Kawasamo. »Ich maile Ihnen zwei oder drei Bilder. Wählen Sie aus, was Ihnen am geeignetsten erscheint.«

Loose versprach, die Suche sofort in die Wege zu leiten, informierte die Kollegen. »Die Handy-Ortung eilt«, fügte er hinzu. »So schnell als möglich.«

Eine knappe Stunde später hatte er einen der Kriminaltechniker in der Leitung. »Rössle. Sie wellet des Handy von Frau Mackel. Gucket se uf Ihren Monitor.«

Er achtete nicht weiter auf die Ausführungen des Kollegen, holte sich die Information auf den Bildschirm. Ein Stadtplan mit einem ständig blinkenden Punkt. Straßennamen, die ihm irgendwoher bekannt vorkamen. Birkenstraße, Bandelstraße, Turmstraße.

Das war nicht Stuttgart, nicht Ludwigsburg oder Heilbronn, überhaupt keine Stadt aus der Region. *Moabit*, las er. Moabit. Der Stadtteil im Herzen Berlins.

Berlin? Wirklich Berlin? Loose wischte sich über die Augen, starrte erneut auf den Bildschirm.

Berlin. Ohne jeden Zweifel: Es handelte sich um Berlin.

»Was soll das?«, schimpfte er laut. »Was macht sie in Berlin?«

Er merkte, wie sich der Punkt bewegte. Langsam, aber stetig. Janine Mackel war in Berlin unterwegs, dem Tempo der Veränderung nach zu Fuß, im Stadtteil Moabit in der Bandelstraße. Er wusste nicht, was das zu bedeuten hatte, sah, dass sich das Blinken in der Turmstraße fortsetzte. Was wollte die junge Frau dort und wieso hatte sie zumindest ihre Tante nicht darüber informiert?

Loose griff zum Telefon, gab Dr. Kawasamos Nummer ein. »Sie ist in Berlin«, erklärte er, sobald sich die Ärztin gemeldet hatte.

»Wie bitte?«

»Genau gesagt in Moabit. In der Turmstraße. Können Sie damit etwas anfangen?«

»Moabit«, wiederholte Dr. Kawasamo.

»Genau.«

»Ich hatte mal dort zu tun. Kurz nach meiner Tätigkeit für Ärzte ohne Grenzen. Ich arbeitete eine Zeitlang in einem Team, das sich um die medizinische Betreuung von Migranten in der Hauptstadt kümmerte. Dabei wurden wir öfter mal nach Moabit gerufen, zur Asylaufnahmestelle des Landesamtes für Gesundheit und Soziales.«

»Dann ist das kein Zufall. Den Erklärungen auf der Karte nach ist sie genau dort unterwegs«, sagte Loose. Er sah, dass sich der Punkt immer noch langsam bewegte. »Ich glaube, sie läuft direkt darauf zu.«

»Aber wieso?«, überlegte die Ärztin. »Was will Janni dort?«

»Sie wissen es nicht?«

Dr. Kawasamo schien zu überlegen, fand erst nach einer Weile zu einer Antwort. »Ich habe nicht die geringste Ahnung.« Sie schniefte, putzte sich die Nase. »Geben Sie mir bitte ein paar Minuten. Ich muss mir das durch den Kopf gehen lassen, was sie dort suchen könnte.«

Loose beendete das Gespräch, konzentrierte sich auf den blinkenden Punkt. Er sah dessen langsames Fortschreiten, bemerkte, dass er sich tatsächlich genau dorthin bewegte, wo das Landesamt vermerkt war. Was wollte sie dort? Und wieso hatte sie niemanden über ihr Vorhaben informiert?

Er lief von seinem Schreibtisch weg, füllte Wasser und Kaffeepulver in die alte Maschine, die dem Modell nach zu urteilen seit der Antike dort im Eck stand, wartete, bis sich unter stetigem Blubbern und Zischen so viel von der schwarzen Flüssigkeit angesammelt hatte, dass es für eine volle Tasse reichte. Als er sich wieder dem Monitor zuwandte, merkte er, dass der Punkt genau dort, wo das Landesamt verzeichnet war, zum Stillstand gekommen war. Dann hatten sie tatsächlich richtig vermutet. Janine Mackel war ohne jede Vorankündigung nach Berlin gefahren, um dort dieses Amt aufzusuchen. Es sei denn …

Es sei denn, eine andere Person hatte das Handy der jungen Frau an sich genommen und war jetzt damit unterwegs. Und Janine Mackel selbst …

Nein, er wollte nicht daran denken. Stattdessen gab er Dr. Kawasamos Nummer ein, hatte die Ärztin nach kurzem Warten am Ohr. »Elf-fünfunddreißig, Loose. Sie ist jetzt in diesem Amt.«

»Ich weiß nicht, was sie dort will. Und ich kann überhaupt nicht nachvollziehen, warum sie mir nichts davon erzählt hat. Warum sie meine Anrufe nicht annimmt, ich begreife es einfach nicht. Das passt nicht zu ihr.«

»Was soll ich tun? Kollegen vor Ort beauftragen, in dem Amt nach ihr zu suchen? Sie ist eine erwachsene Frau.«

»Ich weiß, ich weiß. Sie kann machen, was sie will. Klar, so lautet das Gesetz. Aber …«

»Ja?«

»Ich muss mich um meine Patienten kümmern. Das Wartezimmer ist immer noch voll. Ohne Janni … Ich melde mich in meiner Mittagspause, wenn Sie einverstanden sind. Es sei denn, Sie halten mich für eine alte, überspannte …«

»Nein«, fiel er ihr ins Wort. »Janni ist eine bezaubernde Frau. Sie ist es wert, dass wir uns Gedanken …« Er stutzte, fing an zu stottern. »Also, ich meine …« Die Bemerkung war ihm gerade so herausgerutscht, ohne jede Überlegung. Er wusste nicht, wieso. Emotionen in Worte zu fassen, war nicht seine Art. Noch dazu, wo es sich hier um die Vermischung beruflicher und privater Dinge handelte.

»Ich danke Ihnen«, erklärte Dr. Kawasamo. »Und melde mich später wieder.«

Er legte sein Telefon zurück, merkte, dass sich der Punkt nicht weiterbewegt hatte. Janine Mackel war im Moment also immer noch in diesem Amt. Was sollte er tun? Kollegen in Berlin darum bitten, eine erwachsene Frau …

Er hörte das Klopfen an der Tür, sah Braig im Eingangsbereich seines Büros stehen.

»Lust auf einen gemeinsamen Besuch der Kantine?«

Loose zögerte, die Erinnerung an die Panikattacke wenige Tage zuvor im Sinn.

»Wenn es Ihnen zu früh ist …« Der Kollege zeigte sich verständnisvoll. »War nur ein Gedanke.«

»Ich komme mit«, antwortete er. »Moment.« Er musste es zumindest versuchen. Ankämpfen gegen die schlimme Erinnerung. Vielleicht hielt er heute durch.

Er griff nach seiner Jacke, folgte Braig zur Treppe.

»Einverstanden? Ich freue mich immer über etwas Bewegung.«

Loose nickte, konnte die Überlegung des Kollegen nachvollziehen. Der ständige Aufenthalt im Büro verlangte dringend nach sportlicher Kompensation. Und sei es, wenigstens die Treppe anstelle des Fahrstuhls zu benutzen.

Die Kantine war weit weniger besucht als beim letzten Mal. Ob das am bevorstehenden Wochenende lag oder an den angebotenen Speisen – er nahm es erfreut zur Kenntnis. Loose wählte wieder eines der Tagesessen, paniertes Seelachsfilet mit Kartoffelsalat und Fruchtquark, hörte, dass sich der Kollege genauso entschied. Er steuerte einen freien Tisch am Rand des Raumes an, begann zu essen.

»Das Video mit den beiden Typen in Sindelfingen, die Herrn Miller bedrohen«, erklärte Braig zwischen zwei Bissen. »Die Identität der beiden Männer ist geklärt.«

Loose schaute überrascht auf. Er musterte den Kollegen, entdeckte den kleinen Kratzer auf seiner rechten Wange. Er sah frisch aus. Wahrscheinlich hatte er sich am Morgen beim Rasieren geschnitten.

»Das ging sehr schnell«, setzte Braig hinzu. »Wie ich vermutet habe, gibt es tatsächlich Fanclubs von diesem bayerischen König und von seinen Schlössern. Ich habe Mitglieder aufgespürt und sie mit den Fotos der beiden Typen konfrontiert. Sie haben sie sofort erkannt. Es handle sich um auffallend fanatische Fans, hörte ich jedes Mal. Einem der Männer wurde sogar die Mitgliedschaft aberkannt. Weil er schon mehrfach ausfällig wurde. Der Kini Ludwig sei sein Ein und Alles, hörte ich, und wer es wage, ihn als verrückt zu bezeichnen oder seine Bauwerke nicht als die schönsten der ganzen Welt akzeptiere, riskiere handgreifliche Auseinandersetzungen. Und der andere Typ marschiere fast jeden Tag in Lederhosen und Trachtenjanker umher und sei tieftraurig, wenn er sein geliebtes Bayern für ein paar Stunden verlassen müsse.«

»Im Ernst?«, fragte Loose. Er zerteilte den Fisch, genoss die knusprige Panade.

»Es soll noch mehr von diesen Typen geben. Aber die beiden auf dem Video gehörten zu den Fanatischsten. Bleibt nur noch zu klären, wo die sich zurzeit aufhalten. Nach dem Essen erhalte ich hoffentlich Bescheid.«

Loose schrak zusammen, weil es irgendwo im Raum heftig schepperte und klirrte, wurde von Braigs kräftiger Stimme abgelenkt. »Wie steht es mit der Suche nach der jungen Frau?«

Er schob ein weiteres Stück von dem Fisch in den Mund, berichtete vom Fortgang seiner Ermittlungen.

»Ihr Aufenthalt in Berlin hat möglicherweise mit der beruflichen Vergangenheit der Tante zu tun?«, erkundigte sich Braig.

»Das ist bisher die einzige Verbindung«, bestätigte er.

Kurz nach dreizehn Uhr saß er wieder vor seinem Bildschirm. Er hatte den Besuch der Kantine unbeschadet überstanden, war gemeinsam mit Braig ins Büro zurückgekehrt.

Die Karte zeigte ein unverändertes Bild. Janine Mackel hielt sich immer noch in einem der Räume des Landesamtes in Moabit auf, weshalb auch immer.

* * *

Kurz nach fünfzehn Uhr war es Braig gelungen, die jeweilige Wohnung und den gegenwärtigen Aufenthaltsort der Männer zu ermitteln. Beide arbeiteten bei einer Stuttgarter Spedition, waren derzeit aber noch mit zwei verschiedenen Fahrzeugen unterwegs. Gegen 16 Uhr wurden sie im Hof der Spedition in Stuttgart zurückerwartet. Braig gab den Kollegen der zuständigen Polizeidienststelle Bescheid, ließ sich von der Staatsanwaltschaft die vorläufige Festnahme der LKW-Fahrer genehmigen.

Loose wirkte ratlos, als der Kollege kurz darauf sein Büro betrat.

»Wie steht's?«, fragte er.

»Sie hält sich noch immer in diesem Amt auf, nimmt Anrufe aber nach wie vor nicht an. Weder von ihrer Tante noch von mir. Entweder will sie die Tour nach Berlin geheim halten oder …«

»Oder?«

»Es stimmt was nicht. Das ist jedenfalls die Auffassung ihrer Tante. Und die scheint sie besser zu kennen als jede andere Person.«

»Die Handy-Ortung«, überlegte Braig. »Haben Sie die nur für die aktuelle Situation oder auch für die vergangenen Stunden erstellen lassen? Seit dem Verschwinden der Frau, meine ich.«

Loose fixierte den Kratzer auf der rechten Wange des Kollegen, wartete auf weitere Erklärungen.

»Wissen Sie, weshalb ich frage? Vor ein paar Jahren stand ich vor einer ähnlichen Situation. Wir waren einem Mann hinterher, ließen sein Handy orten und verfolgten seinen Fluchtweg. Hamburg, Nordseeküste, Hallig im Meer. Als er dort angekommen war, beauftragten wir Kollegen, ihn festzunehmen. Die freuten sich, und wie! Eine stundenlange Tour!«

»Und?«

»Das Handy steckte in einem Kuvert, das per Post dorthin gereist war. Ohne seinen Besitzer, versteht sich.«

Loose löste sich von der Betrachtung des kleinen Kratzers, schaute auf. »Dass eine andere Person das Handy an sich genommen haben könnte und jetzt damit unterwegs ist, habe ich schon lange überlegt. Auch, dass man das Gerät jemand untergejubelt haben könnte, der davon nichts ahnt. Aber diese Variante? Dann hätten wir bisher nur den Weg des Briefträgers verfolgt? Und das Handy liegt irgendwo auf einem Schreibtisch oder in der Postannahmestelle dieses Amtes?«

»Vielleicht übers gesamte Wochenende. Wir haben Freitagnachmittag. Glauben Sie, da arbeitet noch jemand?«

»Ich kann doch nicht das ganze Amt durchsuchen lassen!«

»Ist nicht nötig«, meinte Braig. »Überprüfen Sie die Ortung der vergangenen zwanzig, dreißig Stunden. Der Verlauf zeigt ziemlich deutlich, ob Sie getäuscht wurden, ich weiß es noch von damals. Das Päckchen nahm den Weg über die Verteilzentren der Post und lag dort teilweise länger fest. Das fällt schnell ins Auge.« Er verstummte, weil Looses Telefon läutete, sah dessen Winken.

»Dr. Kawasamo. Da muss ich ran.« Loose griff zum Hörer, hörte die aufgeregte Stimme der Ärztin.

»Mein Bruder«, sprudelte sie außer Atem. »Der Dreckskerl hat uns belogen. Es ist viel schlimmer, als ich dachte. Könnten Sie bitte so schnell wie möglich bei mir vorbeikommen?«

* * *

Fünfundvierzig Minuten später war Loose in Schlüpfingen angelangt. Er passierte die inzwischen längst bekannten Schilder und Skulpturen, steuerte auf Dr. Kawasamos auffallendes Gebäude zu. Obwohl sich auch heute wieder die Sonne zeigte und nur wenige Wolken ab und an Schatten warfen, hatte er keinen Blick für die Schönheit der Umgebung übrig. Die Anspannung über das Schicksal der jungen Frau ließ ihn jeden Gedanken an die erfreulichen Seiten des Lebens vermissen.

Er stoppte vor der Arztpraxis, betrat das Haus durch die offenstehende Tür. Das laute Schreien war schon vom Eingang aus zu hören.

»Wenn dem Mädle was bassiert, bring i di um. Des schwör i dir!« Dr. Kawasamos wütende Stimme war von unbändiger Wut geprägt.

Loose querte den großen Raum mit den Schimpfworten, erreichte die Privaträume der Ärztin. Er ging um die Ecke, sah Mackel wenige Meter entfernt vor sich. In einer Körperhaltung, die er bisher von ihm nicht kannte. Mit dem Rücken an die Wand gepresst, seine laut schreiende Schwester unmittelbar vor sich. Die Ärztin ließ sich von seinem eleganten Maßanzug, dem weißen Hemd und der modischen Krawatte nicht beeindrucken, bedachte ihren Bruder mit den unflätigsten Ausdrücken. Loose unternahm keinen Versuch, sie zu beruhigen. Es handelte sich bei beiden um erwachsene Menschen. Das mussten sie unter sich ausmachen. Er interessierte sich allein für den Verbleib der jungen Frau.

Loose räusperte sich laut, trat auf sie zu.

»Sie schon wieder!«, schimpfte Mackel. Sein Gesicht verfinsterte sich augenblicklich.

»Mein Bruder isch das gröschde Dreckschwein, des mir je über de Weg glaufe isch«, keifte die Ärztin. »Der dät sei oigenes Mädle für seine korrupte Gschäfte opfre«, formulierte sie in einem seltsamen Gemisch aus Hochdeutsch und Dialekt, spuckte dann unvermittelt voller Verachtung vor ihn auf den Boden.

»Du bisch verrückt!«, brüllte er zurück. »Du bringsch se jetzt vollends in Gefahr. Koi Bollizei, hent die verlangt!«

»Wer?«, fragte Loose. Er trat direkt vor den Mann, zwang sich, ihm in die Augen zu starren.

Mackel wandte sein Gesicht zur Seite. »Das geht Sie nichts an. Lassen Sie uns in Ruhe!«

»Dazu ist es zu spät. Nach Ihrer Tochter wird offiziell gesucht. Wenn Sie etwas wissen, teilen Sie es uns endlich mit. Sie müssen doch interessiert sein, sie unversehrt wiederzusehen!«

»Genau deshalb will ich nichts mit Ihnen zu tun haben. Sie machen die Sache nur noch schlimmer!«

Loose musterte die verkniffene Miene des Mannes, vermisste jeden Anflug der bisher gezeigten überheblichen Selbstsicherheit, mit der der Makler sonst auftrat. Anscheinend machte ihm das Verschwinden seiner Tochter doch mehr zu schaffen, als er bisher zugeben wollte. »Sie werden erpresst, richtig?«, fragte er.

Mackel senkte den Blick zu Boden, reagierte nicht.

»Hier, bitte!« Die Ärztin war ein paar Schritte zur Seite getreten, reichte Loose ein Handy. »Das Gerät dieses

Idioten. Ich musste ihn dazu zwingen, es herauszugeben.« Sie drückte auf eine Taste, hielt es vor sich hin.

Es rauschte und knackte, dann war, unterlegt von ständigem Rauschen, eine knarzende, völlig verzerrte Stimme zu hören, die irgendetwas von einer Kompensation und einer letzten Warnung verlautbarte. Die Frau werde freigelassen, sobald man sich über die Form und Höhe der Entschädigung einig sei. »Keine Polizei«, knarzte sie dann weiter. »Oder Sie sehen sie nie mehr.« Plötzlich war Janine Mackels verzweifelt klingende Stimme zu vernehmen. »Bitte, tu alles, der ist verrü…« Sie wurde mitten im Wort unterbrochen, Geräusche wie von einem Handgemenge waren zu hören, dann noch einmal kurz, nur für den Bruchteil einer Sekunde, ihre Stimme mit einer kaum verständlichen Bemerkung: »Boddschamber ausgschütt«, dann war die Verbindung unterbrochen.

»I hans geahnt«, keuchte die Ärztin. »Ond der Sauhond, der elende, bringt die Gosche net uf!« Ihr Gesicht hatte trotz der Erregung jede Farbe verloren.

»Wann kam das?«, fragte Loose.

»Gestern Abend. Fünf nach zehn, auf die Mailbox.«

»22 Uhr?«, vergewisserte er sich.

Mackel nickte.

»Mails? Weitere Anrufe?«

»Nichts.«

»Haben Sie die Stimme erkannt?«

»Natürlich nicht. Glauben Sie, ich hätte …«

»Wer könnte es sein?«

Der Mann hob abwehrend beide Hände.

»Irgendeine Vermutung?«

»Oiner von seine saubere Parteifreind«, meldete sich Dr. Kawasamo wieder zu Wort. »Die korrupte Bande isch jetzt völlig außer sich, weil eahne wege der Abstimmung Millione entganget. Des isch doch s'oinzige, was die kennet: Profit, nix als Profit!«

Mackel setzte dazu an, seiner Schwester zu kontern, wurde von Loose augenblicklich zur Ruhe gebracht. »Nichts da«, brüllte er. »Beantworten Sie meine Fragen!« Er bemerkte den irritierten Blick des Mannes, sah, dass er sich wieder beruhigte. »Was verstehen die unter einer Kompensation?«

»Keine Ahnung. Ich hoffe, dass die sich bald wieder melden.«

»Geld? Haben Sie …?«

Mackel wollte schon abwehrend reagieren, riss sich dann aber zusammen. »Grundstücke und Immobilien.«

»Die Sie erst verkaufen oder überschreiben müssten.«

Loose sah die zustimmende Geste seines Gesprächspartners, wies auf das Handy in Dr. Kawasamos Hand. »Haben Sie ein weiteres Gerät?«

Der Makler nickte.

»Unsere Techniker müssen überprüfen, woher der Anruf kam und ob sich die Originalstimme erstellen lässt.«

»Sie glauben doch nicht, die sind so dämlich …«

»Ich glaube überhaupt nichts.« Loose verschärfte seinen Ton. »Ich weiß auch nicht, ob ihnen das gelingt. Aber wir haben Spezialisten für solche Aufgaben, und ich will mir später nicht vorwerfen lassen, nicht alles getan zu haben …« Er hielt inne, merkte, dass der Mann seinen Widerstand aufgegeben hatte. »Außerdem benötige ich von Ihnen eine detaillierte Erklärung, wer sich von der Abstimmung am Mittwoch Aufträge und Profite erhoffte und in welcher Höhe die sich in etwa bewegen. Und dann erstellen Sie mir eine Liste mit den Personen, denen Sie diese Erpressung zutrauen. Damit meine ich alle, wirklich alle, die in irgendeiner Weise dafür infrage kommen.«

»Das ist unmöglich. Ich kann doch nicht jeden …«

»Ich gebe Ihnen zwei Stunden. Jetzt haben wir 16.10 Uhr. Gegen 18.30 Uhr müssen Sie so weit sein. Und sobald eine weitere Nachricht eingeht, ob telefonisch oder als Mail, will ich die sofort haben. Klar?«

15. Kapitel

Die gesamte Fahrt zurück ins Amt gingen ihm die Worte Janine Mackels durch den Kopf. »Boddschamber ausgschütt.«

Er hatte die Ärztin wie den Makler nach der Bedeutung dieser Bemerkung gefragt, jeweils nur ahnungsloses Kopfschütteln geerntet. »Das ist schwäbisch und bedeutet: den Nachttopf geleert«, hatte Dr. Kawasamo erklärt. Die Frau war aber zu sehr durch den Wind, sich genauer darauf einzulassen.

Was hatte Janine Mackel mit den beiden Worten zum Ausdruck bringen wollen? Loose hatte sie schon einmal gehört, daran erinnerte er sich genau. Aus Jannis Mund. Am Abend, als sie ihm einen kleinen Einblick in die schwäbische Sprache und Kultur gegeben hatten. »Boddschamber ausgschütt.« In welchem Zusammenhang hatte sie sie benutzt?

Er war sich absolut sicher, dass sie die Formulierung jetzt, in ihrer schlimmen Situation, nicht einfach so dahingesprochen, sondern bewusst in den Mund genommen hatte, um ihnen und ganz speziell ihm etwas mitzuteilen, ohne dem oder den Entführern den Inhalt der Botschaft zu verraten. Einen Hinweis auf ihren derzeitigen Aufenthaltsort etwa. Oder einen Vermerk zur Identität eines oder der Verbrecher, die ihr das antaten. Loose bemühte sich verzweifelt, den Sinn der Aussage zu entschlüsseln. Den Nachttopf geleert. Hatten sie jemand dabei beobachtet, wie er seinen Nachttopf leerte? Oder hatte es mit der mobilen Toilette zu tun, derentwegen er schon die ganze Woche unterwegs war? Vielleicht mit dem Ort, an dem sie entleert wurden?

Er hatte Mühe, zum Amt zu finden, suchte dort sofort die Techniker auf und beauftragte sie mit der Identifizierung des Anrufers.

»Das wird nicht einfach«, erklärte Dr. Dolde, nachdem er sich die Worte kurz angehört hatte. »Ich mache mich sofort an die Arbeit, kann aber nichts versprechen. Übrigens: Ihre Handy-Ortung liegt vor. Die Sache mit Berlin. Der typische Verlauf einer postalischen Sendung. Von Verteilzentrum zu Verteilzentrum. Eindeutiger geht's nicht.«

Loose nahm den Fahrstuhl zu seinem Stockwerk, traf im Gang auf einen offensichtlich gut gelaunten Braig.

»Die Verfasser der Drohmails sind gefasst und haben gestanden. Beide. Die Kollegen haben sie festgenommen und sind mit ihnen auf dem Weg hierher.«

Loose nickte teilnahmslos.

»Und bei Ihnen?«

»Janine Mackels Handy wurde per Post verschickt, genau wie Sie es vermutet haben«, sagte er, fügte dann in bemühtem Schwäbisch hinzu: »*Boddschamber ausgschütt*. Was sagt Ihnen der Ausdruck?« Er bat Braig, ihn in sein Büro zu begleiten, schilderte ihm den aktuellen Ermittlungsstand. »Sie hat die Worte am Mittwochabend benutzt, als wir uns über schwäbische Dialektausdrücke unterhielten. Daran erinnere ich mich genau. Ich weiß nur nicht mehr, in welchem Zusammenhang. Aber ich bin mir sicher, dass sie mir etwas mitteilen will. In einer Art Geheimsprache.«

»Den *Boddschamber* benutzten die Leute früher, als es noch keine sanitären Anlagen gab«, überlegte Braig. »Wer eine dringende Sache erledigen musste, hatte keine andere Wahl als raus aufs Plumpsklo zu gehen. Ich will gar nicht daran denken, wie unangenehm das besonders nachts und im Winter gewesen sein muss. Stockdunkel und eisig kalt, dazu der Gestank … Der *Boddschamber* war die einzige Möglichkeit, wenn man die Sache nicht hinauszögern konnte. Und morgens wurde er dann geleert. *Ausgschütt.* Außerhalb des Hauses in die Jauchegrube. Eine Aufgabe, die meistens die Kinder übernehmen mussten. Seither werden Nachttöpfe wohl nur noch in schlimmen Krankheitsfällen benützt. Aber darüber werden Sie sich kaum unterhalten haben, nehme ich mal an.« Er hielt inne, weil Looses Telefon läutete, winkte dem Kollegen, das Gespräch anzunehmen.

»Siebzehn-vierundfünfzig, Loose, LKA.«

»Renate Knöpfle aus Pfuhlbach. Send Sia der Bollizeibeamte, der mit meim Bua schwätze will?«

Er musste kurz überlegen, bestätigte dann ihre Frage.

»Sia hent welle, dass i Sia aruf, wenn mein Bua hoim kommt. Ond jetzt isch er do. Bis in zwoi Schdund etwa isch er so weit, dass Sia mit eahm schwätze könnet. Im Moment isch er noch zu müad, do goht's no net. Aber wia gsait, in zwoi Schdund.«

»Wir kommen.«

Loose legte das Telefon zurück, atmete kräftig durch. »Das hatte ich vergessen. Die Entführung …«

»Kein Wunder«, meinte Braig. »Janine Mackel hat jetzt absoluten Vorrang. Sie wollte Ihnen etwas mitteilen, das sehe ich genauso. Eine Sache, über die Sie sich an diesem gemeinsamen Abend unterhalten haben. Und die weist darauf hin, wer sie entführt hat oder wo man sie gefangen hält.«

»Wenn ich mich nur noch daran erinnern könnte. Sie hat den Boddschamber irgendwann mal erwähnt und mir den Ausdruck dann auch erklärt. Aber wann und in welchem Zusammenhang das war? Mein Kopf ist wie vernagelt. Ich bekomme es einfach nicht auf die Reihe.«

»Sie sollten sich eine kurze Auszeit nehmen. Im Moment können Sie sowieso nichts tun. Die Techniker sind bei der Arbeit, bis die erste Ergebnisse präsentieren, dauert es noch eine Weile. Fahren Sie in dieses Pfuhlbach und sprechen Sie mit Knöpfle. Vielleicht fällt Ihnen unterwegs etwas ein. Ich denke auch darüber nach, was Janine Mackel gemeint haben kann.«

* * *

So sehr er sich auf der Fahrt nach Pfuhlbach bemühte, sich den Mittwochabend und besonders den Moment, als Janine Mackel das »Boddschamber ausgschütt« erwähnt hatte, in Erinnerung zu rufen, es wollte nicht gelingen. Die letzten Stunden hatten zu viel physische und psychische Kraft gekostet, ihm auch emotional zu viel abverlangt, als dass er sich imstande sah, seine volle geistige Leistungsfähigkeit abzurufen. Die entscheidenden Augenblicke ihrer Unterhaltung waren irgendwo tief in seinem Unterbewusstsein verborgen, ohne den richtigen Impuls würde es ihm nicht so schnell gelingen, dorthin vorzustoßen.

Loose folgte der stark befahrenen Straße in den Ort, passierte die Anwesen Fuhrs und kurz darauf Hayers, sah den Mann mitsamt seinem Hund in den Vorgarten treten. Dem aufgeregten Schwanzwedeln des Golden Retrievers nach schien das Tier den Abendspaziergang sehnsüchtig erwartet zu haben.

Die kerzengerade verlaufende, vierspurige Trasse zog sich mitten durch Pfuhlbach, steuerte dann auf einen weitläufigen Hügel zu, der vollkommen bebaut schien. Dem Tal zugewandt Villen mit grünen Gärten, eine Etage höher Reihenhäuser, am höchsten Punkt mehrstöckige Gebäude, dem Aussehen nach noch nicht allzu lange errichtet. Loose schielte auf sein GPS, sah, dass sein Ziel nicht mehr weit entfernt war. Es lag unten im Tal, an einer schmalen Straße, die am Fuß des Hügels abzweigte und an einem sumpfigen, mit Schilfgräsern bewachsenen Gelände vorbei zu einer Handvoll älterer Gebäude führte.

Das von einer breiten, in Regenbogenfarben bemalten Doppelgarage gesäumte Haus fiel schon von Weitem ins Auge. Es war frisch verputzt, präsentierte den Namen des Besitzers auf einem großen bunten Schild. *Reiner Knöpfle – Malermeister*.

Loose trat auf die Straße, hörte den Lärm der stark befahrenen Straße wie von Lautsprechern verstärkt ins Tal schallen. Er lief zur Eingangstür des Gebäudes, das von üppig blühenden Rosenbüschen gesäumt wurde, bemerkte, dass nur die zur Straße hin ausgerichtete Front, nicht aber die Seitenwände frisch verputzt waren. Diese Arbeiten standen wohl noch aus, waren angesichts des Zustandes der Flächen auch dringend notwendig. Er drückte auf die Klingel, hörte die Schritte, die sich von innen näherten.

Die Frau, die den gesamten Türrahmen ausfüllend vor ihn trat, musterte ihn mit neugierigen Augen. »Send Sia der Kerle von der Bollizei?«

Er musste an sich halten, nicht die Hände hochzureißen und sie schützend über die Ohren zu halten, um sie vor der donnernd lauten Stimme zu schützen. Schon wieder so eine überdrehte Person, überlegte er, brachte seine Antwort dennoch in gemäßigtem Ton hervor. »Loose ist mein Name.«

»Wieso kommet Sia jetzt scho? I han Eahne doch extra gsait, Sia sollet erschd in zwoi Schdund komme. Mei Bua isch grad hoim komme«, belehrte ihn die Walküre in der ihr anscheinend angeborenen Lautstärke. »Der hot de ganze Dag schwer gschafft. Der muss sich jetzt erscht mol erhole.« Sie musterte ihn mit scharfem Blick, wich keinen Zentimeter von der Türschwelle. »Was wellet Sia überhaupt vo meim Bua?"

Loose versuchte, sich ihre Worte sinngemäß zu erschließen, dann sagte er: »Das möchte ich mit ihm selbst besprechen."

»Hano, am Beschde ischds, Sia kommet in oinere oder zwoi Schdund noch amol. Aber nur, wenns obedingt sei muass.«

»Nein. Ich komme nicht noch einmal!«, konterte er, jetzt in deutlich gesteigerter Tonlage. »Ich möchte jetzt mit Ihrem Sohn sprechen.« Er merkte, dass sich die Frau nicht bewegte, fügte ein kräftig donnerndes »Jetzt sofort!« hinzu.

»Om was goht's überhaupt?« Sie hatte ihm zwar kurz, für den Augenblick einer Sekunde, einen verwunderten Blick zugeworfen, sich aber nicht weiter beeindruckt gezeigt.

»Reiner Knöpfle«, polterte Loose in der Lautstärke seines Gegenübers. »Das bespreche ich mit ihm.«

Sie holte tief Luft, zog sich dann eine Handbreit zurück. »Also guat, wenns gar net anderschd goht.«

Er presste sich an die Wand, schob sich am voluminösen Körper der Frau vorbei ins Innere. Irgendein harter Gegenstand stupfte ihn in den Rücken. Er federte nach vorne, streifte unbeabsichtigt den gewaltigen Busen der Walküre.

»Sia send au net grad oiner vo de Schnellschde«, kommentierte der Lautsprecher.

Renate Knöpfle wartete, bis er das Haus betreten hatte, schloss dann die Tür. »Zwoide, rechts!«, dröhnte es hinter ihm.

Er folgte dem langen, schmalen Gang, blieb vor der zweiten Tür stehen.

»Auf, worauf wartet Se no?«

Loose drückte die Klinke nieder, glaubte sich augenblicklich am Rand der stark befahrenen Straße. Laut dröhnende Motoren, quietschende Reifen, nervtötendes Hupen. Ein Gemisch von Abgasen und Feinstaubpartikeln hing in der Luft. Er blieb wie angewurzelt stehen, sah einen großen, gemütlich eingerichteten Raum vor sich, dessen gegenüberliegendes Fenster weit geöffnet war.

Renate Knöpfle hatte sein Zögern bemerkt, schob sich an ihm vorbei in das Zimmer. »Au, pfui Deifel!«, keifte sie. »Herrschaftsdonderwetter, warum reisch du Rindviech des Fenschder uff?«

Er bemerkte jetzt erst den korpulenten Mann, der langgestreckt auf dem breiten Sofa lag. Die gleichen Gesichtszüge wie bei seiner Gastgeberin, derselbe füllige Körperbau. Es gab keinen Zweifel, mit wem er es hier zu tun hatte.

Die Frau schloss das Fenster, wies zum Sofa. »I hans Eahne glei gsait: Mei Bua braucht erscht a bissle Ruah.«

Loose wartete, bis sich die feiste Gestalt endlich aufgerichtet und zu ihm herbewegt hatte, schätzte den *Bua* auf Mitte vierzig. Reiner Knöpfle reichte ihm die Hand, wunderte sich über die abweisende Haltung des Beamten. Loose musterte ihn mit gerümpfter Nase, den Blick auf die Stirn des Mannes gerichtet, wo eine breite, verschorfte Wunde prangte.

»Sia müsset entschuldige«, schimpfte Renate Knöpfle. »Aber mir könnet nix dafür.« Sie zeigte zum Fenster. »Des hent mr älles dem Lompepack zu verdanke.«

Loose konzentrierte sich auf den Mann, entdeckte eine weitere Wunde an dessen Arm.

»Es isch net älle Däg so schlimm«, fuhr sie fort. »Aber oft gnuag. Bloß wege der Scheiß Schdroß ond dem Baugebiet da obe!« Ihr Finger wies auf den Berg jenseits der Straße. »Oin oizechter Hennadreckziaga in der Näh ond scho goht älles zom Deifel!«

»Mamme, bidde!« Reiner Knöpfle nahm an dem breiten Tisch am anderen Ende des Zimmers Platz, wartete, bis sich ihm Loose anschloss.

»Nix *bidde*!«, donnerte die Frau. »Mei oigener Sohn isch so a Balla, dass er dem Galgahond scho wieder de Allmachtsdackel macht.«

Loose mühte sich zu verstehen, wartete auf weitere Erklärungen.

»Mir hents so ruhig ghett früher«, erklärte sie. »Aber dann muss der Schofbebbeleskacker den Wald da obe zu Bauland mache, ond des großkotzige Lompegsindel aus Schdurget ond der ganze Omgebung zu os herschaffe. Ond damit die feine Herre bequem do nuff kommet, muss nadierlich der ganze Hang zubetoniert werde, obwohl älle Experte davor gwarnt hent. Wenn die do so a broide Durchgangsschdroß na bauet, no kommet emmer mehr Autos, des hent se älle gwisst. Aber was juckt des den Seichbeitel? Was goht mi mei saudomms Gschwätz von geschtern a, wenn so viele Geldscheißer abeißet?« Sie donnerte mit der Faust auf den Tisch. »Der verkommene Furzbrägler hot a Vermöge gmacht mit dene ganze Baute ond mir Bachel hent die Sauerei. So goht's mit dem Saugschmoiß!«

»Von wem sprechen Sie?«

»Pantel«, schimpfte die Frau. »Der feine Herr Kreistagspolitiker. Der hat sei schmierige Klaue überall drin, wo's was zu hole geit.«

»Herr Pantel?« Loose wandte den Blick von der Wunde an Reiner Knöpfles Stirn, musterte die erhitzt wirkende Miene der Hausherrin. Ihre Wangen schienen vor Eifer zu glühen. »Er hat mit dem Baugebiet zu tun?«

»Herrschaftsdonderwetter, ond ob! Dem ghöret die großkotzigschde Paläschd dort obe. Ond wisset Se, was der Balla do«, sie wies zu ihrem Sohn, »für sein guade Freind hat mache dürfe?«

»Des isch net mei Freind«, keifte Reiner Knöpfle.

»Die Gartezäun von zwoi von dene Häuser streiche«, brüllte die Frau. »Die Gartezäun«, wiederholte sie. »Älles andere hat der feine Herr an die große Firme gebe. Des hent dann Schwarzarbeiter gstriche. Irgendwoher aus em Ausland.« Sie holte tief Luft, wandte den Kopf kurz zu ihrem Sohn. »Du Triableng, du!«

Der Mann unternahm erst gar keinen Versuch mehr, sich zu verteidigen.

»Da waren die Schlüpfinger aber schlauer«, versuchte Loose, sich seinem eigentlichen Anliegen zu nähern. »Dort läuft nichts mehr mit Neubaugebieten. Sie waren am Sonntag dort?« Er nahm Reiner Knöpfle ins Visier.

»Am Sonndich?« Der Mann kratzte sich nervös an seiner Wunde am Arm.

»Bei dem Fest«, präzisierte Loose.

»Ja, nadierlich!«, bestätigte Renate Knöpfle. »Des wolltet mir os net entgehe lasse. Do war vielleicht was bote!« Sie musterte den Besucher mit begeisterter Miene. »Aber saget Se: Sia hent doch beschdimmt an reachte Durscht bei dene Temperature!«

Loose nickte, erkannte blitzschnell die Chance, die Frau wenigstens für einen Moment loszuwerden.

»A Wasser oder an Träublessaft? Frisch presst aus oserem Garte.«

»Gerne«, stimmte er zu.

»Gang amol in Keller ond hol zwoi Flasche!« Die Frau wandte sich ihrem Sohn zu. »Ond d'Gläser dazu.«

Reiner Knöpfle erhob sich schnaufend von seinem Stuhl, marschierte mit ungelenken Bewegungen aus dem Raum.

»Sie waren gemeinsam mit Ihrem Sohn bei dem Fest?«, fragte Loose.

»Noi«, widersprach die Frau. »Des goht nette. Mei Bua isch jo a erwachsener Ma, der hat seine oigene Freind. Ond die Musik, die die jonge Leit do höret, isch net mei Sach. I han mi ja uf den Heinzi gfreit, ond no isch der Dackel gar net komme.«

»Der wurde entführt.«

»Was schwätzet Se denn so gschwolle daher? ›Entführt.‹ Wenn i des scho hör! Sia hent jo grad des Lättagschwätz von dene iberkandidelde Politiker druff! Des waret a paar Lausbube, sag i Eahne, die hent dem Lällebebbel en Streich gschpielt. Hockt sich der Schmalzdackel in so a Scheißhäusle nei ond isch net imschtand, wieder an d'frisch Luft zu gange. Ha, so an Oberdibbel fendet Se net an jedere Latern!« Sie beendete ihre Ausführungen, weil ihr Sohn zurückkam, einen Korb mit mehreren Flaschen und Gläsern in der Hand.

Reiner Knöpfle platzierte den Korb mitten auf dem Tisch, teilte die Flaschen und Gläser aus.

»Dass dieser Heinzi aber ausgerechnet die Kondom-Manufaktur besucht und sich auch noch dabei filmen lässt, das hat Sie ganz schön geärgert«, erklärte Loose, an den Sohn gewandt. »Und dann stellt er sich an die Statue mit den Nackten und die Kameraleute verbreiten die Bilder in die halbe Welt.«

Der Mann hielt inne, starrte mit verkniffener Miene zu dem Besucher.

»Schon eine Sauerei, oder?«, ergänzte Loose.

»Der Pantel isch bald narret worde deswege«, bekannte Reiner Knöpfle. »Des ghört sich net, hat er gschimpft, wo kommet mir denn na, wenn älle bei der Sauerei da mitmachet!«

»Herr Pantel?«

»Hano, ja. Der hat überhaupt koi Ruh mehr gebe wege dene Näckediche, ond dass die jetzt wege dem Sänger au no überall bekannt werdet. ›Ihr wisset doch, wie die Leut send‹, hat er gmoint, ›kaum sehet die so a Sauerei im Fernsehe, no kommet se au scho her, um sich des im Original azugucke.‹ Damit ne ja nix entgoht. Die Schlüpfinger machet Bombegschäfte mit dene, aber oser ganzer Kreis kommt total in Verruf. ›Was gebet mir denn für a Bild ab‹, hat er gschimpft. Lauter Näckediche ond dann noch die Sach mit dene Pariser! Ond der Sänger geniert sich net, in aller Öffentlichkeit do na zu stande, obwohl er genau woiß, dass die vom Fernsehe da sind ond bloß druff wartet, dass er als Promi für den Dreck au no Werbung macht. Der hat doch genau wie die Schlüpfinger koin Astand mehr. Ond für os wird alles nur noch schlimmer. Mir könnet doch jetzt scho nemme offe sage, wo mir wohnet, oser ganze Omgebung schdoht am Pranger. ›Was isch das bloß für ein Bild, das mir abgebet‹, hat er gmoint. Der hat de ganze Middag koi anders Thema mehr ghett. Net amal mehr ein Hauch von Astand ond Moral hättet die. Ond der Sänger genauso. Der sei koi Haar besser. Kommt daher ond macht mit dene gemeinsame Sach. Des dürfet mir os doch net gfalle lasse!«

»Und dann kamen Sie auf die Idee mit der Toilette.«

»I net!«, betonte Knöpfle. »Des war der Fuhr. ›I wüsst, wie mir dene zeige könntet, wo der Bartl de Moschd holt‹, hat er gmoint. Dem Sänger ond dene Schlüpfinger. Der Pantel isch sofort drauf agschbrunge. ›Wie soll des gange‹, hat er gfragt. Ond no hat der Fuhr damit agfange, was die Leut so erzählet. ›Die schwätzet davo, dass sich der Sänger kurz vor seine Uftritt emmer noch me ruhige Scheißhaus omguckt, wo er sich a Weile verdrucke ka. Ganz a ruhigs muss es sei, weil er sich uf seine Lieder bsinne will.‹«

»Das war die Idee von Herrn Fuhr?«, vergewisserte sich Loose.

»›I han vorhin bronse müsse‹, hat der Fuhr erklärt. ›Zuerscht wollt i grad auße an die Wies na stande, aber no waret mir doch zu viel Leut dort. No han i halt nach me offizielle Häusle guckt. Ond was glaubet ihr, was i do entdeckt han? Wenn sich der Sänger nachher nach me ruhige Scheißhaus omguckt, woiß i jetzt, wo des schtoht.‹ Pantel war sofort begeischtert. ›Wo findet mir des‹, hat er gfragt. Ach was, der hat den Fuhr richtig bedrängt, os des Häusle zu zeige. Des war ganz oifach. Mir hent net amol weit gange müsse, von dem Platz vor dene ihrem Pariser-Fabrikle kasch des Häusle wonderbar sehe. ›Des schtoht uf me Ahänger‹, hat der Fuhr erklärt, ›an den kasch vo hinte aus em Wald direkt na fahre, ohne dass des oiner mitkriegt. Du bisch doch mit deinem alte Kombi da, der hat doch so a Kupplung, hat der mi agschbroche. Nimmsch den Waldweg, wartesch, bis der Lällebebbel en dem Häusle hockt ond no …‹«

»Fuhr und Pantel haben Ihnen geholfen?«

Knöpfle schüttelte den Kopf. »Der Pantel hat plötzlich weg müsse, wege me politische Termin. Der hat mir aber sofort an Hunderter en d' Hand drückt ond zwoi weitere versproche, wenns klappt. Ond der Fuhr isch weg ond hat a Schloss bsorgt, om des Häusle zu verschließe, wenn der Kerle drin hockt. No hat er mir noch den Weg ond den Ahänger zeigt ond aschließend isch er au verschwunde, wege seine Zeitungstransporte.«

»Und dann haben Sie nur noch auf den Sänger gewartet«, meinte Loose.

»Der Fuhr war koi zehn Minute weg, isch der scho atanzt komme. Des war viel oifacher als i denkt han. Ruckzuck war des Dürle verschlosse ond der Ahänger akuppelt ond i uf dem Waldweg uf ond davo. Ond der Pantel war au zufriede. Der hat mr am nächste Dag sogar drei Hunderter en d' Hand drückt. ›Du bisch oser Beschder‹, hat er gmoint.«

»Oser Beschder?«, kreischte Renate Knöpfle. »Du bisch des gröschde Rindvieh em ganze Land! Ond so a Granatedackel han i als Bua!«

* * *

»Aber Sia wellet mir jetzt doch net mein Bua wegnemme?«, protestierte die Frau, als Loose darauf bestand, ihren Sohn zumindest zur Aufnahme eines Vernehmungsprotokolls ins Amt mitzunehmen.

»Das entscheidet der Richter, nicht ich.«

»Sia sehet doch selbscht, was des für a Rindvieh isch. Lässt sich von dem krommbohrte Arschloch uf de Nas rom danze ond schberrt den arme Heinzi in des Scheißhäusle nei! Mei Bua! Ond i ärger mi am Sonndichobed no über den Halbdackel, der mir des Konzert von dem Heinzi versaut, wo i mi so druff gfreit han!« Sie holte mit ihrer Rechten aus, klatschte ihrem Sohn auf den Rücken.

»Mamme, bidde!« Reiner Knöpfle duckte sich zur Seite.

»Der Pantel isch der Drahtzieher, den müsset Se hole, aber an den feine Herrn trauet Sia sich net na, des wisset mr scho. Der ka sich älles erlaube, des isch bekannt. Mein Bua wellet Sia eischberra, aber der Luagebeitel kommt wieder davo. Der ka die ganze Landschaft zubetoniere, um seine Dasche zu fülle, dem bassiert nix. Des reiche Pack hält zamme. Wenigschtens sei neuschtes Projekt isch em misslunge, wenigschtens des. Was hent mir os gfreit, wie mr des ghört hent. Baut so a großkotzigs Haus an den Hang na, wo wege dene seltene Pflanze emmer Bauverbot war, ond jetzt zieget die Mieter obe scho wieder aus, weils neamad aushalt bei dem Gschtank. Ond onde kriagt er erscht gar neamet nei, des schdoht scho die ganze Zeit leer. S schmeckt grad, als hätt oiner dort johrelang sein Boddschamber ausgschütt …«

»Wie bitte?«

»Hano, der Haderlomp isch doch selber schuld. Früher war do unte a kloiner See, do hent mir als Kinder drin badet. Ente send drin gschwomme ond Fisch hots ghett. Nadierlich, des ganze Glomp wie in dene neimodische Badetempel mit all dem Firlefanz hent mir net ghett. Mir sind halt neigsprunge, obwohls verbodde war, ond hent drin blandschd, bis irgendso a erwachsenes Rindvieh sich ufbluschdert ond os rausgscheucht hat. Aber s war schee ond hot Spaß gmacht. Aber jetzt, wo der Pfengschdochs die breite Schdraß den Berg hoch hot baue lasse, hent die den Zulauf zu dem kloine See zubetoniert ond no isch der in Nullkommanix austrocknet ond jetzt schmeckts dort gottsallmächtisch, als hätt oiner johrelang sein Boddschamber ausgschütt!«

Loose fühlte sich wie elektrisiert. »Wo ist das genau?«

Sie schilderte ihm die Lage des Hauses, ließ nur unter lautem Gezeter zu, dass er ihren Sohn mitnahm. Reiner Knöpfle fügte sich in sein Schicksal, gab später im Amt das Geschehen vom vergangenen Sonntag genauso zu Protokoll, wie er es ihm erzählt hatte. Loose hatte keinen Zweifel, dass der etwas naiv wirkende Mann die Wahrheit sagte. Er hatte die Tat zwar selbst ausgeführt, war aber von Pantel und Fuhr dazu angeleitet, dabei unterstützt und sogar noch mit finanziellen Zuwendungen belohnt worden. Inwieweit diese Tatbestände strafrechtlich relevant waren, mussten die Juristen entscheiden. Kurz nach 21 Uhr reichte Loose das von Knöpfle unterschriebene Geständnisprotokoll an die Staatsanwaltschaft weiter.

Die Worte Renate Knöpfles spukten ihm nach wie vor durch den Kopf. Den gesamten Abend hatte er immer wieder überlegt, ob ihn ihre Aussage nur deswegen so elektrisiert hatte, weil sie zufällig dieselbe Wortwahl wie Janine Mackel benutzt hatte, oder ob mehr an der Sache war. Ein am Ortsrand gelegenes Haus mit einer dauerhaft leerstehenden Wohnung, dessen unmittelbare Umgebung eines verlandeten Sees wegen von einem

Gestank erfüllt war, dass man glauben konnte, da habe jemand jahrelang seinen »Boddschamber ausgschütt«. Und Robert Pantel, ein Mann, der sich durch die verlorene Abstimmung um gewaltige Profite geprellt fühlte, als Besitzer des Gebäudes.

Er las die Mail der Techniker, dass der Anruf des Erpressers, den Mackel erhalten hatte, leider mit einem Prepaid-Handy ausgeführt worden sei, dessen Identifizierung viel Zeit und Mühe in Anspruch nehmen werde, sah, dass auch die zweite Information keinen erfreulicheren Inhalt bot. Die von dem oder den Verbrechern benutzte Stimmenverzerrungssoftware hatte sich von außerordentlicher Qualität erwiesen, so dass es noch mehrere Stunden in Anspruch nehmen würde, sie zu knacken – wenn überhaupt.

Loose war augenblicklich klar, was das bedeutete: Sie kamen nicht weiter, auf keinem Weg. Es sei denn …

Es blieb keine andere Wahl. Er musste den Hinweis der Frau ernst nehmen, auch wenn es sich dabei um den letzten Strohhalm handelte.

16. Kapitel

Loose hatte alles, was an seine berufliche Profession erinnerte, im Amt zurückgelassen: Ausweis, Waffe, Pfefferspray. Nichts sollte auf ihn als Kriminalbeamten hinweisen, kein einziger Befund ihn als Polizisten entlarven. *Lasst die Polizei aus dem Spiel,* hatten die Verbrecher gefordert. Er wollte nichts tun, Janine Mackel unnötig in Gefahr zu bringen, falls er gesehen oder gar überwältigt wurde. Sofern das Haus am Rand Pfuhlbachs überhaupt mit der Sache zu tun hatte.

Er folgte der vierspurigen, selbst um diese späte Stunde noch stark befahrenen Straße quer durch den Ort. Anschließend den Berg hoch bis zur ersten Abzweigung rechts und dieser folgend bis zum letzten Haus, genau wie Renate Knöpfle es ihm geschildert hatte. Obwohl es inzwischen stockdunkel geworden war, wusste er sofort, dass er an der richtigen Stelle angekommen war: Der modrige Geruch des verlandeten Sees lag unangenehm, fast ekelerregend in der Luft. Tatsächlich wie jahrelang den Boddschamber ausgschütt, überlegte er.

Loose parkte das Auto am Rand der schmalen Straße, die sich hier merklich verengte und als Weg weiter in den Wald führte, spähte aufmerksam in die Umgebung. Das angesichts der Dunkelheit nur in Umrissen sichtbare Haus lag wenige Meter über ihm am steilen Hang. Es schien komplett unbelebt, weder Licht noch irgendwelche Geräusche waren zu vernehmen. »Ontedrin die Wohnung schdoht leer«, hatte er die Stimme der Frau im Ohr, »die hat aber an oigene Zugang vom Waldrand her.«

Es dauerte eine Weile, bis sich seine Augen vollends an die Dunkelheit gewöhnt hatten, dann nahm er den serpentinenförmigen Trampelpfad wahr, der zu der Rückseite des Gebäudes hochführte. Er schob die schmale Gartentür inmitten des Holzstaketenzaunes zur Seite, folgte den dick vermoosten Steinplatten durch verwildertes Gestrüpp zum Haus hinauf. Stachlige Zweige und Sträucher an den Armen und den Beinen, Dornenranken quer über das Gesicht streifend, erreichte er den Sockel des Gebäudes.

Er spähte in die Dunkelheit, hatte Mühe, die Tür zu erkennen. Vier, fünf Schritte an der Hauswand entlang, dann stand er unmittelbar vor ihr. Er tastete sie vorsichtig ab, bemerkte den stabilen Sicherungsriegel. Die Tür zu knacken, war ohne entsprechendes Werkzeug kaum möglich. Er verharrte auf der Stelle, lauschte auf etwaige Geräusche aus dem Inneren des Hauses. Ein leises Rascheln zu seinen Füßen ließ ihn aufmerken. Er starrte zur Seite, sah die Umrisse eines kleinen Tieres, wohl einer Maus, über den Boden huschen. Fast geräuschlos verschwand das winzige Wesen unter einem Büschel dichter Ranken.

Loose wandte den Blick vom Garten ab, hörte eine Art Poltern im Innenbereich des Gebäudes. Zwei, drei dumpfe Schläge, als trampelte jemand kräftig auf den Boden. Dann wieder Stille. Oder doch nicht? Er lauschte, glaubte, ein leises Jammern zu vernehmen. Der kaum merkliche Schmerzenslaut eines Menschen. Sein Puls beschleunigte augenblicklich. Er musste an sich halten, ruhig zu bleiben, presste sein Ohr an die Tür. Das leise Klagen war nicht verstummt, mit kurzen Unterbrechungen immer wieder zu hören. Wie die monotonen Leidensbekundungen einer gequälten Person. War es wirklich möglich, dass die junge Frau hier …

Loose spürte sein Blut pulsieren, rang nach Luft. Plötzlich hatte er ihn wieder in der Nase, den modrigen, ekelhaften Gestank. Als hätt oiner sein Boddschamber ausgschütt! Besser war die Sache nicht zu beschreiben. Dann gab es keinen Zweifel mehr – und er musste handeln. Jetzt, ohne jedes Zögern.

Er zog sein Handy aus der Tasche, beleuchtete für den Moment einer Sekunde das Schloss der Tür. Ein Sicherheitsschloss, nicht einfach zu knacken. Dazu der stabile Riegel. Ohne Werkzeug nichts zu machen.

Loose schob sich an der Fassade des Hauses entlang, bemerkte die Gitter vor den Fenstern. Alle aus Metall, fest in der Wand verankert. Er versuchte es dennoch, nahm eine Querstrebe in die Hand, rüttelte, vergeblich. Dann eine Längsstrebe, genauso erfolglos. Er leuchtete ins Innere, vorsichtig, nur für den Bruchteil einer Sekunde, bemerkte, dass es sich um die Diele handelte, von der drei Türen weiter ins Innere führten. Alle geschlossen, die Diele ohne Mobiliar. Die Wohnung schien leer, keine menschlichen Spuren zu erkennen. Hatte er sich mit dem vermeintlichen Klagen getäuscht?

Loose schob sich zum nächsten Fenster, einer blickdichten Milchglas-Ausführung, die wohl das Bad und die Toilette vor neugierigen Blicken schützen sollte, machte sich an der unteren Querstrebe des Gitters zu schaffen. Es knirschte und knarzte, Teile des Verputzes prallten mit ohrenbetäubenden Schlägen auf den Boden, plötzlich hatte er das gesamte Gitter in der Hand. Erschrocken starrte er in die Umgebung. Der Lärm war augenblicklich verebbt, nur das leise Rascheln von Blättern, Ästen und Zweigen im Wind zu hören. Und, jetzt deutlich kräftiger, das anhaltende Jammern eines Menschen im Inneren des Hauses.

Loose blieb stehen, wartete, bis er sich absolut sicher war, niemanden durch den Lärm angelockt zu haben, nahm dann das Gitter auf und donnerte es mit voller Wucht in die Scheibe. Er wandte sein Gesicht schützend zur Seite, spürte dennoch einen Hagel winziger Glassplitter über sich niedergehen. Sein Puls pochte, Schweiß schoss ihm aus den Poren.

Die Scheibe war völlig zerborsten, er benötigte kein Licht, um das zu erkennen. So schnell draußen wieder Ruhe eingekehrt war, das Stöhnen aus dem Inneren war jetzt umso lauter zu vernehmen. Nicht mehr nur ein leises Klagen, schon ein unverkennbares Stöhnen eines leidenden Menschen.

Loose kannte kein Halten mehr. Er packte einen großen Brocken des Verputzes, der auf dem Boden lag, schlug die Glasreste aus ihrer Fassung. Polternd und klirrend, ohrenbetäubenden Explosionen in der absoluten Stille der Umgebung gleich, donnerten sie zu Boden. Loose hielt keine Sekunde inne. Er wollte nur noch in das Gebäude, die Herkunft des seltsamen Geräusches überprüfen und die junge Frau, sofern er sie hier wirklich aufgespürt haben sollte, in die Freiheit zurückführen.

Keine dreißig Sekunden später stand er mitten in einem spartanisch eingerichteten Bad. Er hatte den Lichtstrahl seines Handys zu Hilfe genommen, um sicher auf dem Boden aufzukommen, öffnete die Tür zur Diele. Überall an seinem Leib, von den Oberarmen bis zu den Knien, pochten brennende Schmerzen – Folgen der Wunden, die die Glassplitter aufgerissen hatten.

Loose verharrte auf der Stelle, das klagende Stöhnen jetzt deutlich im Ohr. Er näherte sich der Tür, hinter der er das Geräusch vermutete, drückte auf die Klinke. Langsam, die Augen ins Dunkel gerichtet, schob er die Tür zurück.

Das Stöhnen schwoll augenblicklich an. Er roch die dumpfe, verbrauchte Luft, das strenge Aroma von Schweiß und Angst, versuchte, die Finsternis mit seinem Blick zu durchdringen. Ewigkeiten schienen zu vergehen, bis ihm ihre Umrisse gewahr wurden. Er riss sich von der Stelle los, ließ einen Lichtstrahl durch den Raum huschen, sah sie in verkrümmter Haltung auf einem Stuhl sitzen. Im gleichen Moment begann sie laut zu schreien. Er leuchtete den gesamten Raum aus, bemerkte, dass außer ihr niemand anwesend war, sprang zu ihr hin. »Janni, ich bin es!« Sein Schrei hallte gellend durch den Raum. »Du bist frei. Es ist vorbei.«

* * *

Wie lange es dauerte, bis sie die Wohnung endlich verlassen hatten, wusste er später nicht zu erklären. Mit großer Vorsicht hatte er die Pflaster von ihrem Mund gelöst, ihre Arme und Beine nach und nach von den Fesseln befreit, sie schließlich auch noch von dem Stuhl gelöst, an den sie von dem Teufel festgebunden worden war. Schweigend hatte er sie an sich gedrückt, einzig die Frage auf den Lippen, ob sie wisse, wer ihr das angetan hatte.

»Pantel.«

»Den Kerl bringe ich um!«, hatte er in ohnmächtiger Wut beteuert.

Aus der Wohnung zu kommen, war erst nach mehreren Anläufen geglückt. Ihre Beine nach der stundenlangen unnatürlichen Haltung normal zu bewegen, war unmöglich; die Arme schienen wie große Teile des restlichen Körpers gelähmt, jede Bewegung verursachte neue Schmerzen. Loose war dennoch klar, dass sie so schnell als möglich verschwinden mussten. Er hatte keine Waffe dabei; die Kollegen um Hilfe zu rufen, ein viel zu langwieriges Unterfangen. Bis eine Polizeistreife den Weg hierher gefunden hatte, konnten der Teufel oder seine Handlanger längst zurückgekehrt sein, mit unabsehbaren Folgen. Der Kerl schien zu allem fähig und entschlossen. So diabolisch, wie er die junge Frau behandelt hatte, war ihm alles zuzutrauen.

Loose verzichtete darauf, seine Besorgnis zu artikulieren. Er wollte Janines aufgewühlte Seele nicht noch weiter beunruhigen, bedeutete ihr allein mit seinen Gesten, dass sie das Haus möglichst schnell verlassen sollten. Gemeinsam kletterten sie aus der Wohnung, genau wie er gekommen war. Teilweise trug er sie, zum Teil stützte er sie. Die Tür war verschlossen, in der Hektik kein anderer Ausgang zu finden. Unter großen Schmerzen rutschten und stolperten sie die vermoosten Steinplatten des serpentinenförmigen Trampelpfads hinunter, stachlige Zweige und Dornenranken an allen Teilen des Körpers.

Die Scheinwerfer eines sich langsam nähernden Fahrzeugs leuchteten die Straße unterhalb des Hauses genau in dem Moment aus, als sie endlich unten angekommen waren. Loose versuchte erst gar nicht, die Identität des Fahrers zu ermitteln, zerrte die junge Frau zu seinem Wagen, riss die Beifahrertür auf und half ihr ins Innere. Als er das Auto umrundet hatte und sich hinters Steuer drängte, peitschte der erste Schuss durch die Nacht. Er hörte irgendwelche Plastikteile unmittelbar in seiner Nähe splittern, ging unwillkürlich in Deckung. Der zweite Schuss schien sein Ziel zum Glück völlig verfehlt zu haben.

»Runter!«, brüllte er.

Das grelle Licht der Scheinwerfer hinter ihnen verwandelte den Innenraum seines Autos in ein weithin einsehbares Schaufenster. Mit zitternden Händen gelang es ihm, den Wagen zu starten und mit quietschenden Reifen loszurasen. Das Fahrzeug schlingerte über die Fahrbahn, fand erst unmittelbar vor der Einmündung der Straße in einen kaum 2,50 Meter breiten Waldweg wieder in die Spur. Er wusste nicht, wohin die schmale Piste führte, sah angesichts des unbekannten Verfolgers keine andere Chance. Dicht stehende Bäume flogen auf beiden Seiten an ihnen vorbei, vom Licht der

Scheinwerfer gespenstisch in Szene gesetzt. Der Wagen hinter ihnen folgte unbeirrt, auch wenn Loose in kurzen, geradlinig verlaufenden Abschnitten das ohnehin viel zu hohe Tempo steigerte, verringerte sich der Abstand nicht. Nur jetzt kein Hindernis, kein in den Weg ragendes Holz oder eine Schranke, die die Weiterfahrt verwehrte, dachte Loose.

Er merkte, dass der Weg stetig in die Höhe führte, glaubte die Umgebung plötzlich zu kennen. Auf mehreren Metern niedergetrampelte, abgerissene, teilweise zerfetzte Büsche und junge Bäume, die Abdrücke von Reifen im Boden, dann, für den Augenblick einer Sekunde ins Licht der Scheinwerfer tauchend, die Reste eines rot-weiß gestreiften Absperrbandes, wie sie es an Unfall- und Tatorten benutzten. Im gleichen Moment wusste er, wo sie sich befanden.

Das ursprünglich dichte Unterholz, in das Knöpfle den Anhänger samt dem Musiker in der mobilen Toilette manövriert hatte. Der schmale Weg, der von Schlüpfingen aus mitten durch den Wald hierherführte. Die steile Abbruchkante des Steinbruchs, der der Weg ein Stück weit folgte.

Looses Hirn arbeitete auf Hochtouren. Im gleichen Moment begriff er, was er zu tun hatte. Jetzt, innerhalb der nächsten Sekunden.

Die grell leuchtenden Scheinwerfer hinter sich bog er auf die Passage ein, die steil abwärts direkt auf die Steinbruchkante zuführte. Er erinnerte sich noch genau an die Worte seines Kollegen, mit denen er die gefährliche Strecke kommentiert hatte. »Schnelles Tempo ist hier nicht zu empfehlen.« Und, kurz danach: »In die entgegengesetzte Richtung zu fahren, ist noch viel gefährlicher.« Sie fuhren in die entgegengesetzte Richtung, jetzt, in diesem Moment.

Loose versuchte, sich den Verlauf des Weges in Erinnerung zu rufen, hatte ihn sofort parat. Topografische Sachverhalte zu verinnerlichen, war schon immer eine seiner Stärken gewesen. Hatte er einen Ort auch nur ein einziges Mal zu Gesicht bekommen, fand er sich dort ohne jedes Problem genau zurecht. Auf diese Fähigkeit hatte er sich schon immer blind verlassen können. »Wir schaffen es«, sagte er laut, »garantiert!«

Er erreichte den Steilabfall des Weges, beschleunigte den Wagen. Drei Sekunden, nicht eine Hundertstel länger. Der Verfolger fiel kurz zurück, legte dann ebenfalls an Tempo zu. Loose löschte sein Licht, raste mitten ins Dunkel. Er sah das Fahrzeug hinter ihnen näherkommen, bremste dennoch ab. Jetzt schoss der Verfolger in atemberaubendem Tempo direkt auf sie zu.

»Was machst du?«, hörte er Janines besorgte Stimme.

Er starrte in den Rückspiegel, dann wieder nach vorne. Nur noch zwei, drei Sekunden, dann hatte der Verfolger sie erreicht.

»Was ist ....?« Janines Schreien verebbte augenblicklich.

Er riss das Steuer nach links, versuchte mit mahlenden Zähnen, das holpernde, schlingernde Gefährt um die scharfe Kurve und dann wieder in die richtige Spur zu bringen, spürte die Unmengen an Schweiß, die ihm aus den Poren schossen.

Langsam, mit Mühe und Not gelang es ihm, wieder ruhige Fahrt aufzunehmen. Er konzentrierte sich auf den Weg, merkte, dass das grelle Licht hinter ihnen verschwunden war. Spurlos. Er warf einen Blick nach rechts, ahnte den Zaun über der Abbruchkante unmittelbar neben ihnen mehr als dass er ihn sah. Im gleichen Moment huschte ein Lichtschein gespenstisch über die weit entfernte, gegenüberliegende Wand des Steinbruchs abwärts in die Tiefe.

Loose brachte das Auto zum Stehen, öffnete die Tür. Ein ohrenbetäubender Knall aus dem Abgrund zerriss die Stille der Nacht. Das Donnergrollen schien aus dem Erdinneren zu kommen. Es wollte kein Ende nehmen.

17. Kapitel

Nervenzerreißender Lärm riss ihn vier Tage später aus dem Schlaf. Loose glaubte, dem Tosen etlicher Flugzeugtriebwerke ausgesetzt zu sein, öffnete mühsam seine Augen. Undeutlich nahm er das halb geöffnete Schlafzimmerfenster wahr. Der Lärm kam von draußen, irgendwo vom Rand der Straße.

Stechende Schmerzen fluteten seinen Schädel, als er sich aus dem Bett schälte. Er wankte zum Fenster, öffnete es vollends, wähnte sich mitten auf der Abflugpiste eines Flughafens. Der Lärm war nicht mehr zu ertragen. Das ohrenbetäubende Tosen schwoll an, dann wieder ab, nahm danach erneut zu, schien allgegenwärtig. Loose starrte in die Tiefe, sah die etwas klobig wirkende Gestalt des Hausmeisters mit einem Laubbläser drei von einem Strauch abgefallene winzige Blätter gemächlich Zentimeter um Zentimeter dem Straßenrand zuschieben. Das Treiben des mit einem blauen Arbeitskittel bekleideten Mannes war weitgehend erfolglos: Kaum hatte er die Blätter eine Handbreit bewegt, wurden sie von einer kräftigen Windbö wieder an die Hauswand zurückkatapultiert.

Loose trat ins Zimmer zurück, warf das Fenster zu, starrte aufs Display seines Handys. 6.58 Uhr. Zwei Minuten vor sieben am frühen Morgen, und der Vollidiot hatte nichts Besseres zu tun als …

Wo war er hier nur gelandet, was waren das für Leute? Hatten die Schwaben Tag und Nacht wirklich nichts anderes im Sinn als Putzen, Kehren, Reinigen, Polieren?

Er stellte sich unter die Dusche, weniger um sich zu erfrischen, vielmehr weil allein das Prasseln des Wassers den durch das geschlossene Fenster dringenden Lärm übertönte, gab sich einer ausgiebigen Erfrischung hin. Als er gerade dabei war, sich anzukleiden, verebbte das röhrende Tosen.

Erleichtert gönnte er sich einen Kaffee, dazu zwei Schnitten Brot, machte sich dann auf den Weg. Er kam nur bis zur Ecke. Fast die gesamte Treppe war mit einer schmierigen Emulsion bedeckt, mittendrin die klobige Gestalt im blauen Arbeitskittel, Stufe um Stufe sorgsam mit der fetten Masse einreibend.

Loose verharrte auf der Stelle, begann laut zu fluchen. »Verdammte Scheiße, was soll das jetzt schon wieder? Ist es hier immer noch nicht sauber genug?«

Der Mann unter ihm sah überrascht auf. Er wischte seine Hände an einem dicken Tuch sauber, erhob sich. »Ja, weeste«, sagte er, in die Umgebung weisend, »ick habe det Amt erst vor vier Wochen übernommen. Det war allet janz schön verkommen. Eenfach nich jepfleecht, weeste! Deswegen dauert det jetzt ne Weile, bis ick det allet uf Vordermann jetrimmt habe. Bald isset aber tiptop, da wirste kieken!«

Loose glaubte, nicht richtig zu hören. Er starrte zu dem Mann, fühlte sich völlig durcheinander. Irgendetwas stimmte hier nicht.

»Biste von hier?«

Er sah den Finger des Hausmeisters auf sich gerichtet. »Nein«, stotterte er.

»Wo kommste her?«

»Aus Berlin.«

»Na siehste«, erklärte der Mann. »Da biste doch ooch wat Besseret jewohnt. Sauber, det können die hier nich. Det musste denen erst beibringen. Vor vier Wochen, als ick hier anjefangen hab, der Dreck, ick sach dir, zentimeterhoch. Da kiekste, wa? Det is Provinz hier. Die ham et nich jelernt, Jäste sauber zu bewirten, weeste. Wer verirrt sich denn schon hierher außer een paar Provinzlern? Bei uns dajejen … Die halbe Welt ham wa zu Jast, wa? Hauptstadt, nich Pampa wie hier! Aus welchem Kiez kommste denn?«

Loose hatte immer noch Schwierigkeiten, zu begreifen. »Aus Charlottenburg«, sagte er.

»Na, siehste. Da sind wir ja direkt Nachbarn. Ick komme aus Schöneberg. Jut, wa?«

Gut fand er überhaupt nichts in diesem Moment. Er hangelte sich vorsichtig an dem Mann vorbei Stufe um Stufe die glitschige Treppe hinunter, erreichte mehr gebückt rutschend als aufrecht gehend das Erdgeschoss. Seine Schuhsohlen troffen von der schmierigen Emulsion. Er öffnete die Haustür, bewegte sich vorsichtig zur Straße hin. Erst als er seine Schuhe minutenlang an der Bordsteinkante sauber gerubbelt hatte, wagte er, das gewohnte Tempo einzuschlagen.

Ein Hausmeister aus Schöneberg. Der passte nicht hierher. Dem ausgeprägten Putzwahn war in dieser Region zum Glück niemand verfallen. Er hatte jedenfalls noch keine derart überspannte Person kennengelernt. Der Kerl sollte sich wieder davonmachen. Am besten nach Berlin. Loose kannte viele Ecken und Enden in der Hauptstadt, die der Anstrengungen des Mannes bedurften. Dringend bedurften. Seit vielen Jahren.

Er machte sich auf den Weg ins Amt, freute sich aufs übernächste Wochenende. Sofern Janine Mackels Gesundheitszustand weiter so erfreuliche Fortschritte machte, wollten sie ihr Konzert dann nachholen. Nur im kleinen Kreis, für Freunde und Bekannte. Zu denen er jetzt ausdrücklich gehörte.

Im Moment war es dazu noch zu früh. Noch befand sie sich auf dem Weg der Rekonvaleszenz. Dr. Kawasamo hatte sie in die Obhut eines erfahrenen Traumatologen gegeben, mit dem sie lange bei *Ärzte ohne Grenzen* zusammengearbeitet hatte. Sie werde es schaffen, war sich die Ärztin sicher, sie kenne ihre Janni, sie werde die Tortur überwinden.

Robert Pantels sterbliche Überreste waren am Grund des aufgelassenen Steinbruchs mitsamt seinem völlig deformierten Fahrzeug geborgen worden. Den Aussagen Janine Mackels sowie den Recherchen der Spurensicherer nach hatte der Mann allein gehandelt. Er war am späten Mittwochabend, kurz nachdem Loose die fröhliche Runde im Haus der Ärztin verlassen hatte, über sie hergefallen. Die junge Frau hatte sich in ihrer Wohnung umgezogen und war trotz der späten Stunde zu ihrem gewohnten Lauf rund um das Dorf aufgebrochen. Am Waldrand unweit Miriam Steins Wingert hatte er sie überrascht und betäubt und wohl sofort in das abgelegene Haus am Rand Pfuhlbachs gebracht. Erst kurz vor Erreichen ihres Gefängnisses war sie wieder zu sich gekommen. Pantel hatte keinerlei Anstalten unternommen, seine Identität zu verbergen. Er war sich absolut sicher, dass ihr Vater alles unternehmen würde, das *Neue Schlüpfingen* doch noch Realität werden zu lassen.

»Der macht seinen Fehler wieder gut. Ich weiß, wie sehr er an dir hängt«, hatte er erklärt. »Du bedeutest ihm mehr als alles sonst auf der Welt. Wenn der Alkohol die Zunge löst, finden auch die stärksten Männer zur Wahrheit. Ich will ihm nur helfen, schnell den richtigen Weg einzuschlagen. Bis es so weit ist, bleibst du hier.«

Janine Mackels Aussagen zufolge hatte er sie zwei Mal geschlagen. Einmal, als sie sich auf dem Weg zur Toilette unmittelbar neben ihrem Gefängnis-Raum von ihm hatte losreißen wollen; beim zweiten Mal, als sie sich dagegen gewehrt hatte, wieder an den Stuhl gebunden zu werden. »Mit der Faust drei Mal mitten ins Gesicht.«

Die Verletzungen waren ihr deutlich anzusehen gewesen.

Pantel hatte keinerlei Zweifel gezeigt, dass ihr Vater die Polizei außen vor lassen würde. »Das ist ihm viel zu riskant. Der weiß, was passiert, wenn er die Bullen ruft.«

Die Idee mit dem *Boddschamber ausgschütt* war ihr spontan gekommen. Sie hatte darauf gehofft, dass ihre Tante Loose benachrichtigen und ihren Vater bedrängen würde, so dass ihr Hilferuf bekannt würde. Und dann war ihr eingefallen, dass sie die Gegend um den verlandeten See und den üblen Geruch dort kurz erwähnt hatte.

»Mach dir keine Hoffnung, dass irgendjemand nach dir sucht«, hatte Pantel triumphierend erklärt. »Die glauben, du hast dich davongemacht. Da tut sich nichts.«

Ihr Handy hatte er ihr sofort nach dem Überfall entwendet und am nächsten Tag zur Post gebracht. Berliner Kollegen hatten es auf Looses Anforderung hin am Samstag im zentralen Postfach des Landesamtes für Gesundheit und Soziales aufgestöbert, wo es adressiert an einen dort unbekannten angeblichen Mitarbeiter gelandet war.

Pantels kriminelles Verhalten stieß überall, wo sich die Ermittler umhörten, auf großes Erstaunen. Er wurde allgemein als freundlicher, konzilianter Ehrenmann beschrieben, der seinen beruflichen Verpflichtungen mit großem Elan nachgekommen sei. Pantels Methoden, ganze Straßenzüge mit Altbauten aufzukaufen, die Häuser zu entmieten und abzureißen, um auf derselben Fläche teure Eigentumswohnungskomplexe errichten zu lassen, waren ebenso legendär wie seine Vorbereitungen, mit denen er sein brachiales Vorgehen in die Wege leitete: langjährig geleistete, äußerst großzügige finanzielle Zuwendungen an bestimmte politische Parteien. Pantel, erfuhren die Ermittler aus diesen Kreisen, leiste mit seinen Fonds wertvolle Arbeit in der Ausstattung breiter Schichten der Bevölkerung mit Wohnraum. Für seine Aktivitäten für das Gemeinwohl seien ihm deshalb mehrere Verdienst-Medaillen verliehen worden. Ein bedeutender Ehrenmann, so einer der zahlreichen Nachrufe, der Zeit seines Lebens für Fleiß, Anstand und Ordnung eingetreten sei.

Loose hatte diese Ehrenmänner während seiner Tätigkeit als Kriminalbeamter zur Genüge kennengelernt. Er hatte darauf verzichtet, sich weitere Nachrufe anzutun, war stattdessen nach Schlüpfingen gefahren, um der Dorfgemeinschaft jenes grellgrüne Holzstück zurückzubringen, das ihr eine Woche zuvor auch auf Initiative des Ehrenmannes gewaltsam entwendet worden war.

Bernd Greile hatte es sich nicht nehmen lassen, die Statue persönlich mit speziellen Schrauben in ihrem ursprünglichen Zustand wiederherzurichten. »So, jetzt schdoht er wiedr, oser beschder Freind. Zufriede, Herr Kommissar?«

Hauptsache, ihr Schlüpfinger seid zufrieden, lag es Loose auf der Zunge. Er behielt den Gedanken aber in gewohnter Manier für sich und überlegte, wie lange die Figur wohl unbeschadet überleben würde.

Bis zum Auftauchen des nächsten Ehrenmannes, ahnte er. Also wahrscheinlich nicht allzu lange. Denn Ehrenmänner gab es in diesem Land doch wirklich genug.

18. Kapitel

Herrschaftsdonderwedder abr au!«, schimpfte der Ministerpräsident. Er fuhr sich durch seine grauen Haare, ließ den Blick über die neuen Schlagzeilen auf seinem Monitor schweifen. »Jetzt machet die sich scho wieder über ons luschdig. Als ob mir älle so Bachel wäret, die sich net an scheene Sache erfreue könntet! Sottiche Granatedackel! Was hent die nur älle gege ons? Des kasch doch bald nemme agucke, was die do wieder zammefantasieret!« Er schaute zu seinem wie immer gebräunten Gesprächspartner, schüttelte den Kopf. »Ja, bisch du heut scho fertig im Sonnestudio? Wieso kommt denn dei Parteifeindin net?«

»Die hat sich so ufgregt über die overschämte Kommentare. Der hat's die Sprach verschlage.«

»Ha, des isch aber a seltener Moment!«, lachte der Ministerpräsident.

»Hano ja, aber heut isch mir wirklich net zom Lache zumut. Was die do schreibet, sprengt älle Grenze. Wenn aschtändige Leut, die sich om Aschtand ond Moral bemühet, so zur Sau gmacht werdet, no hat's a End!« Er starrte auf die fetten Lettern der Schlagzeilen.

Verklemmte Schwaben: Sänger ins Klo gesperrt, weil er sich mit nackten Kunstwerken filmen ließ

Tiefstes Mittelalter in Schwaben: Künstler gekidnappt, weil er für Kondome wirbt

»Die sind doch bloß neidisch, weil die in ihrem kaputte Berlin Aschtand ond Moral überhaupt nemme kennet«, meinte der Gesprächspartner. »Des send doch Fremdworte für die!«

»Naja, ganz so schlimm wird's net sei!«

»Ond ob!«, ereiferte sich der Mann. »Des isch doch oin oinziger Sauschtall! Bei dene machet doch grad älle, was sie wellet! Ond weil sie selber koi Ordnung me hent, moinet se, sie könntet bei ons dasselbe Chaos arichte. Näckediche in aller Öffentlichkeit, des isch ond bleibt a Sauerei!«

»Jetzt übertreib net: Die Figure do in dem Schlüpfinge, des sind Kunschtwerke. I han se bei meim Bsuch leider net sehe könne, die hent mir die net zeigt, aber jetzt im Fernsehe: Reschpekt, ka i do nur sage. Des isch oifach a Käpsele, der Kerle, der die baschtelt hat.«

»Des isch koi Kunscht, des isch ein Verschtoß gege Aschtand ond Moral!«

»Also, du dusch ja grad so, als dätsch im Kloschder lebe«, echauffierte sich der Ministerpräsident. »I bin jo nemme der Jüngste, aber so a näckediches Weib isch ond bleibt oifach was Scheenes! Ond so a gut gebauter Kerle? Warum denn net? Wenn i do dra denk, mei Holde ond i, wie mir jong waret, mir hent ons scho anenander gfreit.«

»Aber doch net in aller Öffentlichkeit! Ond dann au no die Pariser! Die verderbet doch onser ganze Jonge, wenn die die Dinger vor älle Leut produzieret!«

»Ach was! No werdet die Jonge wenigschtens dra erinnert: Lieber ein Pariser als ein Syphiliser!«

»Mir isch net zom Lache! I find des oin Skandal, wie die in Berlin ons jetzt wieder fertig machet: Nur weil bei ons in onserem scheene Bade-Württemberg Aschtand ond Moral noch was geltet ond es Leit gibt, die sich do dra haltet!«

»Oh Kerle, was hasch denn do für a Lättagschwätz!«, meinte der Ministerpräsident. »I reg mi au uf. Aber über die Dackel, die so dänt, als dürft mr sich über Näckediche ond Pariser net freie, sondern müsst a Schpektakel draus mache. Reschpekt vor dene Schlüpfinger! Die will i obedingt noch amol bsuche. Aber diesmal richtig, mit älle ihre Kunschtwerke!«

»Ond i find oifach: Sauerei bleibt Sauerei!«

»Hano«, sagte der Ministerpräsident. »Wenn i di so hör, no könnt mr grad denke, 's sei doch was dra an der Bemerkung, bei ra Beerdigung in Köln gangs luschtiger zu als beim Fasching in Bad Cannstatt.«

»Du kasch schwätze, was du willsch: I bleib dabei: A Sauerei bleibt a Sauerei!«

»No bleib halt dabei, wenn's di glücklich macht. I denk, bei ons isch es so wie sonscht überall au: 's geit Sottiche ond Sottiche. Bei ons Schwobe genauso wie im Rescht der Welt!«

Furzklemmer, Hinterschefirgockeler ond Idipfelesscheißer – waschechte Schwobe halt

In Schlüpfinger, den Stäffelesrutschern gar net unähnlichem Schwäbisch

In unserer immer stärker globalisierten Welt, in der selbst kleinste Veränderungen in China gravierende Auswirkungen auf unser Leben haben können, fühlen sich immer mehr Menschen verunsichert. Nichts scheint mehr stabil, jeder Halt geht verloren. Je rasanter Wissenschaft und Technologie sich fortentwickeln, desto stärker wird die Entwurzelung. Die Sehnsucht nach Orientierung in diesem immer unübersichtlicheren Chaos wächst. Sich festhalten zu können an einem Fixpunkt, wird zum lebensnotwendigen Elixier. Immer deutlicher wird: Auch Globetrotter benötigen einen Anker, auch Seeleute einen Heimathafen. Gerade Menschen, die ständig unterwegs sind, müssen sich auf einen Ort verlassen können, an dem sie sich geborgen fühlen. Von alters her nennen wir diesen Wohlfühlort »Heimat«.

In der Heimat sprechen wir so, wie uns der Schnabel gewachsen ist: direkter, treffsicherer Austausch anstelle von nichtssagenden, hohlen Worthülsen. Deshalb sind

Mundart-Ausdrücke auch viel kreativer, blumiger und ausdrucksstärker, sie sind viel näher am realen Menschen als die Kunstbegriffe der Hochsprache. Dialekt lebt von Emotionen, das Hochdeutsche vom Intellekt. Es ist höchste Zeit, dem Dialekt wieder mehr Platz zu verschaffen.

Machet halt eure Gosche endlich wieder uf!

Wie fast alle Sprachen und Kulturen ist auch das Schwäbische in einem von patriarchalen Strukturen geprägten Umfeld entstanden: Deshalb findet sich auch bei uns eine Unmenge auf Frauen gemünzter Schimpfworte. Weil aber – in Schwaben wie im Rest der Welt – die schlimmsten Teufel meistens Männer sind, die allen das Leben schwermachen, versuchen wir in unserem *Schimpfwörterlexikon* dieser Dominanz gerecht zu werden.

Die Anzahl schwäbischer Schimpfworte ist derart umfangreich, dass wir uns hier auf einen Teil beschränken müssen. Die Auswahl ist subjektiv. Uns ist bewusst, dass wir sowohl mit der Schreibweise als auch der Deutung des jeweiligen Wortes nicht nur Zustimmung, sondern auch Kritik und Widerspruch hervorrufen. Es gibt nun mal kein überall gleichermaßen gesprochenes Einheits-Schwäbisch, sondern unzählige Sprachnuancen. Im Heilbronner Raum etwa ist der fränkische Einfluss nicht zu überhören, auf der Alb oder am Bodensee dominiert die alemannische Sprachmelodie. Selbst innerhalb Stuttgarts gibt es von Vorort zu Vorort teilweise verschiedene Ausspracheformen.

S geit halt Sottiche ond Sottiche!

Vielleicht ist uns sogar mal ein Fehler unterlaufen. *Irre isch menschlich, hot dr Gockel gsait ond isch von der Ent gschtiege.*

Hinzu kommt die Schwierigkeit, die richtigen Buchstaben für die schriftliche Fixierung zu verwenden. *Geit's alloi en dr Bollidig schbinnede Hondsgribbl ond greizliadriche Seggl? Oder gibd's spinnede Hundskrippel und kreuzliadrige Seckel et au under uns?*

Wie mrs machet, oiner hot emmer was zu bruddle ond mir send emmer dr Arsch!

Dr. Carola Kawasamo
Janine Mackel

Original schwäbisches Schimpfwörterlexikon

Affadackel	Eingebildeter Kerl, der gern angibt. Immer wieder auf Partys zu treffen.
Albachaner Furz	Langweiler, nicht gerade unterhaltsam. Typischer Netz-Surfer.
Allmachtsbachl, auch *Allmachtsdackel* oder *Allmachtsseckl*	Gewaltiger Blödmann, der vielen gewaltig auf die Nerven geht.
Allerweltsgscheidle	Einer, der immer alles besser weiß (obwohl er's oft selbst nicht blickt).
Alte Bix	Alte Frau (sehr böser Ausdruck).
Alte Räff	Tratsche. Auf Frauen bezogen, obwohl Männer mindestens genauso …
Alter Kracher	Alter Mann (sehr abwertend)
Arsch	(Harmloser als im Hochdeutschen!) Ab und zu ist jeder mal der …
Arschbackagsicht	Kerl mit eher unvorteilhaftem Aussehen
Babbeler, auch *Babbelgosch*	Schwätzer: viele Worte, wenig Inhalt. Profi-Politiker.

Bachel	Ungeschickter, dummer Kerl
Bachschtelzaarsch	Um Aufmerksamkeit heischender Kerl
Badenser, auch *Gelbfüaßler*	Wenig geliebter Nachbar aus Baden (Der Greif im bad. Wappen trug früher gelbe Klauen und die bad. Soldaten im 18. Jhdt. gelbe Gamaschen)
Bäffzger	Ständig motzender Kerl
Bähmulle	Langweiliger, schnell eingeschnappter Kerl
Bagasch	Unerwünschte Leute, z. B. Verwandtschaft
Balla	Ungeschickter Kerl
Bappsack	Fader Kerl, dem der Antrieb fehlt
Bauraseggl, auch *Bauratrampel*	Grober, wenig diplomatischer Kerl
Baurameggl	Sturer Kerl, der mit dem Kopf durch die Wand geht
Beißzang	Böse Frau
Bettbronzer, auch *Bettsoicher*	Feigling
Birschle	Unverfroren frecher (junger) Kerl
Blärra	Schreihals
Bleeder Gischpl, auch *Bleeder Sogge*	Blöder Kerl
Blonza	Kleiner, dicker Kerl
Bockmischd	Blödes Gelaber
Bohnestecke	Spindeldürrer Kerl
Bolla	Widerlicher Kerl
Brägler	Dauernörgler
Breschdlengsheifler	Umstandskrämer

Brettlesbohrer	Kerl, der sich das Leben selber schwermacht (ein typischer Schwabe)
Briahmichel	Kerl mit deutlich reduziertem Intellekt
Brommhommeler	Mürrischer Kerl
Bronnabutzer	Fleißiger Kerl (wieder ein typischer Schwabe)
Bruddler	Dauermotzer, hat an allem was auszusetzen
Bullebeißer	Aggressiver, böser Typ
Butzdeifel	Ständig mit Säuberungsaktionen beschäftigter Typ
Christkindle	Schnell beleidigter Kerl
Dackel	Rindvieh; oft durch ein zusätzliches Wort verschärft:
Allmachtsdackel; Hondsliadricher Dackel; Segglbleeder Dackel	Gerade noch im erträglichen Bereich.
Halbdackel	Das schlimmste Schimpfwort überhaupt!
Dagdieb	Taugenichts
Daube Fonzel	Entspricht etwa dem »Lahmarsch«
Dauber Siach, auch *Dauber Seggl*	Entspricht etwa dem »Depp«
Daube Sau	Heftige Beschimpfung; geht fast in Richtung »Halbdackel«
Deifel	Raffinierter Kerl (starkes Schimpfwort)
Deifelsblitz	Raffinierter Kerl (jetzt bewundernd!)

Schbinneder Deifel	Der Kerl ist nicht zurechnungsfähig.
Denger	Harmloses, leicht abwertendes Wort
Hondsliadricher Denger	Jetzt deutlich stärker, etwa: Hinterhältiger Typ
Dibbl	Dem Kerl fehlt Intelligenz.
Dem ghört dr Dibbl bohrt.	Der Kerl spinnt.
Dilledapp	Entspricht etwa dem »Dummkopf«
Entaklemmer	Geizhals (Der Besitzer überprüfte die Ente, ob nicht ein Ei in ihr steckte, das sonst seinem Nachbarn zugutekommen könnte.)
Fetz oder *Fetzeberger*	Raffinierter Typ (kann bewundernd gemeint sein)
Furzklemmer	Geizhals
Galgeschtrick	Raffinierter Kerl (kann bewundernd gemeint sein)
Gifdschbritz	Lügen verbreitende Tratschtante (U. U. auch männlich)
Gischpel	Leicht verrückter Kerl
Granadebachel	Entspricht etwa dem »Rindvieh«.
Griffelschbitzer	Haarspalter.
Gsälzbär	Mancher stellt sich besonders dämlich an.
Gscheidle	Besonders eingebildeter Typ.
Haderlomp	Etwa dem »Gauner« oder »Betrüger« gleichzusetzen.
Häfelesgucker	Unruhiger Kerl (der in alle Töpfe/Häfele schauen muss)
Halbdackel	**Nicht benutzen! Schlimmste Beleidigung!**

Hamballe	Eher harmlos: vergleichbar dem »Depp«
Heckebeerlesbronser	Wenig vertrauenswürdiger Kerl (pinkelt an jeden Busch)
Hennedreckschwätzer	Dummschwätzer (Hennedreck = Hühnerkacke)
Herrgottsfetz	Raffinierter Kerl (eher bewundernd)
Hinterschefirgockeler	Typ, der alles sehr umständlich erledigt (*hinterschefir* = verkehrt).
Hondsliadricher Saukribbel	Schlimme Beschimpfung!
Horaff	Neugieriger Typ
Huatsimpel	Eher harmlos wie »Depp«
Huraseckel	Schlimme Beschimpfung!
Hurgler	Etwa: Kerl, der aber auch gar nichts auf die Reihe kriegt.
Iberzwercher	Heftig überspannter, fast verrückter Kerl
Idipfelesscheißer	Haarspalter, muss alles bis ins Detail prüfen
Jenseitsbachel, auch *Jenseitsdackel*	etwa im Sinn von »Vollidiot«
Krawallschachtel	Streitlustige Person (früher auf Frauen bezogen)
Kribbel, Hondskribbel oder auch *Saukribbel*	Starke Beschimpfung
Krommbohrts Arschloch	Sehr starkes Schimpfwort
Lällebäbbel	Eher harmlos wie: »Der bringt nichts zustande.«
Lättagschwätz	Blödes Gelaber
Loahle	Kerl, der sich nichts traut
Lomp	Lump (kann bewundernd sein)

Kreizliadricher Lomp	Lump (jetzt eindeutig nicht bewundernd)
Lompapack, auch *Lompagsindel*	Hartes Schimpfwort (jetzt fehlt jede Bewunderung!)
Luader	Luder (eindeutig auf Frauen bezogen)
Luagabeitel	Lügner (meist hartes Wort, nur selten spielerisch benutzt)
Malefitzklob	Derber Kerl ohne Manieren
Mausdätte	Typ mit auffallend niedrigem Intelligenzquotienten
Mensch	Schlimme Beleidigung für eine Frau
Mordsdackel	Riesenrindvieh
Mordsmeggel	Kerl mit überdimensioniert anzuschauendem Kopf (sagt aber über dessen Intelligenz nichts aus)
Muggemelker	Taugenichts (der versucht, sogar Mücken zu melken)
Oizechder	Mensch, der gerne eigene Wege abseits der Masse geht
Pfingschdochs	Typ mit völlig überzogener Aufmachung
Poussierschtengel	Kerl, der sich Frauen anbiedert
Rambass	Derber Typ ohne Manieren
Rappelkaschper	Nerviger Zeitgenosse
Raubauz	Derber Kerl, der es eigentlich aber gut meint (harmloses Wort)
Reigschmeckte	Zugezogene Mitbürger, die angeblich die schwäbischen Sitten noch nicht voll beherrschen.
Rotzbengel, Rotznas	Frecher junger Kerl

Saubagasch	Widerliche Leute (sehr abwertend!)
Saukribbel	Ekelhafter Kerl (schlimme Beschimpfung!)
Schädderbichs	Scheißkarren (lärmendes Auto) Früher: ständig nörgelnde Frau
Scheuraburzler	Kerl, der sich ständig dämlich anstellt
Schlabbergosch	Dummschwätzer (kann auf Frauen und Männer bezogen sein)
Jesasmäßiger Schlamper	Unordentlicher Kerl
Schlawack	Taugenichts
Schlecketer Deifel	Verwöhnter Kerl (dem ist nichts gut genug!)
Schluri	Raffinierter Kerl (meist bewundernd gemeint)
Schmalzdackel	Widerlicher Angeber
S' schmeckt gottsallmächtisch	Da stinkt es sehr stark
Schnalletreiber	Kerl, der ständig liederliche Frauen (= *Schnalle*) um sich hat
Schnepf	Nervige Frau (abfällig!)
Schofbollakrämer	Penibler Kerl (der sogar die Kothaufen der Schafe zählt)
Schofscheiß	Dummes Gelaber
Schofseckel	Depp (So dumm wie ein Schaf – dabei sind die Tiere das nicht)
Kreizliadricher Schpitz	Großer Gauner (kann auch bewundernd sein)
Schwertgosch	Geschwätziger Mensch, der auch Unwahrheiten verbreitet (früher nur auf Frauen bezogen)
Hondsliadricher Seckel	Verkommener Halunke (*Seckel* bedeutet etwa Verrückter, Gauner)

Kreizliadricher Siach	Verkommener Halunke (drastische Beschimpfung)
Seuchbeitel	Dummschwätzer
Sodele	Äußerst beglückender Moment, wenn etwas erledigt ist. Kann auch für sexuell äußerst beglückende Momente stehen.
Der hat scho lang koi Sodele mä ghett	Unerträglicher Mensch (Der hatte schon lang keinen Orgasmus mehr!)
Sparrefantel	Verrückter Kerl
Sprichbeitel	Angeber, Schwätzer
Stäffelesrutscher	Stuttgarter (die vielen Treppen = *Stäffele*) in und um Stuttgart
Toigaff	Blöder Kerl
Triableng	Langweiler, dämlicher Kerl
Waidag	Taugenichts, oft verstärkt: *Du waidageder Waidag.*
Woogscheißer	Kerl, der es allen recht machen will
Wullebommerer	Ungehobelter Typ, der überhaupt keine Manieren kennt
Wuhler	Mensch, der Tag und Nacht arbeitet (= *wuhlt*)
Ziefer	Widerliche Leute (oft sehr böse gemeint)

KBV KRIMINALROMAN

Klaus Wanninger

SCHWABEN-TEUFEL

Taschenbuch, 352 Seiten
ISBN 978-3-95441-457-4
13,00 EURO

Wanningers Jubiläums-Krimi:
Der 20. Fall für Steffen Braig und Katrin Neundorf!

Sie sollen zur Hölle fahren!

Zu Füßen des Hohenaspergs, in dessen Kerker einst ein übler schwäbischer Despot seine Kritiker wegsperren ließ, stehen die Kommissare Braig und Neundorf vor der Leiche eines Unbekannten – unmittelbar vor dem Hof eines Landwirts, der als übler Querulant bekannt ist. Zufall? Wohl kaum. Der Mann hatte am Vorabend in einer live ausgestrahlten TV-Diskussion heftigen Streit mit einem Bauunternehmer, der seither wie vom Erdboden verschluckt scheint.

Die Ermittlungen führen die Kommissare mitten ins Geflecht um die von mehreren Gerichten angeordneten Fahrverbote. Braig sieht sich bald mit einem unüberwindbaren Bollwerk skrupelloser Interessenvertreter konfrontiert, die vor nichts zurückzuschrecken scheinen – auch nicht vor einem weiteren Mord.